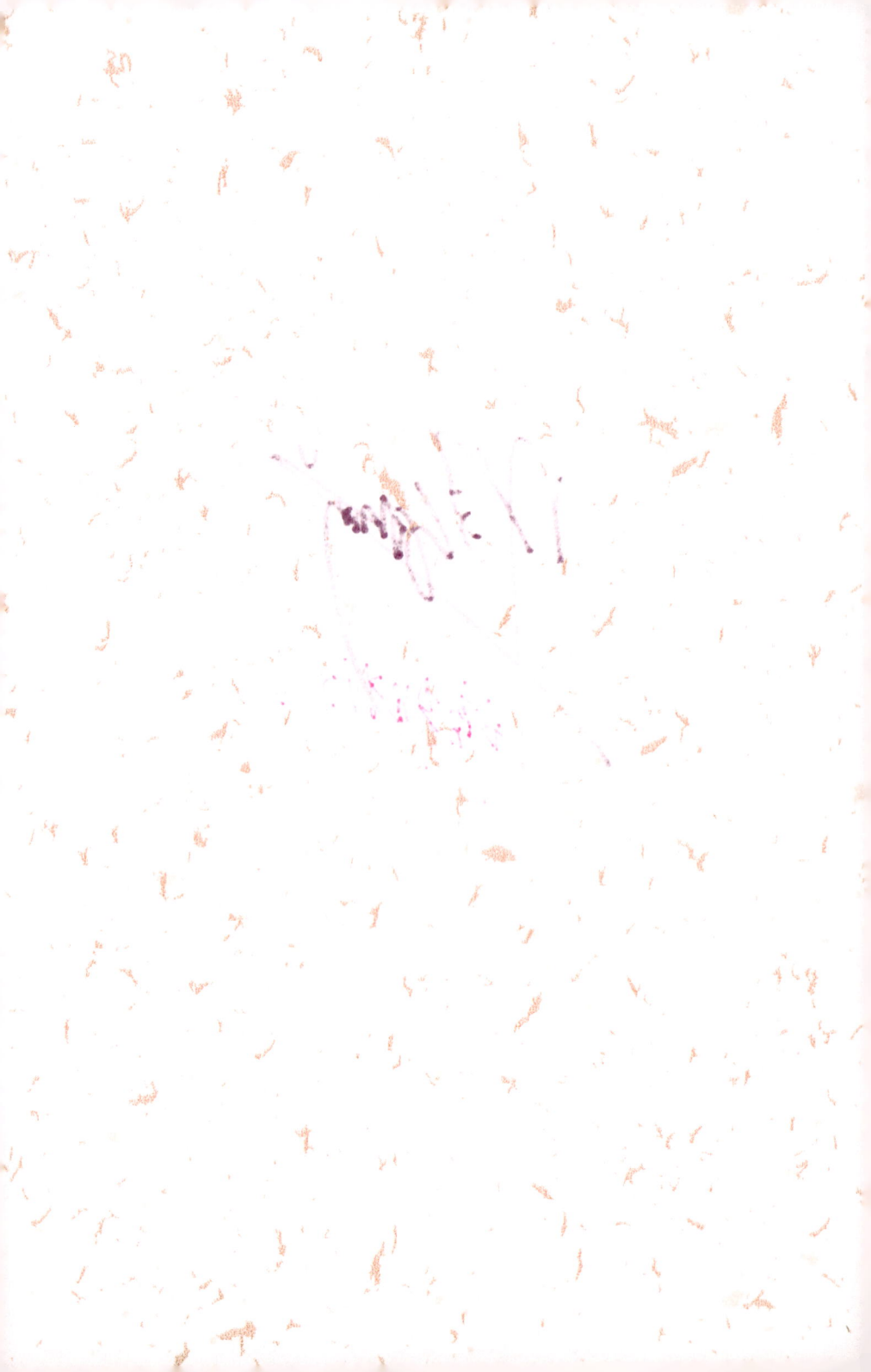

月亮
来见我

林桑榆／著

2

江苏凤凰文艺出版社

图书在版编目（CIP）数据

月亮来见我.2/林桑榆著.-- 南京：江苏凤凰文艺出版社，2024.1
ISBN 978-7-5594-8208-2

Ⅰ.①月… Ⅱ.①林… Ⅲ.①长篇小说-中国-当代
Ⅳ.①I247.5

中国国家版本馆CIP数据核字(2024)第008057号

月亮来见我.2

林桑榆 著

责任编辑	张 倩
出版统筹	曾英姿
特约编辑	朵 爷 夏 沅
装帧设计	苏 荼
封面绘制	MORNCOLOUR
出版发行	江苏凤凰文艺出版社
	南京市中央路165号，邮编：210009
网　　址	http://www.jswenyi.com
印　　刷	湖南天闻新华印务有限公司
开　　本	880mm×1230mm　1/32
印　　张	9
字　　数	231千字
版　　次	2024年1月第1版
印　　次	2024年1月第1次印刷
书　　号	ISBN 978-7-5594-8208-2
定　　价	46.80元

江苏凤凰文艺版图书凡印刷、装订错误，可向出版社调换，联系电话025-83280257

目录
CONTENTS

第一章
喜欢大海,但别再跳海　　001

第二章
我也想被对得起　　022

第三章
在场的都知道,你我曾那么好　　042

第四章
爱情的珍贵之处,在于无法重来　　061

第五章
我恨你,但我也爱你　　081

第六章
"为真挚的爱情而结婚。"　　102

第七章
领证吗?　　122

第八章
搬一台电脑还能牵条狗　　143

第九章
屋檐与港湾　164

第十章
一时的暴雨，一生的潮湿　184

第十一章
何堪回首　205

第十二章
十八岁的子弹　225

第十三章
偏你来时不逢春　245

大结局　265

后记　286

哪怕将来这人间会亏盈、会枯荣、
会宿水餐风，会万紫千红……这些统统都与他没关系了。
他的余生，唯剩一片永远潮湿的夜空。

第一章
喜欢大海,但别再跳海

如果我还是二十岁,我可以为你去死。
但我已经二十六岁了,我死过一次。

2018年，北京。

"天上有多少星光，世间就有多少女孩。但天上只有一个月亮，世间只有一个你——"

电话那端，王丽娟的声音铿锵有力："一个远走他乡、气死爹娘，到了三十岁还不成家，更没有立业的大龄躺平逆子。"

"妈，是二十六岁。"

"四舍五入不就是三十岁？"

"恕我直言，您是不是入得太多了……"

禾鸢幸灾乐祸地窝在沙发上，舀着大桶冰激凌看我站在窗边头疼地打电话。

我假装信号不好，很快挂断。她好奇地问："为什么你们打电话都喜欢开免提？完全没有保护隐私这个意识。"

我回头看她："你有没有想过，也许就是因为信号不好，不开免提听不清？"

她一个刚挤进二线的女艺人，虽然已经够级别让公司出钱租房，但房子所处的地段没什么优势，属于再往外走十分钟，就能收到"河北移动欢迎您"的那种。

"河北怎么了？不高兴你就回川城啊。"

她踩住我的痛点，我迅速转移话题："你不是要拍视频吗？"

她这才想起来，将勺子往冰激凌里一插，风风火火起身，将我拉到那部专门用于直播的手机前，让我面对镜头。

我平常的确有些谜之自信，有事没事还喜欢自拍，但那些照片从不外传，只供自我欣赏。现在要和艺人姐妹一起出镜了，她怎么着也有百来万个粉丝呢……我紧张地整理着自己的仪容，将发丝撩了又撩。

结果她说，要越朴素越好。

我一听，不高兴了："没想到这么多年过去，我在你心里依然是片绿叶，只能做你的陪衬。"

她扳正我的肩膀，迫使我重新看向镜头，手指在特效栏里点了又点："放心吧，今儿没有红花，就是绿叶的专场。"

这年，某短视频平台异军突起，靠着接地气、平民化的风格大火，涌现出各式各样的热门主播，流量可观。渐渐地，娱乐圈注意到这块，越来越多的二三线明星入驻，用尽手段博眼球，只为有朝一日上热门，实现一夜"发紫"的梦。

禾鸢是其中之一。

几年前，她原本应该靠着一线班底、口碑爆棚的一部电视剧直上云霄，谁知拍摄时突患大病，剧组不得不临时更换女主角。所幸她挺了过来，然而经纪公司早就做好了放弃她的准备，一些好的通告在当时也转给了新人。

好在禾鸢的外形属实难得，病好后她重整旗鼓，事业才渐渐又有了点起色。

都说"好风凭借力"，她不想放过任何机会也正常。只是我没想到，我能成为那阵风。

禾鸢："隔壁那个谁，知道吧？"她冲我使眼色说，"上周她找来一个插画师姐妹，直播为她画油画，一夜涨粉二十万。你吧，我要求不高，能帮我涨几万个粉丝，我也就心满意足了。"

当时有个特别火的特效：拿针筒。拍摄者手持针筒，从头到尾一点不抖，经过平行线认证。

禾鸢觉得我是川医大毕业生，还有出国医疗援助的经验，拿针必定稳如牛。

"白衣天使不得比插画师更容易吸粉?"她眨着亮晶晶的大眼睛说。

我沉默了几秒:"要不还是拍红花吧。"

她不解:"这么好的视频素材,你不用,怎么,你的梦想变了?不想红了?"

我红过了啊,四年前,与一个叫江忘的男孩一起。

那时我们还恩恩爱爱,晚上老是结伴出门遛弯,美其名曰锻炼,走到一半却拐个弯来到烧烤店。

如果世上有什么是我无法拒绝的,那烧烤必定是其中之一。

"拐个弯不就是遛……弯?没毛病。"店门口,我摆出无辜脸,仰望他。

江忘的饮食习惯素来清淡,他觉得多油多盐都不健康。可他不愿让我扫兴,于是破例陪我吃。然后我俩在烧烤店里偶遇一只非常喜欢啃排骨的小流浪狗。

我们喂流浪狗的视频被发到网上,成为小有名气的模范情侣。

以至于分手的时候,我还想过,是否应该上微博发条官宣文案,比如"我爱过大海,你爱过我";再不济也是"不是情人,但依旧是亲人"。

可禾鸢说:"你俩是分手,不是离婚。"

"那就发爱过大海!"我不甘心,非要借着文字逗能。

陈云开还是那副拿我没办法的腔调:"让她发吧,发什么都行。"他说,"什么官宣,就是为了发给一个人看,试图激起对方的愧疚感。可是……"

他顿了下,有一瞬间脸上闪过疑似残忍的表情:"看见了又怎么样?

大海永远是大海，但爱已经不在了。"

这厮不让我心肌梗死，永远不会舒服。

呵，我偏不上当，当即用一副释然的口吻说："没关系，他曾经答应给我一个家，没给，我不怪他。虽然归宿不是他，但过程有他陪伴已经足够啦。没有他，估计我也不可能考上川医大。如果能重来，就算明知会栽一跟头，我还是会选择他。"

陈云开抄着手，睨我一眼："再说一遍。"

我无语："考验我的记忆力？"

"不用，就最后一句。"

"如果能重来，就算明知会栽一跟头，我还是会选择他——他个鬼，老娘不想再摔了！"

对不起，江忘，我怕了啊。如果我还是二十岁，我可以为你去死。

但我已经二十六岁了，我死过一次，那瞬间，心里是铺天盖地的遗憾和害怕——遗憾你还没等到我的那句原谅，会悔恨终生；害怕我爸妈中年丧女、一蹶不振。我活着，至少他们的心和嘴都不会寂寞。

对，我死过一次。这也是我没办法答应禾鸢，帮她拍视频的缘故。因为我根本过不了平行线的验证，我的手再也无法稳稳地拿针筒。

参加非洲医疗援助的时候，我为救当地的一个留守儿童感染了X病毒。这种病毒的致死率高达百分之九十，只有百分之十的人可以被治愈。病毒侵入人体后潜伏期在二到二十一天，除了及时尝试各种阻断方法，更重要的是考验患者的自身免疫能力是否足够强。

我很幸运地成了那百分之十的人，因为免疫能力强。

醒来后摘下呼吸机的第一时间，我浑浑噩噩地想，兴许江忘救了我一命。

与他同居的那一年,我虽然还是喜欢吃烧烤,但在他的监督下,次数大幅减少。他自小体弱,如今在肿瘤科当医生,见多了癌症病人和家属们的崩溃,更是十分注重身体健康,包括我的。因此,我不仅每日被他逼着吃煮青菜,喝八百毫升纯净水,还得少盐、少辣椒,火锅一个月顶多吃一次,其他根本不用想。

曾经我对此颇有微词,认为他小题大做,我仗着年轻,觉得身体好像是取不完钱的 ATM,直到死里逃生。

所以,陈云开觉得,江忘没那么爱我了,我会恨,其实没有。

我对他的感情极其复杂,除了爱,还有彼此从小到大的陪伴之谊,对他做我学业路上照明灯的感激之情,以及对我的救命之恩。那是我第一次隐约意识到,人无绝对的好坏,事情亦然。我们不应该因为一个人不爱你了、违背了诺言、不愿意和你携手并进了,便将他捆绑在道德柱上对他进行审判,从而主观忽略他的其他优点。

陈云开听完我的高谈阔论,连连摇头:"完了,这孩子,病坏了。"我难得没反驳。

因为他说的是事实,我病坏了。X 病毒没能要走我的命,却留下了纤维肌痛后遗症。

它会不定期地使我全身广泛性疼痛,日常保持一个姿势过久,还会有轻微颤抖,所以我持针的稳定程度也不复从前。而我在医院的工作也因此丢掉了。一个拿不稳针的护士无疑是一颗不定时炸弹,怪不得别人。

只是,在此之前,除了我自己,没人知道这个情况,包括我爸妈。

他们只觉得我是受了情伤,不愿回川城见故人,所以辞掉工作,逃到北京。

我对禾鸢说，不到万不得已的时候，我不想卖惨博同情。

她用同情的目光看着我："你越这样，我越……"

我知道她接下来要说什么，可我不想听，因为那会让我更难受。此时此刻我只需要一个拥抱。

禾鸢："……越觉得你没有利用价值了。"

说着，她无情地拿掉手机，撤掉支架，不再打算给我露脸的机会。

嘀嗒嘀，禾鸢的手机铃声响，是经纪人打来的。经纪人说帮她接了一个教育性质的宣传片，要她立刻去公司签合同，顺便见见从广州来的金主。

经纪人："活儿挺急的。你来一起吃个饭，认识认识，听听要求。"

禾鸢不放心地看了我一眼，我立刻识相地说："没关系，我自己会做饭。"

挂了电话，她才说："我倒不是担心你今天这一顿。这活儿急，说不定明天我就得飞去广州，起码一周都不在北京。"

"一周的饭，我也会做。"

但禾鸢不放心了。

得知我的病情后，她老是有意无意地打量我，似乎怕我突然发病，会手抖打翻什么，或是拧不动燃气灶的旋钮……

她的担心有些多余。我虽然发病时间不固定，但这个病来得快，去得也快，基本不影响正常生活。不过，很显然，无论我现在说什么，她都听不进去。

"这样，你给句准话吧，怎么办。"

她这才如释重负般松了口气，说："你去找陈云开吧。"

我心里一咯噔，条件反射道："你这个心机girl。"她分明是还对陈云开旧情难忘，想利用我去打探消息。

  事情还得从她生病那年说起。

  陈云开为了激励她挺过来，主动求婚。她手术过后，陈云开为了兑现承诺，回家拿户口簿，可陈妈不干了，搞绝食，闹得那叫一个天翻地覆。

  陈妈也并非觉得禾鸢配不上陈家，单纯是认准了我，不愿改变想法。即便我和江忘公开了关系，她还是觉得，江忘不适合我，总有一天我俩得分开。她说她看了大半辈子的人，鲜少有看错的时候，包括禾鸢，她觉得那个姑娘长得过于招摇，而且混娱乐圈，怎么看都不是过寻常日子的人。

  总之，后来，禾鸢不愿让陈云开为难，主动提出分开。

  只是年少就挂念的人，怎么可能那么容易放开，禾鸢对陈云开的那点心思，直到现在应该也还有余温，尽管她不再说起。

  "你确定？"我惊讶地问，"你就不怕我在他面前说你坏话，故意挑拨你们的关系？"

  禾鸢："除了朋友，我们还有什么关系。"她语气懒懒的。

  其实我想说，那什么，再怎么样，好歹他小时候暗恋过我吧……

  "万一他对我旧情复燃……"我扭扭捏捏地说。

  禾鸢扑哧一声笑开："喂，她担心你会旧情复燃。"

  这话明显不是对着我说的。我转身，看见禾鸢正捏着手机给陈云开打语音电话。语音电话刚接通，那头就听见了我的话。立刻，我就想，也许上天留我一命的意义是——我还没被他俩羞辱够吧。

  "林月亮，过来。"

电话那头的人只掷地有声地说出五个字，声音在客厅里回响。

初冬的马路，掉光了叶子的高大树木已经开始结霜。

天黑得早，明显能看出车窗玻璃上也有薄薄的一层雾。

我看得出神，突然想起闻多这号人物。他当时报名陪我一起去了非洲，参与医疗救援。出发的时候，川城正是冬天。

在赶去机场的出租车上，我俩一起坐在后排。我带着一去不复返的悲壮，用手在布满水雾的玻璃窗上写下了江忘的名字，仿佛这是我们之间最后的感情纪念。结果，闻多说："啧，林月亮，你果然恶毒。你这不是诅咒人家吗？雾在，他在。雾散了……他没了？"

我不出意外地激动起来："你才没了，你全家都没了！"骂完，我一愣，"对不起啊，我……"

闻多头一昂，冷哼："反正写的不是我的名字，咒的不是我全家。"

不承想，不到一年，闻多随口玩笑话似的诅咒之说应验。

"江萍……也不知道她这辈子是值得还是不值得。"江妈妈意外去世的消息还是我妈通知我的。

但那时我也在病床上，等江妈妈下葬大半个月以后，我才得知。我妈的语气说不出的惋惜，可她明显想减轻我的震惊与难过。

"你说她年轻的时候过得苦吧，人家至少有个厉害的初恋时不时帮衬着，随随便便就坐到个皮肤科主任的位置，不愁吃喝。她活到中年，儿子也争气，享了一阵子福……这样算起来，不亏？"

"妈，您说点人话。"

"那还能怎么说！哭天抢地不活啦？也就是你妈心理素质好，整天不仅要照顾腿脚不便的你爸，还得照顾'涨停板'。上次我牵着它碰见江忘,小家伙还认识他,对着他汪汪叫。他似乎想把狗接走,我联系不上你,没敢同意……"

后来我妈还说了些什么,我没印象了,只觉得心里翻江倒海的,控制不住地去想如今的江忘活成了什么样。

尽管功成名就,可子欲养而亲不在,他在世上没有亲人了。他本就是闷葫芦的性格,我们在一起的时候,我就想尽办法妄图改变他,希望他开朗快乐,可惜我没能成功。

从今往后,港湾和乘风破浪的船舶,都只能是他自己了。

北京,出租车上,我回忆着零碎的过往,直到禾鸢提醒我:"到了。"

到了陈云开居住的小区,我下车,禾鸢还得坐一段路。下车时,她冲我挥挥手说:"转告陈云开,他打你的时候记得开直播,我在线蹲。"

"想见他就直说,开什么直播。我偷拍他,给你发近照不香吗?"

禾鸢心动了,我赶紧抓住机会:"友情价,一张一百元!"

谈钱伤感情,果然,禾鸢那点心动烟消云散,毫不留情地关上车门,扔下一句"拜拜"后飞速离开。

这个小区安保管理挺严格的。我没有门禁卡,进不去,只得等陈云开下楼来接。

好在他住的单元楼离大门近,我没等多久,远远便见他套着一件长款的黑色薄羽绒服、趿着棉拖鞋走来。

他带我在门口的小馆子吃了碗面,被我从头吐槽到尾,说这面难以下咽,连川城的百分之一都比不上。

陈云开忍不住了,将筷子往面里一戳:"林月亮,你是不是对自己的处境有什么误解。你是来逃难的,不是来旅游的。"

我不服："穷游……也是游！凭什么不能有体验感。"

"欸，我就不知道你哪里来的自信，觉得我会对你旧情复燃，燃的点在哪里？因为你没工作？因为你穷？"

我要被气死了，开始口不择言："那得问你自己了。以前我也没工作，也穷。"

陈云开被我噎得半天说不出话。

最后，他像是找到了什么必杀绝技，笑着哼了一声说："不过，看你这样，我就放心了，还怕你过几天和江忘见面会尴。"他手一摊，"OK，我多虑了，壮士断了腕依然是壮士。"

立刻，被噎得半天说不出话来的人变成了我。

京医大和川医大都是医疗界的领头羊，常有往来。江忘作为炙手可热的明星医生，被邀请到京医大与一众泰斗进行学术交流。出发前，他联系了陈云开，说不习惯住酒店，能不能到陈云开那儿借住。

到了半夜，我还没能消化掉这个消息，蠢蠢欲动地想找陈云开借钱，自己住宾馆。结果，这厮死活不乐意，说我一个无业游民，他可能面临有借无还的后果。

此话一出，我立刻相信他已经不再喜欢我，同时明白了爱情的真谛——爱你的时候，可以白给你五万元。不爱的时候，给你五百元也嫌多。

我闷闷不乐地刷着手机虚度光阴，嘴噘得老高了。陈云开估计也觉得自己十分没有良心，于是软了一点语气问我："吃夜宵吗？"

"吃。"

他摸出手机打开外卖APP："吃什么？"

"一份榴梿比萨，二十串小肉串，两根烤肠，两串鸡翅，一杯冰奶茶。奶茶不加糖。"

陈云开下单的手指顿了下，抬头看我："奶茶不加糖的原因是要减肥吧？"

"你怎么知道！"

他自顾自地呵呵两声："真应该给你录下来，听听自己在说些什么鬼话。"

无所谓了，我放弃治疗了。我都敢见江忘了，我还怕说鬼话吗？我连鬼都不怕。

22：46，川城，川医大附院。

新盖的门诊楼投入使用，旧的那幢彻底没了人气。只有走廊上时不时因为施工响动而亮起的灯，灯亮了没一会儿就熄灭，反反复复，远看有些瘆人。

江忘去停车场开车，看见刚入院不久的小护士穆恩。她开了辆玫粉色的保时捷Macan，显然很着急，车身都没停到停车位上。

穆恩行色匆匆差点撞到江忘，他扶了下差点摔倒的女孩。得到礼貌的"谢谢"后，他不着痕迹地收回手，继续走向车，突然被人拉住外套。

"江医生……你能陪我去一趟旧的门诊楼吗？"江忘回头，对上穆恩怯弱的眼神，明显是一个人没胆子上去。

"就耽误你一小会儿。"她搓着手拜托道。

江忘犹豫几秒，默许。

记忆中也有个女孩特别怕鬼。小时候，陈云开吓唬她，她吓哭了，止都止不住，陈云开只好来拜托江忘收拾残局。

陈云开："我说了，世上没鬼，她不信，只能你来说了。没办法，她只相信你。"

她只相信你。

但他最终还是让她失去了指望。

医护人员前几天便都搬到了新楼,穆恩说是有重要的私人物品忘了拿走:"不过,好几天了,估计保洁阿姨收走了,但我还是想试试,万一还在呢。"或许为了壮胆,这女孩一边走着,话也格外多。

江忘听着,鲜少回应,但一刻也没离开她的身边。

穆恩心中揣度,这位江医生果然是出了名的高岭之花,气场冷得要命。他个子高,影子长,还默不作声的。穆恩恍惚看地面的时候看见其身影,反而更加惊悚……她情不自禁地咽口水,心理活动接连不断。

江忘似乎猜到一些,终于在走到四楼的时候主动说了句:"世上没鬼。"

"啊?嗯嗯……"面对生硬的安慰,穆恩尴尬得直点头。

男子的声音又响了:"就算有,也不用怕。她可能是别人做梦都想再见到的人。"

话落,穆恩的脚步犹疑了一瞬,停在最后一级台阶上,回味着那话语中莫名的伤悲。哦,对,半年前,好像江医生的母亲去世了。霎时,穆恩觉得离这个看似高高在上的男子近了些。

翌日,江忘和穆恩的绯闻就在附院内满天飞。

据说他俩一起进旧门诊楼时被人撞见了,医院的八卦是非不比娱乐圈的看点少,当天便迅速地传进了常婉的耳朵。

常婉毕业没多久就进了附院的行政科。她爸和医院有合作,给她搞个不需要什么技术含量的行政岗位还是没问题的。不过，就算没有和江忘的绯闻，她对穆恩也有印象——

那姑娘家境普通，却开着一辆招摇的保时捷来医院上班，加上长相甜美，显然背后有不简单的主。于是有无聊的、眼红的人开始传一些真真假假的消息。常婉一门心思在江忘身上，从不参与八卦，但她道听途说了些。

虽然，她不信江忘会和穆恩有沾染，但为了保险起见，她还是抓来她哥打听消息。

"江忘身边现在就你一个朋友，他有没有对你提过穆恩这个人？"

常放刚从川医大流动站出来就被拖到食堂审问。无奈，他对这个妹妹向来有求必应。

"有点印象。"他思索了下，"好像提过。"

刹那间，常婉的脸比食堂的墙还白。

如果说江忘被撞见和别的姑娘去门诊楼，哪怕被撞见他们一起去酒店，她也不心慌。因为她知道，自己的敌人，从来都只有一轮月亮。别人想挑衅，她根本看不上。可如今江忘主动提起穆恩的名字，意味着至少他对穆恩是有些好奇的，因为他从来不记不重要的事情。

常婉不淡定了："我到附院是为了近水楼台，不是为了证明没有林月亮，我依然得不到。"她气愤地扔了筷子。

当初林月亮亲口告诉江忘，她从小到大喜欢的人只有陈云开一个。江忘气急，这才没主动否认和常婉的绯闻。

一起共事的同事都知道江忘的个性，以为他不否认就是默认，所以一段时间内，大家都将常婉当作江忘的正牌女友看待。也有几个唏嘘的，是曾经在医院联欢会上见过林月亮的医务人员，她们感慨江忘和林月亮看着那样好，没想到男人啊，还是经不住金钱的诱惑，琵琶别抱。

对此，常婉当然乐见其成，添油加醋地做些事情刺激林月亮，让她知难而退。结果出人意料地成功了，常婉直接把人气得跑到非洲去了，还差点死掉。

消息传来时，常婉有些内疚，得知对方死里逃生后又松了口气。

没办法，她太喜欢江忘了，不管是真的爱，还是"越得不到越想要"的心理作祟，总之，没到她真正死心的时候，她担了自私的罪名又怎样？不努力怎么知道有些东西能不能争取到，即便是历史上伟大的军事家，也是用了心计、手段才打了胜仗。每个人生来就有自己专属的营地，谁都没资格指责别人。

她不稀罕做世人眼里的好女孩，她要的只是自己不遗憾。因为别人不会为她的遗憾埋单，也无法与她的痛苦共情。在意别人的眼光，等于给他们杀死自己的刀。

毕竟，世上总有人不爱她啊。

"你还是放弃吧。"常放打断常婉的胡思乱想，说，"我认同争取论，否则之前不会支持你。但你不是没试过，你失败了，你搞不定江忘的。放弃也是人生的一种修行。"

常婉不认输："我连林月亮都能赶走，还怕一个穆恩？"

"你真的赶走了吗？"

常婉眨眨眼："是、是啊。"说完，她有些心虚，"至少她不会在江忘身边转悠了，威胁性大大减少。"

常放无奈地笑笑，拿着筷子看对面的姑娘："有的人活在生活里，有的人活在心里。"

"时间会带走心里的人,书上都这样说。"

面对常婉的冥顽不灵,常放深吸口气,出大招了:"你们医院那个小护士叫什么来着?"

常婉愣了下:"穆恩啊。"

"再说一遍。"

"穆恩。"

"再说。"

常婉不耐烦了:"哥,你没事吧?不是……这名字有那么难记吗,穆恩,穆……"突然,她反应过来什么,跟被点了穴道似的僵在那里。

Moon。

这是常放第一次戳伤她,以往就算劝退,也不会用上这么绝的方法。

常婉的脸色更难看了,好半天讲不出话,而后带着些不甘心和小姐脾气发难道:"为什么我很努力都追求不到的东西,林月亮却可以轻而易举得到。哪怕她离开了,他还是忘不了。"

常放拿筷子的姿势不变。他想想,认真地问:"你怎么知道是轻而易举。别的不说,林月亮陪了他最不可替代的十二年。在那十二年里,她都做过些什么,你未必了解。"

常婉彻底没话说。

大中午,外面的天色还是阴的。川城的冬天就是这样,让人感觉不到朝气,灰暗得像用水和过的泥,脏兮兮。2002年的那场大雪,是它迄今为止留给人们的最美印象,或许今生今世,都无法盛景重现了。

北京。

我要砍了陈云开。

他要是做撒谎第二名，没人敢认第一。那天他在面馆里说江忘会来北京同住，说得有鼻子有眼，结果全是骗我的，只为了灭我当时的嚣张气焰。

为此，我藏了他的车钥匙，不让他顺利出门上班，他却说乘坐地铁更方便，不堵车。我恨得牙痒痒，追打他到附近的地铁站。我俩匆匆地过了安检，我却因为忘了买票被机器拦在外面。他闪身进去了，隔着栅栏，得意扬扬地扬起手机向我展示他的北京一卡通。我赶紧仰起头，总觉得下一秒会被气得流出鼻血来。

陈云开还在挑衅："友情提示，那边有卖地铁卡。"他指了指，就在距离我步行两分钟的地方。但显然等我过去买好卡，他早就溜之大吉，这样做，我不仅会很生气，还会显得我智商很低。

负责安检的小姐姐看不过眼了，潇洒地掏出自己的地铁卡，嘀的一声帮我刷了："没什么好说的，揍他。"

她的行为立刻让我有种宾至如归的感觉——首都人果然大气。

陈云开见势不对，撒开腿就跑下了自动扶梯。列车刚好到站，我追进去刚好错过，他隔着车窗玻璃对我做了个鬼脸。地铁疾驰而过带起的冷风扑在我的脸上，我感觉刘海被吹得"兵荒马乱"，一颗心也凉凉的。

苍天啊。

毕业之前，我认为考上川医大就是我锦绣人生的开局。我立志做白衣天使，为人类贡献自己的一份力。谁知毕业几年后，我只能在地铁站里吹冷风，甚至连进站都是蹭来的。

"喂，"痛定思痛一番，我终于拨通前两天刚面试过的一家医药公司的电话，用我最大的声音说，"四千元就四千元。"

上班之前,我对北漂的概念仅仅停留在字面意思上。上班以后,面对每天大于两小时的往返通勤,我有些怀疑人生。

我还是住在陈云开的公寓里——地段相对来说可以,要是回禾鸢那儿,往返得四小时。为此,我不得不觍着脸请求陈云开收留,并承诺发工资以后就找地方搬走。

陈云开问我,为什么是找地方搬走,而不是付他房租,住下来。

我说:"我还是怕你对我旧情复燃。"

他挠了一下鼻尖,不知在想什么,好半天才说:"事先声明,我不是挽留你,只想表达,我其实挺有行情的。医院里的花蝴蝶多的是,我犯不着在你跟禾鸢身上耽误时间,除非我有病。小时候能懂什么事?你除了嘴皮子利索,还有什么优点?人大了,得现实。"

他说的话有些伤人,但还算真实。

"那就付你房租吧,"我说,"省得我搬来搬去。"况且我身在异地,与发小合租总比与陌生人合租安全得多。

主意打定,我高高兴兴地上班……哦,也不是那么高兴。

我虽然口口声声说不再摆烂,想要自食其力,但一想到周一至周五每天都要花两个小时上下班,还是比较郁闷的。

唯一给我安慰的是,我们组有个长得不错的小哥哥,养眼程度和当红明星有一拼,收拾收拾绝对能出道,至少比干基层外联挣得多。

没错,我找来找去,只有这份拿底薪、提成全凭实力的外联工作录用了我。而且我唯一的优势在于,我是医学生,和集团主营方向对口。我试了几天,需要每天打电话与不同的合作机构联络,对接签约合同事宜,或者咨询下一年度的合作意向……总之,烦琐得很。

做护士的时候,工作比这烦琐得多,还时不时被患者家属搞得一肚子气,但我至少觉得有意义——因为总感觉身上有救死扶伤的使命,哪怕有人不理解,我也是自己心中的将军。

不像这里,才干没几天,我就觉得是在虚度光阴。

"不一样。你这是拿着工资虚度光阴。"陈云开纠正我,"这样听起来是不是划算多了?"

"论安慰人,还是你有一套。"

下班时间,等我回到小区门口,已经快八点了。我看见有卖橘子的,想起陈云开这两天感冒了,咳得厉害。我妈的大学舍友教给她一个治疗寒咳的土方法——吃烤橘子,十分管用。于是我打算投桃报李,豪气地买了两斤橘子拎回家。

打开密码锁开门后,我发现屋里亮堂堂的。我一边换鞋,一边喊:"姓陈的,把你的烤箱拿出来擦一擦。"

我听见踢踢踏踏的脚步声过来。我也已经换完鞋,正好转过玄关,与来人碰了个正着。

我被撞得手一抖,袋子松了,橘子滚了一地,来人弯下腰一一帮我捡起。他穿着熨得平整的裤子、银灰色针织毛衣,十根手指骨节分明。而后他抬起头,露出细长而温柔的眼睛。

若不曾亲眼所见,我不敢相信这双眼睛酝酿过一场几乎将我吞噬的风暴。

陈云开的声音适时插进来:"要烤箱干什么?"

我趁机转过头看陈云开,总觉得这样就能掩饰心慌意乱:"啊,你不是咳嗽吗,我给你烤橘子。"

闻言,江忘顺势把袋子递给陈云开。

陈云开接过,扫我俩一人一眼后,目光定在我身上,说:"医学交流,我告诉过你的。"

当即我脑子里只有两个问题：

1. 我能不能弄死他？
2. 把橘子抢回来的胜算有多大？

陈云开说的哪句话真，哪句话假，我真的分不清了。我甚至怀疑当时他向我告白，也是为了哄我开心。

我猜不透陈云开，正如猜不透江忘此刻的心情。

陈云开："我嗓子疼，没胃口，晚上不吃了。江忘刚下飞机，你随便做点什么吧，或者带他去门口吃点东西。我睡一觉。"

"行，那就选清淡的，去门口吃碗面吧。"我故作镇定。

陈云开狐疑："你不是说那家的面很难吃？"

"难不成要带他去吃好吃的吗？"我的怨怼不经大脑就脱口而出。

一下子，客厅的气氛更诡异了。

我懊悔不已，迅速哈哈大笑试图找补，甚至不避嫌地拍了拍江忘的胳膊，假装还和小时候一样——我是大哥，他是小弟。

"开玩笑的。"我说，"走吧，到门口再看。"

前一秒还谈笑风生，下一秒电梯里，我俩就保持着陌生人之间才有的距离。出了电梯，我默不作声地在前面带路。

我并非故意不理他，而是我的大脑还死机着，不知从何说起，以至于连身后摩托车的动静也没听见，差点被撞到。

江忘眼明手快地拽住我的外套，往绿化带的方向扯，我这才躲过一劫。

我勉励挤出个笑容说："谢啦。"我打算继续往前走，可那只拽住我外套的手迟迟没松开。

我转头看他,不解。他并不解释,只是倔强地抓住我,仿佛手一松,我就会飞走。

我见不得他这副面孔。这让我想起多年前,我差点从海盗船上摔下来,他惊恐不已,要我发誓再也不去游乐园……他那种"生怕一失去就是永远"的表情,让我自以为是了很多年,将我拉入了深渊。

"放手。"我不再笑了,从未有过的严肃。

他张张嘴,想说什么,但还是没能说出口。我又说了一遍"放手",他也不听,和我在单元楼下的绿化带旁僵持着。

终于,我烦了,直接去拉外套的拉链——才拉到一半,那只手松开了。我能感觉到外套回弹到身体的力度,很轻,但不容忽视。

"天气冷。"

他妥协了。

第二章
我也想被对得起

"我们错过了,是吗?"
"不是我们错过了,而是你错过我了,江忘。"

别人脱衣服大都有些不能描述的后续发展。

我不一样,我露出了公司的工号牌——下班的时候忘了摘,藏在外套里,我将拉链拉到一半时,江忘已经看见。

"长盛制药……"他咀嚼着这几个字眼,应该知道我工作的事了,情绪不明地问,"你打算一直留在北京?"

我和他在一家黄焖鸡米饭店里,两人明显都没胃口,如同嚼蜡一般。面对他的提问,我囫囵地点点头:"可能吧。"而后我眼神飘忽,就是不想多说什么。

他开始找话题,说起自己来北京的打算,还跟没事人似的邀请我再游香山。

我无语,笑出声,饭粒卡在嗓子眼,喝了几大口水才舒服些。

我本想吐槽——你没事吧?得健忘症了吗?我们是应该老死不相往来的前任,不是可以打着好友的名义四处旅行的暧昧男女。但有的狠话,面对那张未被岁月更改太多的脸,我还是没法说出来,只好用工作搪塞。

"我看起来像是那种上班摸鱼的人吗?"

他不回答,就盯着我,盯得我头皮快要发麻,他仿佛在说"不然呢"。

我用纸巾擦擦嘴,硬着头皮正视他:"刚工作就请假,不太好吧。"

"我的时间比较自由,可以等周末。"

"周末也不行,部门通知加班,除非你搞定我老板。"我佯装悠哉地喝着水,看他摸出手机翻找什么。

找了好一会儿,无果,他有些头疼地问:"当初没有添加的微信好友,现在还能找到吗?"

几年过去，该入的世也入了，他身上怎么还有天真的痕迹呢。也不知道江萍走后，他这段日子是怎么过的。

我疯狂压抑内心翻腾的怜惜，尽量公事公办地告诉他，在哪里可以查看记录。他一如从前，干脆地将手机递过来让我弄，我一时竟找不到理由拒绝，咬咬嘴唇接过。

不弄还好，刚加上好友，我才知道，好家伙，他当初拒绝添加的人是我们公司总经理。

商务人士通常都有两个微信，一个私人号，一个工作号。加江忘的那个明显是工作号，ID冠了长盛制药，头衔是总经理，够简单。

我一下子反应过来，他是真的打算搞定我老板……但已经来不及，对面很迅速地发来一声问好。

许多医药集团的老板都想和江忘认识，这没什么稀奇，只是我没想到，能巧成这样。

江忘开门见山地说要给我请假，一条一条地说着周末加班不人性化的理由。总经理根本还不知道我这号新员工，但他装作对我很熟悉，一口一个"月亮"，搞得我像是他的得力干将。不管怎么说，反正这个周末我不用再去加班。

我体验了一把"被潜规则"的爽，但还是不愿就范。没一会儿，我收到一个微信好友添加申请，显示"长盛制药总经理杜青山"。消息来源于工作群，他应该刻意在群里搜索了我的名片，同时给我下达命令，让我在旅行中潜移默化地游说江忘与长盛合作，成了的话，回来就给我涨工资。

"你可以不要工资，直接辞职。"陈云开用激将法激我。

"我疯了吗，好不容易找到工作。"

陈云开："那你在纠结什么，有的选吗？"

这就是成年人的难过。成年人当然可以不做选择，只能做牛做马。

江忘的确是因公来北京的，不过他选择了住酒店，就在陈云开住的小区附近。可我还是彻夜难眠、坐卧不安，尤其在意识到我俩即将一起重游故地后。

出发当天，我精神不济，但还是一眼看见了小区门口的人。他手里拎着早餐，永和的油条豆浆，出众又落俗地站在清晨的雾中。

川城有许多绝世美味，除了众所周知的火锅、烧烤，还有本地生产的细面与炸油条等等。离开川城，我什么都吃不惯。他显然也知道，等走近了，便把手里的东西递给我说："将就一下。"

我的手垂在身侧，痒痒似的紧了紧，还是出于礼貌接了。

幸好有早餐，在乘坐公交去往目的地的途中，我可以什么都不用说，只需要专心吃东西。可惜早餐就那么点，等公交车抵达上山的大巴站，我为了逃避交流，又开始假装寻找垃圾桶。

江忘习惯性地让我将垃圾袋递给他，我避开了他的手，自己跑到远处的一个垃圾站扔掉。后来我俩一起上大巴，选座位时，他有意将靠窗的位置留给我，但我反骨地说已经不喜欢坐窗边了。

我不愿意他做更多的事，这会不断地提醒着我——从前。

或许是跟江忘在一起让我有精神压力，车辆行驶到半路，我的纤维肌痛症又犯了。我疼得冷汗涔涔，无论怎么忍，都不免露出端倪，于是习惯性地抓住身边的东西。结果，我这一抓，意外地抓到了某人的手。

他的手掌还跟从前一样，没什么肉，都是纹络和硌人的骨头，但我喜欢和他牵手。那像是一副牢固的枷锁，钥匙在他那里，只要他不主动开锁，我们便能走到最后。而曾经的我以为，他永远不会打开它……

在疼痛中陷入幻觉的我没能及时收回手，直到感觉五指被包裹进了手掌，温热中带点潮湿，令我在魔幻的痛感里也不免僵住，眼角余光还瞥到身旁人的表情。他不敢看我，甚至不敢正视我们紧握在一起的手，但他眼里常年的霜，似乎被一锅沸腾的水迅速融化了。

他不会以为，我在主动求和吧……

我瑟瑟发抖地想着，内心霎时间如万马奔腾。

不过，奇怪的是，江忘的体温和他那过于孩子气的开心神色，对我仿佛有镇痛的效果。不知不觉间，痛感散去，我终于恢复正常，有了精神，于是猛地将手抽回。

江忘这才条件反射地看过来，我赶紧将目光落在过道，慌忙道："不冷了。"

除此之外，我也想不到还有什么正当理由可以解释我刚刚的反常。

他淡淡地"哦"了一声，语气和外面的天色一样沉。可见鬼了，为什么我的心情也跟着沮丧起来？

我不争气地暗掐一把大腿，发誓路上再也不和他搭话，免得受影响，之后更是闭眼假寐。

然而，江忘太了解我。

他显然清楚我是故意装睡，居然偷偷打开了窗。我冷得一哆嗦，立马睁开眼睛，不明所以地朝他看去。他嘴唇翕动半晌，弱弱地问："现在冷吗？"

狗东西。

我竖着眉毛，用眼神警告他关窗户。他当作没看见，非逼我说点什么。直到前后方的乘客都冷得往我们这里看过来，我不得不认输。

"冷。关窗。"我咬牙切齿地命令。

他满脸无辜地将手伸过来,示意我再牵着取暖。我用尽力气啪的一声打上去,立刻见他手掌发红。可他这回真真切切地笑了出来,明显是在逗我玩,令我一度感觉还是当年——我闹,他笑。我出糗,他埋单。

一下子,我的眼泪都快出来。

大巴到站,接下来是步行。他走在前方,将我领到目的地。不出意外,还是当年那家酒店。

时过六年,酒店的装修都显得旧了。从前觉得很有韵味的古典式装修风格,此刻暴露出弊端。大部分木头被经年累月的风吹雨打侵蚀得腐朽,被迫留下了岁月的印记。

你看,大都好物不坚牢,彩云易散琉璃脆,没什么能永垂不朽。所以,他对我的爱没能坚持到海枯石烂,我似乎也不该怪他。

想到这里,我释然了些,心中对江忘的敌意没那么大了。

其实,我对他一直不是敌意,而是我还没学会如何去面对一个曾经爱过、如今可能也没完全忘记却又不得不保持距离的人。如果我学会了,生活会轻松很多。我可以离开大得离谱的北京,回到熟悉的川城,继续做我的"地头蛇",守在林吉利和王丽娟两位老同志身边尽孝。

我不怕与谁不期而遇,即使碰见了也能一觉睡到天亮。

我衷心希望卸下包袱的那天快点来临,这也是我最终答应他来香山的原因。

逃避不仅可耻,还后患无穷,唯有面对,才能痊愈。我想。

在酒店前台办理入住时,禾鸢发来消息。她估计忙完了,想起我,开门见山地问我感觉怎么样。

我说问题不大,就犯了一次病,但我已经习惯了。她发来一个"翻白眼"的表情:"谁会关心你的身体。"她说,"我问的是江忘。"

我恍然大悟,将先前一系列事件在我脑子里过了一遍,譬如,为何江忘知道我在北京,禾鸢为什么非要将我往陈云开家赶,江忘抵京后为何会直奔陈云开的公寓……

朋友存在的意义或许就是这样。

他们见不得你念念不忘,哪怕再忙,也总能找着机会帮你牵线搭桥,试图弥补遗憾。在凛冬山间遇见的这股温暖,顷刻卷走了我的怨怼、尖锐。我甚至分心思考过,这两日能不能平和地与江忘相处,不要辜负他俩的心意。

这么想着,江忘把房卡递给我的时候,我还主动说了谢谢,细看,上面的房间号也是我们当年入住的那两间。

如果说江忘的出现让我怀疑过他有旧情复燃的意思,那一路走来,他邀请我来香山,牵我的手,订相同的酒店、相同的房间……这一切都证明了,我没多想。

自作多情的事,我干过很多,但这次我确定,我没多想。

紧跟着,我捏房卡的手无端地颤抖起来。我以为又要犯病了,但身体并无其他异样。而且,很快那轻微的震颤就蔓延到心间,说不清是害怕还是期待。我就觉得,今明两天过后,我和他必然有个结果。而无论是什么结果,我终将迎来释然。

下午,我和江忘在公园里随便逛了逛。

红叶早就枯萎,落了一地,放眼望过去,满目萧条。但北京的树大多有种奇特的魅力——哪怕它们光秃秃地立在那里,可只要团结起来,也是巍峨壮观、别有一番景色的。

江忘估计也察觉到了我愿意好好说话，开始和我沟通一些比较现实的问题。他觉得我应该离开北京，因为我目前这种性质的工作在川城也遍地都是。从经济适用角度分析，在川城拿四千元工资的话，我不需要面对吃和住的压力，通勤也没那么辛苦，节省了时间和精神成本。

我当然没法说，我是不敢回去面对他才逃到北京的，只好支支吾吾道"考虑考虑"，毕竟老板答应给我涨工资。

"况且，你忘了吗？高中毕业的时候，你说将来想考临床专业的研究生。"他给我致命一击。

就连禾鸢也才知道我的情况，他当然不清楚，我已经没资格做医生了。

一时间，我心头堵得厉害，随便找了个理由说累，回去吧。因为抑郁，晚饭我没去餐厅吃，他单独去厨房点了一份送到我房间。

景区的食物出了名的难以下咽，我本没抱多大希望，没想到能在这里吃到还算正宗的回锅肉。压抑了许久的食欲一下子被辣椒打开，我大快朵颐，江忘打来电话，说无意间发现厨师是川城的，所以特意给我点了一份送来。

我忙着狼吞虎咽，没工夫和他假客气，听见那头的声音说："吃吧，晚点有服务员来收拾碗筷。"我嗯嗯几声，注意力全在饭菜上。

十来分钟后，我酒足饭饱地打了个嗝，突然传来一声轻笑，吓我一跳。我左顾右盼，才发现原来电话一直没挂断。

江忘的所作所为，不经意让我想起当年那通不需要讲话的电话，它曾是我心中长久认知的浪漫。我必须承认，他的一系列操作确实触动了我心中埋藏已久的柔软。

我甚至再度化身小太阳邀他说："江忘，我发现了一个创业商机。"

他好像在工作,我听见搁下笔的声音,而后他认真道:"嗯?"

"市场上有滴滴打车、滴滴外卖,为什么不能搞个滴滴代吃服务,专门解决聚会时铺张浪费的问题?你如果有兴趣的话,我们可以合伙,你负责设计APP,能一键发送订单并给出地理位置,我负责吃。"

他听得认真,我就假装讲得认真。谁知道他要和我比输赢,回答得更认真。

"想法很好,实操有难度。技术层面倒没问题,但为了你的健康着想,得让顾客去医院检查身体后上传体检报告才能注册,大家应该会觉得很麻烦,不好推广。"

我吐槽他:"你这么认真,不去手机城贴膜可惜了。"

江忘:"这个商机虽然不新,不过还有一定的盈利空间,就看进货成本和贴膜技术如何了。技术的话,你不行,你坐不住。那你只能去……进货?"

我用舌头顶了顶腮帮:"姓江的,你过来。"

他连犹豫都未曾,立刻说:"给我三分钟。"我还没想好怎么收场,已经听见穿外套和开关门的声音。

"妈啊。"我情不自禁地叫了声,赶快结束通话,紧张极了。

三分钟后,敲门声响起,我抱着手机冲门口大喊:"你、你回去吧!做生意的事再商量,不用急于这一晚!"

敲门声还在持续,并越来越急。我在房里急得如热锅上的蚂蚁,啪的一下,房间里的灯全灭了。

这时门口传来声音,却不是江忘,而是服务员——

"顾客,您好,我们酒店因线路老化需要维护,所有电闸都得拉下来,预计时间一小时。非常抱歉,给您带来了不愉快的体验,特意为您送上一张免费夜宵券,请您开门拿一下。"

我这才噔噔地跑去开门。门开,我接过服务员手中的券,同时发现了倚在门框上的青年。

"赏月吗?"他顺势问道。

酒店庭院。

当晚的月亮并不圆,但弯得很好看,是上弦月。不知是不是心理作用,我总觉得它比圆月还亮,那银黄色的光辉,几乎洒满半个酒店的屋檐。

"不是心理作用,而是因为环境不同。"江忘与我同坐一张长椅,漫不经心道,"酒店没亮灯,周围黑漆漆的,月亮的光就是唯一的光,当然惹眼。"

因为是唯一的,所以当然惹眼,但有了星星,它就显得没那么亮了,是这个意思吗?

我控制不住地去咀嚼他话里的意思,以致他之后说了什么,都没听进去。他一连叫了我好几声,我才回神偏过头去,恰好他也凑过来打量我是不是哪里不对劲。

近距离,眼神杀,只有彼此的天地,纠缠在一起的呼吸……无不是恶俗偶像剧场景的要素,两人想不亲吻都不行。

可当江忘的呼吸越来越近,嘴唇快触碰到我的时刻,我想起了一座名叫"忘忧"的桥和一个少女的吻。

"我现在闪开的话,你不会打我吧。"蓦地,我发挥了自己破坏气氛的"惊人天赋"。

江忘果然顿住,歪着头,神情迷茫地看着我。

我两只胳膊撑着长椅往旁边挪，直至挪到安全距离，才毫无说服力地开玩笑说："谁让你白天在大巴上对我恶作剧的，总要让你见识下社会的险恶。"

正说着，来电了，面前的世界一下子灯火通明。我不经意地抬头，发现月亮果然没先前好看，不知道是因为被云遮了，还是怎么，总觉得蒙上了一层灰扑扑的布，遮住了本来面目。

趁着来电，我逃也似的回到房间，可思绪繁杂，一夜无眠。

凌晨两点，我总觉得江忘也没睡，于是给他发短信问：你什么时候走？

他果然没睡，但还是隔了好一会儿才回道：你希望我什么时候走？

我明白这是试探，可我还是打出了他不愿看的字：明天吧。明天下山，我送你去机场，不然周一还得工作。陈云开在医院忙得昏天暗地，估计也没时间送，总不能让你一个人悄悄地离开吧。

很久很久，我等来一个字：行。

分明提议的人是我，我也知道我今晚不断变化的态度让江忘捉摸不透，可我就是做不到心无芥蒂，哪怕过去好几年。

世上有太多痛苦的事——梦想破灭、期待落空、永失所爱等等，还有一种痛是：我想尽办法理解你，比谁都更想原谅你，因为只有这样，我才可能重新获得幸福，但我竟对自己无能为力。

只要一想到，未来我们在一起的每个瞬间都可能出现别人的影子，我就心痛难耐。有那么一刻，我甚至对江忘产生了真正的恨意。我恨他为什么要粉碎我对未来的幻想，剥夺我爱的能力，打破我对他十几年的坚持。

翌日，下山的路上，我和江忘之间撤去了客套、尴尬、做作，迎来真正的沉默。我们好像都知道,这一别,兴许就真的没可能了。

这几年,我热衷于看悲伤的电影。我试图从千万场离别中寻找解脱,然后总结出来——世间大多的走失,都是在一个风和日丽、平静得不能再平静的时刻。

一如此刻。

大巴摇得我昏昏欲睡,我什么念想都没有。我知道我要送一个爱了很久的"朋友"离开,毫无悲伤是不可能的。但我更清楚的是,我还没有冰释前嫌的能力,我留不住他。

担心中途堵车,江忘选择的航班更晚些。不过一切比想象中顺利,等我们抵达机场,距起飞还有三个多小时。

进了大厅,他迟迟不肯安检,一会儿说饿了,要吃点东西,一会儿说去洗手间。

洗手间门口有个拖着两个大行李箱的女孩,个子和我差不多高,说话也风风火火。她正在打电话,电话那头估计是她男朋友或前男友。我听见她情不自禁地拔高声音说:"飞机还有两小时起飞。如果你还爱我,就来挽留我。两小时内我见不到你,我们都再也别回头。"

我正神伤,突然看见她侧后方的江忘。他不知什么时候出来的,不过应该也听到了她的电话内容,神色变幻莫测。

之后那女孩的动态,我总有意无意地关注。她与我们进了同一家店。我无端想知道,她等的人到底有没有来。可直到登机的语音通报响了又响,她还是没等到那个期待出现的身影。

我看着她拖起行李,背着比行李更重的落寞往外走,我的心也沉甸甸的。

江忘应该也感觉得到,他交握着手坐在我对面,好半天没说话。

五分钟后,他唤我,声音有点惊讶:"你看。"

我顺着他的视线望过去,发现那个女孩还没走。她拖着两个大箱子,其中一个箱子上多了一碗泡面。但她没再进店,似乎怕谁来了看不见似的,就那样抱着泡面,坐在行李箱上津津有味地吃起来。

没多久,她的泡面碗打翻了,是被一个男孩急切的拥抱打翻的。

她假意嫌弃地推开他,嘟囔着控诉,说他来晚了。男孩解释来的路上堵车,他都急得快哭了,不断喃喃着"幸好赶上了"。可只有我们旁观者知道,不是他赶上了,而是她根本没上飞机,选择了继续等。

生活中还是有童话的嘛。我觉得庆幸又好笑,不假思索道:"女孩子果然天生口是心非。明明铁了心要走,背地里还是会给自己找借口,为了留在原地,做很多的努力。"

江忘沉默了一会儿,忽然问:"那你呢?"

我蒙了一瞬,他继续追问:"你呢,有没有……有没有为了留在原地,做努力?"

当即我恨不得将那个表情包"我不是,我没有,你别乱说"印在脑门上。我怎么可能和她们一样俗呢?我信奉的是"受了欺负就睚眦必报,谁不爱我了,掉头就走"。浪费时间的事,我从不做,毫无目的地努力是不可能去做的,一辈子都不可能。

哦,你说为他挨打的事啊?那只是我的同情心泛滥。

他走到今天不容易,不出意外,将来还会成为特别好的医生,不应该为了一个小失误而毁掉前程,这对广大人民而言也是损失。

为了大义,我挨巴掌小意思啦。

没错,女孩子还天生爱撒谎,狠起来连自己都骗。

"月亮?"看我出神,江忘叫了声,广播开始提示他即将乘坐的航班正在登机。"

我立刻站起来帮他拉行李:"你快去安检吧,真的来不及了。"

他被我推到了安检口,脸上明明白白写着不甘和犹豫。我又催促他,他才鼓起勇气快速说:"你在非洲给我打电话那天,我就想去找你的。其实你刚去非洲,我就打算去找你,所以提前办了签证,但我一直没勇气踏出第一步。我始终记得你在病房里说的那句——从小到大,你真正喜欢过的人只有陈云开。我一直想不通一个问题。那我呢?你跟我在一起算什么,习惯我的陪伴,还是出于对我的怜悯?我想不通,千头万绪和骄傲都捆绑着我。直到你给我打电话,我像是终于找到了挣脱理智的借口。我心想,无论答案是什么,我都应该再亲口慎重地问你一句,你到底爱不爱我?于是我拿了护照和签证就冲出了门,但那天,那天……"

蓦地,青年的眸子里又起雾,浓得我都看不清。只是他的勇气似乎用尽了,接下来的话没说出口,转而定定地看着我,话锋一转,问——

"我们错过了,是吗?"

"不是我们错过了,而是你错过我了,江忘。"

好半晌,我听见自己微弱的声音。

他的一番话让我更加确定,这是场迟来的诀别。当年不清不楚地分开,彼此都有误解,也有口是心非,之所以念念不忘,是内心觉得这场戏还没完。可是时候了,是时候画出一个早该落下的句点。

"如果我之前对你来北京的目的抱有怀疑,通过最近的相处,我当然懂了,大概率是因为我。我很感激你与我一样,没对过去完全释怀,甚至在香山停电的晚上,我也不是没想过,就豁出去演一次恶俗的破镜重圆又怎样。我醉心在你刻意和不刻意营造起来的暧昧中,完全享受你对我的温柔。可是，当你真的要吻下来，你知道，那瞬间我在想什么吗？"

江忘直愣愣的，似乎没想到我会如此开诚布公。

"我在想——"我吞咽几下口水，嘴唇舔了又舔，许久才把喉间翻滚的酸涩压下去，说，"我在想，当年在那座忘忧桥下，常婉亲你的时候，你的心情是不是和我一样？是不是醉心在她刻意营造起来的暧昧中，完全享受她对你的温柔？或许当时的你对她还谈不上喜欢，但是江忘，你能不能回答我——那一刻，你是不是完全没有想起过我？"

奇怪，我越说越镇定，身体一下子充满了从前那股无畏的勇气。反观对面人的表情，说是"天崩地裂"也不过如此了。

"你怎么……"青年的瞳孔开始颤抖。

或许他以为，那依旧是他和常婉之间的秘密吧。

我勇敢了，可还是没能阻止眼里蓄泪。我清楚地感觉到眼眶湿湿的，预告着即将来临的"倾盆大雨"。我不愿让他看到，下意识地偏了偏头，深吸一口气，莞尔说："所以，在病房里，我撒谎了。我不想让你知道，其实从小到大，我喜欢的人都是你。我可以为了任何小事和陈云开厮打，我受不了他靠近禾鸢而对我怠慢，仅仅也是因为少女的自尊心。但你不一样。你用石头巧克力骗我，莫名其妙冷落我，还有好多好多……然而，不管你做什么，我都能找到理由说服自己快速原谅你。只有那次，我没做到。因为我总会想，那一刻，你一定是觉得……和她待在一起比和我在一起更好。也是那一刻，我失去原谅你的能力了。"

话落，我看见江忘的神色彻底裂开了。他眼眶发着抖，眉毛和颧骨也没能幸免，眼底是血一样的颜色。

"对不起，月亮，对不起……"他不断重复，伸手试图来拉我。

我后退半步,躲开了。

"谁想要对不起,江忘。"我的声音也不稳,夹着难以名状的悲哀,"我更想被对得起啊。"

终于,脸上大雨如期而至。

机场广播开始叫江忘的名字,催促他登机。我用力将他往安检口推了一把,以一种近乎决绝的姿态转身跑开。身后一道受伤的目光如芒刺扎在我背上,但我没有回头。

我还是很喜欢大海,但我总不能一次又一次地跳海吧。

那不如各自跃进不同的人海,寻找灿烂。

抱歉,我没能完成小说女主角的使命。

在你们的想象里,我大概是要飞奔出机场,拦下的士,对着司机悲悲戚戚地说一句:"开车,随便去哪里。"然后一个人望着窗外一闪而过的风景,一遍遍用回忆碾压支离破碎的心。

现实却是,我哭哭啼啼间还能想起来,机场到市区的打车费需要两百来块钱,还没拿到工资的我没有一掷千金的底气。于是,我只好一边流着眼泪,一边寻找地铁站,一时间,竟不知道是在哭自己失恋了,还是哭自己太穷。

陈云开打来电话时,我还嗷嗷不停。估计他在那头习惯性地皱了皱眉头,却没问我为什么哭,只发号施令说:"回家的时候带两包盐。"

当他提到"家"这个字眼,我感觉我们就像一对同床异梦的夫妻。我这头刚梦幻地送别心尖人,转头又要回归到现实中去,过无爱的婚姻生活。

陡然间,我想起喜欢的作者曾写过一句话:我只有这一生,要和爱的人过完。

但她忘了写，爱的人离开了该怎么办。

我恍恍惚惚地上了地铁，随着地铁行驶的节奏晃荡，思绪亦跟着晃。不知过了多久，耳边隐隐约约传来到站的声音，我下无意识地跟着人流下车、换乘，继续扎进人堆里……

所幸公司组长的电话打来了，问我和江医生还在一起吗，要不要一起吃饭，杜总有时间云云。我被迫打起精神，才没坐过站。用冠冕堂皇的话搪塞过后，我正好走出地铁站，来到熟悉的马路前。

我对这条马路之所以有印象，是因为它……太宽了。

听说我们川城新区的马路也在逐渐拓宽，但北京的宽和我们那儿的宽不是一个概念，它属于一眼望过去能想起"辽阔"二字的那种宽。用陈云开的话说："我也不知道这条马路的绿灯只设置十二秒是什么意思。难道是想为国家短跑队纳新吗？看看哪位市民的爆发力强，有资格参加奥运？"

此时此刻，我的眼角还湿润着，被立交桥洞的风一吹，顷刻冷了。

绿灯亮，行人匆匆，有的明显是附近的居民，上来就是百米冲刺，有的是偶然路过，不清楚情况，走到一半发现时间不够了，站在马路中央惊慌。曾经有人告诉我，北京大得随时让人在做选择——有人选择停在半路悲伤，斟酌着要不要回头，有人选择加速成长。

当时我并不太能理解，现在忽然回过味来。

我当然不愿沉浸在过去而止步不前，于是我默默给自己灌了一碗鸡血，就差愤慨地摔了碗，杀进闹市去。我决定在新的城市闯出一番天地，开始新的生活，爱一个新的人。

下定决心以后，那晚我睡了个还算安稳的觉，梦里都是繁花锦簇的明天。

结果，第二天睁眼，我又想起另一句话来：睡前虽然雄心壮志，但醒来后就要去上班，我还是不太愿意的。

我抱着既想蜕变又想对懒惰妥协的复杂心情到了公司，浑浑噩噩地处理了一些资料后，办公室的座机响起。

组长来电，让我去一趟总经理办公室。

不用猜也知道，他是为了江忘来找我的。

公司有两层楼，总经理办公室在楼上。见杜青山之前，我对这位总经理的印象只有两个字：骚包。明明通行靠旋转楼梯就可以解决的事情，他非给自己安装了一部专用电梯。直到了解到"子承父业""富家子弟"这些标签，我才稍稍理解——大概他从小浮夸惯了。

等电梯时，我已经开始打腹稿，琢磨着怎么应付资本家，谁知道我推门而入时，正主还在接工作电话。透过一大片落地玻璃射进来的强光令我眼睛不适，那人沐浴在强光里，我好半天没看清他到底长什么样。

近了些，隔着两三米的距离，我终于看清老板椅上那位——长得一般般吧。

杜青山的五官分开看都不错，合在一起就不是我的菜，加上他的鼻尖还立着一颗因为着急上火冒起的痘……我有些失望。

开场很偶像剧，现实很难忘，仿佛我的人生总是经历这样的滑稽转折，难道我这辈子只能演喜剧了吗，我惶惶地想。

杜青山："嗯，有这回事，关于协议内容无法达成一致。"

他自顾自地对着电话回答什么，间歇抬头看了我一眼，接着毫无波澜地单手拿起笔记本电脑，递给我。

我蒙了下,不明白什么意思,无声地指了指自己。他冲我点点头,而后捂住电话对我讲:"送给技术部的检查下电脑,老是自动黑屏。"

我站在办公室里回忆了一下所谓的技术部在哪里,好几十秒后才有反应,讷讷地抱着电脑出去了。

技术部的员工都在忙,只有一位肯搭理我,却将我当成助手,一会儿要我开电脑,点哪个按钮,一会儿要我输入什么测试代码。杜青山的笔记本电脑是定制触屏,我手笨,常常不小心触到别的地方,于是很不小心地点开了他的QQ空间主页。

上帝做证,的确是不小心,毕竟我只对朋友的私生活有兴趣,对其他人的毫不八卦,更不想知道十年前,杜青山居然是传说中的非主流"冷少",喜欢在空间发这样的说说——

七夕那天谁会给我留言?陌生人留一条,普通朋友留两条,好朋友留三条,红颜留五条……对我不离不弃的留十条。难得一年一次的表白日,你敢玩吗?

立刻我脑子里冒出"不敢"二字——怕了,怕了。

等把修理好的电脑送回办公室,我已经无法直视杜青山。即便他摆出自以为冷峻的气场,一丝不苟地检查着电脑,我也觉得毫无威严。

"还不走?"

突然,他发现了还留在原地的我。我刚想说什么,我的组长慌慌张张地推门而入。

看见组长,杜青山开口便质问:"让你通知你们组的林月亮来见我,大半天怎么都没见到人影。"

组长尴尬地看看他,再瞧瞧我,咋舌半天才道:"这、这就是林月亮啊,杜总。"

顷刻间,我捕捉到杜青山不可置信的神色。原来他把我当成行政部的小妹了,才让我送笔记本电脑去维修。

良久的打量后,他维持着惊讶的表情:"就这?"

那表情好似在说,让江忘主动加他微信,亲自出马替其请假的女孩子,就长这样吗……

"我只是忘了化妆。"好半晌,我带着自己仅剩的一丝倔强,昂着脑袋讲。

第三章
在场的都知道,你我曾那么好

他曾让我觉得,我是来拯救他的神祇,
所以我从不认为,他会亲手将神像打碎。

约莫杜青山是我行我素惯了，被我回撑后也觉得不太礼貌，不好意思地咳几下，对我开门见山。

他问我和江忘是什么关系，我直接回他："前任关系。"

他的神色更是诡谲莫测。

他给我的组长使了个眼色，对方退下。

门被关上，杜青山老神在在地交握双手，不加掩饰地直视着我："既然都是江湖人，那我就不拐弯了。公司新研发的靶向药，你应该听说了，目前刚拿到生产许可证，准备大量投入生产。之前我试图和江医生联系，没摸着门道，加上好友以后，他也不谈工作。我知道，技术流嘛，又年轻，更何况是肿瘤科的，清高点正常。不过，我们拟定的合作推广人选里面，集团最中意的就是他，所以想找别的法子争取一下——"他顿了下，盯住我的眼神更热了，"虽然你们不是现任关系，但看他对你上心的程度，你应该能说上几句话。起码让他同意和我见一面，吃个饭，剩下的，我自己来，这不难？"

"挺难的。"我连犹豫都未曾。

当年我爸出事，江忘为了替我分担，答应和常婉她爸合作，结果被卷入舆论风波，搞得烦不胜烦。就算不问，我也知道，这样的事情，他不想经历第二遍。我够了解他，所以不会为难他，哪怕时至今日。

杜青山被我的直接激怒，眉头蹙得很深，十分不解："我能问一句为什么吗？"

面对领导，我还是有些紧张，舔舔唇才道："他不喜欢。"

杜青山笑了，好半晌过去，送我三个字："恋爱脑。"

"世上任何关系都能良好地利用起来谋生，这才是聪明人。为了幻想中的美好抱残守缺，也许能让你的心好过，可你的生活注定好不了。

譬如江医生，人家就是聪明人，否则当初也不会和常氏合作。赚得盆满钵满以后，他再来装清高，有资本了嘛。你呢？你有什么？如果没记错，你还在实习期，连转正的资格都还没有。"

言语中含着威胁。

一时间，我语塞了，因为杜青山的剑刺到了我的痛处。如今的我，确实没有任何能力与他抗衡。在他眼里，我大概像个跳梁小丑。他甚至不需要高薪诱惑，不需要给我画饼，只需要用一个转正名额，就能将我威胁到。

离开办公室时，我还一声不吭，杜青山让我好好想想，只是组织一个饭局而已，哪有那么困难。

可我能对全世界厚颜无耻，唯独对江忘，我做不到。

回到家，我还闷闷不乐，对陈云开说我可能又要失业了。

我期待着他豪气干云地说一句："失业怕什么，只要你在北京，我养你。"

然后，我会顺着台阶下来，说："那我尽量少吃一点。"

结果他拿着筷子想了半天，才说："从客观角度分析，我觉得你们领导没毛病。"

我眼一瞪，他立刻又加一句："可是威胁人就不对了。"

总算找到理解自己的人，我一通吐槽，包括老板的非主流"说说"。陈云开在对面坐着，好像是我今生无话不谈的朋友。他知道我的所有——阴暗和阳光，快乐和悲伤，包括缺失江忘的日子，他也统统知道。

我吐槽到最后，陈云开开解我："你有没有想过，可能是你的态度问题。你们领导或许不是非要你找江忘，混那个圈子的人有的是办法，只是你恰好撞上。他顺势一说，没想到会被你拒绝。被你这个在他手下讨生活的小角色拒绝，他估计有点怀疑人生。"

说白了，就是"皇帝病"呗。

但可惜了，打小我也有个改不了的毛病，那就是关于江忘的所有，我总忍不住维护，哪怕天王老子来了也不行。毕竟我曾为了他爬树赶蝉，就连差点摔死也不怕。

于是第二天，我又和杜青山刀兵相见了。

办公室里，气氛剑拔弩张。他觉得我脸皮薄，还有些不识抬举，认为我不擅长做销售类的工作。弦绷到极致，我也不耐烦了，口出狂言道："您也不用旁敲侧击地吓唬我。如果有需要，我随时可以走人。我没转正，连辞呈都用不着写。毕竟一个要靠女人去周旋的公司，即使我留下，也没有什么太大指望。"

此时此刻，明显已经不是约饭的事了，而是我驳了他作为领导的面子，他恨不得将我千刀万剐。可这是法治社会，他只好用看似关切实则剜心的语气对我说："你这性子，去到哪家公司都做不长，要是演宫斗剧，恐怕连半集都活不了。不管你走还是不走，我都给你一句忠告——懂得服软，见人说人话，见鬼说鬼话，才是职场生存法则。"

我明白他的意思，也假装憨憨："谢谢杜总。"我说，"为了表示感谢，离职之前，我一定会去给您留言。"

"哈？"本来威风凛凛的杜青山愣了下，"留什么言？"

我下意识地看了看他的笔记本电脑，尽量保持镇定："以后的每个节日，我都会去您的空间留言。陌生人留一条，普通朋友留两条，好朋友留三条，红颜留五条……对我不离不弃的留十条。杜总，您这样关爱我，我选择不离不弃。"

咔嚓。我似乎听见他的面具在这一瞬间裂开了。

趁着还没袭来更多的狂风骤雨,我飞快地逃出办公室,誓要维持住这场口头之战的胜利。

是的,口头。刚找到的饭碗都没了,实际受损的还是我。但只要我不认,他就拿我没办法。

"不怕。"禾鸢安慰我说,"再不济,你还是个'拆二代'啊。只要你爸妈在,你就有饭吃,有屋住,永远有退路。"

"如果王丽娟得知我上了二十来年的学,到头来还是把她当退路,估计她会亲手搬来石头,把我的路堵死……"

"哈哈哈。"禾鸢在电话那头笑得花枝乱颤,"父母嘛,嘴巴都硬。不信,你什么时候回川城感受下,保管你得到的是爱的供养。"

其实即使她不说,我也有了回去的心思。

就在走出公司大楼的那一刻,我茫然四顾,发现这座大城市竟没有我的容身之处。一阵风来,吹得我身心都冷起来。我拔腿往地铁站的方向走,双腿却越走越重。因为我很清楚,陈云开那里也不是我的家,只是暂居之所。

那一刻,我如同每个漂泊在外受了委屈的孩童,一心只想回家找爸妈,哪怕他们真的会骂我没出息。

那天在地铁上,我做了回川城的决定。

如果说在川城有我想逃避的人和事,那我自认为已经解决干净了。此后,我可以毫无顾忌地与那个人相遇、擦肩,像没爱过一般点头、微笑、示意,甚至开两句玩笑。

面对才是放下。即使为了证明这点,我也得回去。

打定了主意,我就咬咬牙去超市买了许多海鲜,打算给陈云开做一顿离别盛宴,报答他的收留之恩。没承想等我费劲地将食材拎回公寓后，发现冰箱里还有很多肉和蔬菜。这似乎是他新添的，因为昨儿冰箱里还空空的。

我单手叉着腰，站在料理台前一边休息，一边给陈云开发语音："咱俩的默契是不是太低了。你买菜不说一声，我逛超市也没告诉你，现在你这个三开门的冰箱都快装不下了。"

陈云开手里应该有病号，一直没回复，我乐得自在，开始捣鼓，洗菜、准备调料、切菜……

不知过了多久，传来开门的声音，我头也不回地邀功："要是你妈看见我这么贤惠，会不会更希望我做你们陈家的儿媳妇了。"

话音刚落，背后传来幽幽的一声呼喊："儿媳妇……"

我手一颤，菜刀啪地掉在案板上，连带我腿软得差点整个人都滑到地上。

慌忙转身，我对上陈阿姨惊诧中夹着惊喜的脸。

女人站在门口，一只手拎抽纸，一只手拎洗衣液和其他乱七八糟的杂物，想来冰箱里新添的东西也是出自她之手。我俩的眼神刚对上，我就眼睁睁地看她扔掉了抽纸和洗衣液，两手捂嘴，一副泫然欲泣状："天哪，天哪……"

她认真地表演着哆嗦："我竟然比王丽娟先见到你，我终于赢了她一回！"

顷刻，我的额头冒出了三条黑线。

我以为她会呼天抢地找陈云开的麻烦，骂他："你和月亮那丫头什么时候好的，竟敢不告诉你娘！"

可原来让她激动的不是我和陈云开同居，而是她赢了我妈。

"难道不值得高兴吗？"她拽着我在沙发上侃侃而谈，显得极其欢欣。

"值得……但没必要。"我还是很诚实的。

贫贱不能移,除非……她能分我一半的鱼塘。

好吧,我只是不知道该怎么处理目前的状况。她似乎已经默认我和陈云开偷偷谈恋爱了,连着三个问题都和陈云开有关,偏偏我还能回答上来——比如他什么时候下班,明天要不要值班,周末调休吗。

这样回答下去,我自己都要觉得我和他谈恋爱了呢。

紧接着,我想解释,却不知从何说起。因为从头到尾,她都没问过我和陈云开之间到底是怎么回事,导致我连解释的机会都没有,难道"此地无银三百两"地说一句:"我俩清清白白。"

反正如果换成我,是不信的。

在我脑袋一片混沌的时候,陈阿姨终于注意到了料理台上料理了一半的食物。她过去看了一圈,手脚麻利地系上围裙开干。其间我去帮忙,被她推出厨房,让我看电视,顺便给陈叔叔打电话。

陈阿姨:"那家伙跑去找老同学了,说是在人家里住一晚,明天过来。我本来不同意,总觉得心里有点慌,有事发生。欸,还真有件大喜事。你快给他打电话,让他立马滚回家吃饭,一起庆祝守得云开见月明 CP 终于合体!"

我趁机解释:"阿姨,我和陈云开不是……"

门口有动静了,这回是陈云开。

看见他,我就跟看见救星一样地扑了上去。我用嘴型冲他说:"你赶紧吧,我已经招架不住了,你想想怎么解释。"

为了让他明白我的意思,我能感觉到自己的五官都因为用力过猛而扭曲。

谁知我太着急,没注意脚下,被沙发绊了下,整个人直直地扑进了陈云开怀里,被他牢牢接住。

陈阿姨正好回头,被这副"望夫石终于等到夫归"的如胶似漆的画面给羞红了老脸。

"啧啧啧。"她似乎难以直视,摇摇头,双手在围裙上蹭了又蹭,一脸早知如此地感慨,"我早说过了,做塘主夫人很轻松的,每天只需要等老公回家。丫头,现在信了吧?"

有那么一瞬间,我想起白天被解雇的场景,真的有种想躲在陈云开怀里,就此不起来的冲动。

谁不想轻松呢,可他无情地推开了我。

"什么味?"陈云开捂着口鼻,嫌弃地说。

还能是什么味,我不是在给他做海鲜吗。

我俩暗中较劲。

厨房里汤锅开了,陈阿姨反应过来,转身继续忙乎,背对着我们,时不时与我们尬聊。我和陈云开则坐在沙发上,表面有一句没一句地搭着话,背地里互相说着小话。

我压低声音质问他:"阿姨来北京了,你怎么不第一时间告诉我!"

他随意地摁着电视遥控器,一副意兴阑珊的表情:"你打算回川城也没第一时间告诉我啊。"

"这种事也要攀比,有意思吗,陈云开?"

"挺有意思的。"他偏头看我,一副欠揍的样子,"所有能让你手忙脚乱的事情,我都觉得有意思。"

我定定地看了他好多秒,然后伸出手:"海鲜食材费,三百六十八元。"

我后悔了,我不该请他吃盛宴。

谁知陈云开转头就冲陈阿姨叫唤:"妈,你微信里有三百六十八元吗?林月亮……"

话没完,我当机立断捂了他的嘴。

陈叔叔受不住压迫,还是赶在吃饭前屁颠屁颠地跑回了家,全程配合陈阿姨给我妈打视频电话,让我妈猜猜她对面坐着谁。

我妈和陈妈的性格天差地别,怎么形容呢,就如同我与禾鸢。关键时刻,我妈有着正常的机敏和冷静。她不过沉默了一会儿,就说:"月亮?"

她知道我离开了非洲,打着疗情伤的名义四处漂泊,最终落脚北京——联想起来不觉得稀奇。

陈阿姨卖关子的心没能得到满足,紧跟时代潮流的她张口就来:"说好做彼此的天使呢?"

我妈:"是啊,我做天。"

于是,两个小老太太对着手机开始拌嘴。

怎么着,在川城还没吵够?两人言语间斗得有来有回,我总算听出点意思,明白了陈云开他爸妈为何突然来北京——不是因为想念儿子,而是做逃兵……

事情很简单,三言两语总结便是——陈阿姨遭遇了电信诈骗,损失七八万块钱。原本她觉得丢脸,想吃个哑巴亏,谁知道其他受害者报了案,警察顺藤摸瓜排查到陈家,上门来询问是否被诈骗。

旧小区隔音效果不好,一点动静都能引得左邻右舍开门,在熟人目光的打量下,陈妈不愿承认,硬着头皮说没有。但警察本着尽责的心不放弃,陈妈没办法了,只能逃。

陈妈:"自尊心到底多重要,阿姨懂你。所以你当初坚持和江忘那孩子分手,你妈不理解,下意识地觉得你欺负了江忘,我当时还骂过她。有的人捅刀子,看似下手重,其实只割了对方一点皮外伤。像你,就是典型的咋呼型选手。可有的人捅刀子,要么不动,要么直刺心脏,只有挨刀的才知道有多致命。"

夜晚,我和陈阿姨躺在一张床上。她拍拍我的背以示安慰,说她不清楚这几年我到底经历了什么,当时只听说我在非洲生了场病,究竟什么病,我也瞒着家里人,大概怕他们担心。她说我傻,什么都自己扛。

突然,我的眼泪止不住地流,破防地对她诉说这几年来的委屈,包括今天被逼辞职的事情。我痛斥自己似乎什么也做不好,不明白生活为什么已经夺走了我的爱情,还要剥夺我的面包。

陈阿姨哈哈大笑,说这才是生活对我的偏爱。

"只有无忧无虑长大的孩子,身上才会有残存的匪气。那种我不惹事,但你非要惹我,我也不怕事的劲儿,才是好多人最羡慕的。你想想——"她抚摸着我的长发,沉思片刻道,"你丢了这份工作,真的会饿死吗?不会,起码保证基本温饱没问题。就算你妈生气,一时不管你,还有阿姨啊。我可不允许我的准儿媳过得不好。她必须穿金戴银,趾高气扬。"

这时,我呜咽得更厉害,恨不得立刻投一张简历说:"阿姨,我不想努力了,这儿媳妇的职位,我应聘了,您挑个良辰吉日让我上班吧。"

如果,我是说如果,陈云开没来敲门,煞风景地说:"哭小声点。我明天早班,要睡觉。"

禾鸢到底喜欢他什么!

万万没想到,我是和我妈……哦,不,我干妈一起回川城的。

就在我诉苦的那个晚上,陈阿姨说此时此景,和我之间倒不像婆媳关系,而是她在安慰女儿。

"总觉得不听你叫一声'妈'可惜了。"她说。

我明知是套路,还是钻了,清清脆脆一声"干妈"喊得她心都化了。谁叫我太希望穿金戴银了……

我妈得知以后,骂我"有奶便是娘"。

没办法,我必须让二虎相争——争我,这样她老人家才会觉得我珍贵。我回家,她才不会找我麻烦。

陈云开直言,我的腹黑程度已经直逼《甄嬛传》里的嫔妃,还要整天立小白兔人设。但转头他又说:"你那八百个心眼子要是用在事业上,说不定还是个角色。"

"夸了等于没夸。"

无论如何,我总算顺利地回到川城。

下了飞机,从机场回家的路上,我发现周边建了很多高楼,原有的山体在水泥筑起的城墙背后若隐若现,青一点,白一点,紫一点。周遭的空气是熟悉的,到了市区,人声鼎沸,市民慢悠悠过马路的节奏看着格外舒服,不像北京,无论到哪里都只见步履匆匆。

看来陈云开说对了,我还真是没出息。

车里,陈阿姨问我接下来怎么打算的。

陈阿姨说:"可以休息一阵,再考虑工作的事情。你有那张毕业证,无论到哪里都能找份糊口的活计,不着急。"

陈叔叔这才想起来:"对哦,月亮也是川医大毕业的。"

"是啊。要不是江忘那小子忽悠着我们月亮考川医大,说不定她当初就跟着云开去北京了。"

陈叔叔对江忘的印象挺好,忍不住就事论事了一番:"话不能这样讲。女孩子太小就离乡背井,不好受,在川城挺不错的。况且,川医大不比京医大差到哪儿。当初要不是江忘上心,激励月亮……"

我陷入以为早就干涸的回忆,再回神,已到家楼下。

傍晚,天色渐黑,家属院门口已经亮起了昏黄的灯光。

我爸早早地守在家属院门口,穿着大棉袄,梳着贝壳头,踩着毛拖鞋,明显等着迎接我,帮我搬行李。

他经历那场车祸后,腿有些跛,但越老越不服输,总喜欢干些体力活证明什么。我不推辞,尽量多地给他存在感,还主动将挎包挂上他的脖子:"爸,还有这个!"他明显又累又乐。

我妈做了丰盛的饭菜,考虑到他们冷锅冷灶懒得费劲,邀请陈爸陈妈去家里吃。陈妈毫不客气,走得比我还快,嘴巴对着双手直哈气说:"快走吧,太冷了!"

不知为什么,我总觉得将来老了,我会成为和她一样的小老太。一想到这儿,我的开心又多了几分。因为这样很棒啊,不管岁月给我多少印记,我还是有余力快乐。

进了门,我妈假装不是很耐烦的样子,吩咐我把行李箱放到房间里去,然后洗手拿碗筷。

家里灯火通明,格局没怎么变,但添了一些新家具,譬如玄关的鞋柜、储物柜等。我推着行李箱进卧室,房间里传来一股明显的奶香型空气清新剂味道——旧时的味道。

我在铺得厚厚的大床上翻滚了两圈,感觉到被子下方传来热气,应该是我妈提前把电热毯开了……

须臾，我忍不住在心中懊悔——为什么没有早点回来。或许，早点回家，我的伤就不会成为腐肉在心里烂这几年。

或许，我早就可以走出来。

成年后，大人的饭桌上总避免不了谈到职业规划的问题。我爸和陈阿姨的观点一样，让我休息一阵。我妈最后才开口，说是哪个前同事现在某个私立医院担任什么职务，正好他们医院招护士，觉得我简历不错。如果我有兴趣的话，约我下周一面试云云。

他们依旧不知情，我感染病毒的后遗症导致我无法再做护士。我一直不敢说真相的原因，除了怕他们揪心，其实，还有更重要的一点——

我怕他们恨江忘。

我可以恨他，因为我清楚自己不会真的做伤害他的事情，顶多和他老死不相往来。但我怕别人恨他，我不愿意看他受到伤害。

陈云开对于有件事看得挺准的——我难成大器。因为我似乎永远也克制不了自己对一个男孩心软。

我忘不了儿时的朝夕相处，他流露出的所有脆弱。我忘不了成年后，他向我提起童年遭遇时，将我当作救命稻草般的眼神。他曾让我觉得，我是来拯救他的神祇，所以我从不认为，他会亲手将神像打碎。

算了，算了，别再想了。

我强迫自己摇摇头，赶紧转移话题说："我想考编。"

突然，一桌子的人都停下了手。

我爸斟酌一番，言辞恳切道："倒不是说考编不好啊，闺女。工作稳定，福利不错，适合女孩子。不过，那可不是想考就能考上的，为人民服务也是需要实力的……"

陈阿姨附和:"是啊,是啊,我一个朋友的女儿为了考编,努力好几年,终于笔试过了,面试却被刷下来,结果直接精神崩溃了。"

我妈:"醒醒。"

……得了,多年过去,我在他们眼里还是学渣一枚。他们觉得我当初能考上川医大,得亏江忘在背后使力,不过是撞大运而已。

一想到这儿,我不服输的那股劲上来了,声音更加坚定:"没挑战性的事,我还不做呢。明天我就买资料去。"说完,我随便扒拉几口饭就回房间开电脑,上网查各种资料和信息去了。

我出门上厕所的时候,我妈已经在收拾碗筷了。

厨房里,陈阿姨得意地问我妈:"怎么样,我刚刚演那一出很OK吧?我懂你和老林的意思,月亮这丫头,不刺激不行。"

搞半天,原来是激将我。要不怎么说,姜还是老的辣。

不过,我不介意。有些人的心眼是为了设计,有些人的初衷却是为我好。好赖,我还是分得清。

自那天,我开始把考编作为头等大事。

我是说,如果家里的饭不够好吃、被子不够软、环境不够舒适、朋友不够多的话……

那真是一段躺平的日子。

除了每天都被我妈"已经十一点了"这样的话欺骗,偶尔我也会早起,特意去儿时常常光顾的早餐摊吃炸油条,喝豆浆。

那家店之前的位置也在拆迁范围,老板提早换了新门脸,比原来要远。我信步走在熟悉的市井小道上,听着车声、有趣的方言、自行车铃……感受到了真正的人间生机。

杜婷和闻多知道我回来了，满世界宣扬。从前家属院的小伙伴们拉了个群，隔三岔五举行聚会，有时举行的是为了显摆的同学会，有时是私交比较好的几个约 KTV，更多时候是在周末休息时间约打麻将。

　　闻多打麻将的技术炉火纯青，我则属于菜鸟级别，于是我把他也拉进了群。偶尔他应战，偶尔他坐在我后边指点，然后被气得七窍生烟。偏偏我技术差，瘾却大，看书看累了就想玩几圈，常常在群里组局。

　　谁知这个周末，其他人纷纷响应，有一个雷打不动的牌搭子却突然缺席。

　　微信群里。

　　牌搭子 A：我们科最近忙死了，所有休假被取消，我已经连续值班二十四小时，还不知道今天能不能回去。

　　杜婷：这咋整？

　　闻多：我坐下来凑数呗。

　　牌搭子 B：我们医院传染科也不消停，休假的都被叫了回去。

　　我：还有什么比三缺一更恐怖的事情吗？

　　闻多回了一个表情图，突然灵机一动，私底下给我发语音消息说："我帮你约个人吧。"

　　要不说，关键时刻还是要共同经历过生死的人才靠谱。想当初在非洲，我意识模糊的时候，也是这个声音在我耳边狂吼——

　　"月亮，你醒醒！你不是战士吗？！战士倒下不可怕，可怕的是爬不起来了……"

　　我费力地睁开眼看他，见他戴着口罩，穿着防护服，将自己捂得严严实实，所以声音才模糊不清。于是我用力挤出气音对他说："你终于肯承认我是美少女了……"

他眼神悲悯："说什么傻话，你当然是搞笑女战士！"

我气得浑身发抖，撑着一口气都想爬起来和他决一死战，结果还真凭着超强的意志力挺过了那一关。

所以，闻多会出奇招这种事，我是知道的。

但我万万没想到，比起奇招，他更喜欢出的是损招。

当我在茶坊里看见江忘现身的时候，毫不夸张地说，我就是那个石化的表情图。

他似乎早就知道我在场，隔着五六步的距离，云淡风轻地冲我扬了扬嘴角，天然无公害那种。突然我想起年少时喜欢哼的那句歌词——

在场的都知道，你我曾那么好，如今整颗心都碎了。

那场麻将，我打得比平常小心翼翼。因为我不愿在江忘面前露怯，不愿他认为我是个白痴。

我努力营造出还有点智商的样子，反倒是杜婷和闻多放松了警惕。

他们聊起最近各家医院都如临大敌的事情，那就是频频收到浑身长疮却不明病因的病人。医方从起病症状和发展趋势分析，怀疑与多年前流行的蝾螈壶菌感染情况相似，目前各大医院的传染科都忙得不可开交。

杜婷也是传染科的，当初还是江忘建议她选择传染科，说从人类与自然生态的相处趋势看，传染科必将与肿瘤科不相上下，成为不可或缺的医疗主力军。他向来是家属院里的指向标，杜婷听了他的话，如今也前程似锦。

因此，看见江忘，杜婷就跟看见再生父母一般，与他聊得热火朝天，完全忘记了当初是谁信誓旦旦地在电话里对我讲："放心吧，月亮，如果常婉真的和江忘有一腿，我们整个家属院都会联合起来鄙视他！"

女人的嘴,也是骗人的鬼。

"那你不忙?"出牌间,闻多随口问杜婷。

杜婷:"我已经连轴转了七十二小时,不仅要盯病人,还要盯实验数据,这不刚换下来。"

话音落,江忘接了个工作电话,挂断后说恐怕不能玩了,得去趟医院。我看着他起身匆匆告别,心底率先闪过了一丝如释重负,紧跟着竟还有一丝不明所以的失落。

杜婷和我走的是同一个方向,茶坊就在家属院附近,我俩散步回家。我得意扬扬地炫耀今天的战果,还说要不请她吃个饭吧。

杜婷不屑地撇撇嘴说:"江忘给你喂牌喂得那么厉害,你还不赢,那真的是白痴。"

"怎么可能!"我不承认,"这就是我的实力。"

杜婷点点头,做沉吟状:"能让他另眼相待确实也是一种实力。"

"我!"

好吧,愚笨如我,也看出来江忘让了我多少次,还老在我牌好的时候给我助攻,打得闻多和杜婷叫苦连天。

"闻多叫他来,估计也是想撮合你俩吧?"杜婷一脸八卦的样子。

顷刻,我心里那股不易察觉的失落更明显了。原来,我失落的不是和他相处的时间太短,而是全世界似乎都在为我们的复合而努力,可只有我自己心里知道——不可能了。

我依然控制不了对江忘的情感,看见他,我的心还是会怦怦乱跳,在街上看见和他的车一样的车型,我的目光都会停留三秒以上……但我不敢再和他相处。因为我怕当初那些痛彻心扉、难以成眠的夜,卷土重来。

我刚到家,当初和江忘一起收养的那只小狗"涨停板"便摇着尾巴跑到门口迎接。我一把将它抱起来,一边蹂躏它毛茸茸的脑袋,一边往卧室走。它在我怀里蹭个不停,我占据床,它占据我的怀抱。

我看着它,情不自禁地想起那个吃烧烤的晚上。那时候,我和一个男孩还浓情蜜意,他望向我的眼里,有着浓得化不开的眷恋。可不知从什么时候起,我们带给彼此的只剩下猜疑、争执和妒忌。

我无意识地抚摸着涨停板,它的身子越来越软,后来干脆将整个脑袋都搁在了我的肩膀上,看得出它很开心。我忍不住轻声问它:"涨停板,怎么才能像你一样开心啊。"

真正的开心不是粉饰太平,更不是嘴硬心软。

不知涨停板是真的听懂了,还是巧合,突然抬起小脑袋对我叫唤了三声:"汪汪汪!"

我一愣。哦,原来是"忘、忘、忘"。

忘记那个让我情窦初开、品尝了红尘的男孩——陡然,我一行热泪流了下来。

我突然明白,一段恋情的结束,不是从说分手那刻开始的,哪怕时隔好几年。原来真正的分开,是从你决定真正遗忘开始的。

你要打心眼里接受,不再幻想和那个人的未来,也再不期待某个深夜一个熟悉的电话号码打来。关于他的一切,你还是保持着基本的兴趣,但你不会再费力打听,他的好与不好都和你不再有关。

可越是逼迫自己去做忘记的决定,我的眼泪澎湃得与被风卷起的海浪一般,就那么毫无征兆大颗大颗地砸下来,越发不能自已。

一想到从此以后,去看山与海的时候,身边都没有他陪伴;一想到终有一日，他也会把我忘了，在将来的每个相逢时刻，他都会像今天一般对我笑得云淡风轻；一想到彼此的婚礼上，我们都会以发小的身份出席并送上礼金……

"一想到这些，我就觉得生不如死，还不如当初没活过来。"我终于坚持不住，给禾鸢打电话哭诉。

禾鸢听了很久，回道："哦，不。等你结婚收礼金的时候，你还是很开心的，因为江忘肯定会给钱给得很大方。"

……

"滚！"

第四章
爱情的珍贵之处，在于无法重来

过得去就过去，过不去就失去，
无非这两种结局。

家属院的拆迁工作终于动工。

众口相传了八九年，有房产证的都翘首以盼，可当外墙上真的写上"拆"字，大家兴高采烈的心情又都蒙了层怅然。

甚至杜婷看着我们儿时的玩乐场所感慨："小时候我嫉妒过你，为什么是你做皇后？你长得也就那样。"

"我……"

杜婷："那时候我表现得一点也不想和你们玩，是因为我没得到想要的。"

"你想要什……"

"哈哈哈，承认也没什么可怕的。毕竟小时候的陈云开虽然还没长高，脸蛋却生得好。"

我越听越不对劲，转头看着她："那你可真花心。小时候喜欢陈云开，现在却围着江忘转！"

她冷哼一声："谁不是呢。"

我……

最近几年，我怀疑身边的人都集体报了个班，班的名字叫"如何将林月亮撑得哑口无言"。

不过无所谓了。

反正过了今天，我就正式和过去道了别——旧物、旧事、旧人……

谁料林吉利同志给我致命一击："恐怕还是有点困难的。"

起初我不明白，直到搬家公司的车辆开进一条林荫道，停在我曾经熟悉无比的小区门外。在这里，我和江忘有过最难忘的快乐和痛苦。也是在这里，我无数次看着他摔门离开。

小区门外，我瞧着金光闪闪的几个大字，愣了好一会儿。

林吉利同志赶紧撇清关系："和我无关，闺女！"我甚至看见他的喉头动了下，"是你妈说这个小区绿化好，附近又修了地铁站，四通八达，离哪里都近……"

我爹还想解释，被向来精干的王丽娟一拉。她像个巨人般往我跟前一站，神色还有些许的不耐烦。

"解释那么多干什么？你就问她出不出房租吧？"

顿时我的脸色就被迫好看了，甚至还有些狗腿："几栋几楼？"

赖在我怀里睡觉的涨停板这时也发出一声呜咽，仿佛在吐槽："你怎么比我还狗腿。"

鉴于我牵着涨停板，我妈大发善心地没让我拿行李，我把狗牵往小区里面时，俨然一副久居在此的闲适状态。

看门的老大爷居然还没换，远远瞧见我就喊："江小姐。"

我一愣神，想起从前。那时候江忘在川城走红，连邻居都来套近乎，但他们从来记不住我的名字，往往给我冠江忘的姓。

那时候我挺开心的，毕竟冠夫姓什么的，很适合陷入爱情的小姑娘幻想。但如今，这称呼无疑是一记鞭子，抽得我五脏六腑都痛。

"大爷，我不姓江，我姓林。"

"好的，林小姐。"大爷对于称呼的转换很快，脸上并无尴尬之色。

我刚平静一点，他又问："江先生没和你一起？"

其实，还是我的问题。我内心的脆弱为什么要别人小心翼翼地维护？

但凡冷血如陈云开，别说他叫我江小姐，他就是叫我江太太，我也能岿然不动。

"江太太！感觉好久没遇见你了！"

我闻声抬头，看见以前住隔壁的邻居——她总和我在电梯里相遇。但我对她为什么称呼我为江太太好奇，她紧跟着道："你们结婚也不说一声，那么低调，我还是无意间看见江先生抱着你的婚纱照才知道的。"

这么一说，我缓缓回忆起来。

二十岁出头的年纪，我对美的热衷不比任何女孩少，常常兴致来了就跑去拍艺术照。

就在分手前不久，我闲得无聊，又去拍了一套，里面好像有婚纱主题的。后来过了没多久，我与江忘分道扬镳，伤心欲绝之下忘了许多事，包括去影楼拿照片。

不难想到，那套照片是江忘替我拿回来的。

一时间，我也不知道要说点什么，只好礼貌地颔首，牵着涨停板往小区走。越走，我越觉得双脚沉重，连前方来人也没注意。

没一会儿，一道长长的阴影将我罩住，头顶传来提醒："看路。"

阳光刺眼，还没等我完全看清是谁，涨停板已经冲来人叫得欢。

那人蹲下身摸涨停板，他并不温柔，是用两只手撸它头顶的毛，看得出用了些力道。但小家伙并不觉得疼，还挺享受，仿佛知道这是主人表达极致思念的方式。

江忘个子高，光是小腿的长度好像都抵得上我整条腿，我不合时宜地想起杜婷给他取的外号"腿精"，莫名在这应该伤感的时刻笑出了声。

他站起身盯着我。为了表现出我的释然，我赶紧没话找话："你不是早就搬家了吗？"

我刚到非洲就听杜婷说了这事。他换了更大的房子，更好的地段。

究竟是在哪里，我没追问，因为已经与我无关。

江忘脸上闪过一丝模糊的痛，但消失得很快，快到我几乎以为是视觉错误。

"这边离医院近，不堵车。"他简单地一语带过。

我"哦"了一声，他想起什么，问："你们今天搬家吧？"看样子他早就和我妈沆瀣一气，怪不得对我的出现并不惊奇。

"是的，好累啊。"除了说些没营养的话，我不知道还能做什么。

青年一抿唇，欲言又止的模样。

"如果我说想帮忙的话，你肯定会拒绝。"半响，他微微笑道。

为什么他看起来总能比我更自然、更超脱？突然，我不服输，来了逗他的兴致。

"不一定。"我听见自己略显做作的声音，"很多事，你不开口，怎么知道对方是怎么想的？明明人人都长了嘴，关键的话就是不会说，或者反着说，所以世上才有那么多遗憾和错过。"

他连想都没想，直接一句："我帮你。"

"不用了。"

终于轮到我笑。我清楚地看见他瞳孔里映着的恶作剧得逞的我自己。

不知是不是错觉，他竟没恼羞成怒，一双眼反而含着点笑意，似乎早已看穿我的把戏。

你们有没有过这样的体会？有那么一个人，你们之间保持着高度的默契，可有一天，你居然会为这种依然存在的默契而感到伤悲。

我笑着笑着，突然发觉眼眶莫名其妙有湿度了，于是赶紧道别："不说啦，我们请了搬家公司，你忙你的。"

他没再强求，微微点头："回头联系。"

转身的那一秒,我清楚地感觉到一滴水滑下眼角。

为什么?为什么?我无数次责问自己。

我曾经明明是谁也打不死的金刚芭比,如今金刚之身没了,完全成了个芭比,脆弱到一句话就能流泪的程度。这滴眼泪,它让我咬牙走了很久的路,顷刻变得全无意义。

好在搬家真的是件费心神的事,以至于我的伤悲只维持了那么一会儿,另一种更大的伤悲就将我淹没——

"真的不能请保洁吗?"我第三次向王丽娟提议。

她已经懒得搭理我,用沉默给我一记耳光。

我泄气地想扔了拖把,但大概率会被她要求赔偿。嗐,啃老就是挺不起腰杆。

叮,微信铃声响,弹出江忘那万年不变的头像。

我捧着手机看了好半天才敢点开,他倒言简意赅,发来一段语音说晚上请吃饭,庆祝我们搬家。估计怕我不去,他紧跟着又发来一句:"我提前和阿姨沟通过了。"

正被我妈弄得心烦气躁呢,天生反骨的我摁住语音回了句"不去",干脆利落。

他应该也在忙,没和我多聊,谁知到了饭点他直接给我发来一个地址。

我心想这人还是有改变的,从前出了名的脸皮薄,怎么今天行为反常。直到重听语音,我才发现,系统只录了一个"去"字,气得我当天还给 App 客服打电话投诉。

王丽娟看我一通操作,忍不住问了我爸一句:"实在不想去,谁还能拉她出门是怎么的,拿别人撒什么气。"

难道"哪里痛往哪里戳"是我们家的传统吗！

陈云开说，我这方面的本事不赖，结果我妈比我更厉害。

那顿饭，我吃得没滋没味。因为我预想中的关于家长劝和的情节统统没出现。我爸妈在面对江忘时的表现，俨然就是普通的邻居，压根忘记了我们曾经坐在一桌，商量我什么时候过江家门。

倒不是说我希望他们劝和，只是他们的寡淡让我意识到，我和那个男孩真的不复从前了。

席间，我爸客套地问起江忘的工作。他简单聊了聊，偶有自嘲。

林吉利同志当了一辈子的老师，此时教书育人的劲又上来了，劝慰他："你这个年龄有这样的作为已经很出色，别给自己太大压力。就算飞不到更高的地方，现在也很好，毕竟高处不胜寒。"

江忘敬了我爸一杯白酒，而后双手规规矩矩地撑在膝头，似在思考什么，双颊隐约染上了红色。

"大展宏图什么的，我从没想过，只是希望有能力安身立命，为重要的人遮风挡雨。可一旦展开翅膀，努力飞了起来，就不能停了，否则在大家眼里就成了堕落。很多外力会推动你不断往上走，有时候会忘了出发时的心，甚至遗失曾经很重要的东西。"

这下换成我的脸热了。

因为我厚脸皮，总觉得我就是他的"话中话"。

我磨着牙，用筷子用力地戳着碗里的饭菜，心想倘若我是你想为之遮风挡雨的人，我对你来说很重要，那你为什么要将我弄丢。我没有挡在你的前途中央，不过想要一份纯粹至极的感情，这都办不到吗，江忘。

越想，我越难受，戳饭菜的动作大了些，江忘终于注意到。

"你在生气吗？"突然，对面传来询问。

我应声抬头，对上青年一贯无辜的眼。我想起从前就是被这种无辜的眼神骗到，为他舍生忘死、心甘情愿。

"没有啊。"我僵硬地别开脸。

他刚才已经陪我爸喝了好几杯白酒，此时脸上的红更明显，估计头也是热的，才突然和我开起玩笑："听说女朋友生气的时候移动速度会增加百分之五十，摆弄碗筷的力度会增加百分之百。"

闻言，我立刻轻拿轻放，甚至挤出一个露出八颗牙的笑说："是吗？我平常就这样。如果你觉得没礼貌，我可以更轻一些。"

江忘没再和我掰扯，扯唇笑笑作罢。

他笑什么笑，我现在最讨厌他笑了，神经病！

谁知闻多得知这段后，却反过来骂我神经病："而且病得不轻。"他讲，"重点是什么移动速度、摆弄碗筷的力度吗？重点难道不是他说的'女朋友'？？？"

听我说，谢谢你。因为有你，又让我在胡思乱想的道路上越走越远。

怪不得，当时我家那二老也神色怪异，但我确实没反应过来，脑子一直处于半宕机状态。

总之，好不容易熬完那一餐，江忘埋单出门，等代驾。

代驾是个小年轻，不熟悉路况，江忘只好到餐厅门外等。我爸妈去洗手间，门口只有我和他。

其实我也可以借故去洗手间，但我今晚之所以会出现，也是"醉翁之意不在酒"。

"江忘，我有话要对你讲。"

我一开口，他就迅速给了反应。当他专注的目光投过来，我居然有些心虚。

青年眨眨眼，不知是意识到我要说什么，还是怎么，先开口道："哦，你等下记得提醒我。我带了一套书给你，搁车里了。前一阵听阿姨说你要考编，恰好最近卫生局有岗位空置，我觉得挺适合你的，于是自作主张帮你买了书，你可以有针对性地学习下。"

看我又要说话，他紧接着讲："放心，我画了重点，免得你跟无头苍蝇似的乱转。"

陡然，我想起大学那会儿，专业考试，开卷性质的，说是什么资料都可以带。于是，别人都一摞一摞书籍往考场搬，唯独我最轻松——我只把江忘总结的一本笔记带去了。

"那次考试，我获得了专业最高分，你记得吧？"我终于扬起脑袋，直视那双深不见底的黑眸，"可是江忘，你知道吗，拿到成绩的时候，我只开心了几秒，紧随其后的，全是于心不安。因为我知道，那不是我的水平。不是我的，即便送到我面前，我也觉得烫手，不敢要。就好像现在，你的好，即便送到我面前，可我知道，你不是我的。不是我的，所以我不要。因为我不想再用几年的寝食难安，来换这点时有时无的厚待。"

"我可以是你的。"面前的人明显慌了下，很急切地想证明什么，"况且，不是时有时无。只是有的时候，我怕你不接受，所以思忖着要不要这样，该不该怎样……"

我莞尔，拨了拨被夜风弄乱的长发："要不要这样，该不该怎样……如果当年在忘忧桥下，你也这样慎重思考过，就好了。"

刹那间，气氛结冰，冰凝成尖锥，跟武侠剧里的特效一般，朝我们"万箭齐发"。

"别再做无谓的努力了,我没办法忘记的。正是因为太重要,所以没办法忘记,你明不明白。"

随着我的态度越发冷漠,江忘的神色越来越悲伤:"我承认常婉亲了我,但都不在我的预计之中。对我而言,那个吻一点意义都没有,充其量只是一个乌龙。后来我的所作所为都是出于遭受刺激的报复,不是真心的。这样你也不能原谅我吗?你和陈云开之间的诸多互动,甚至瞒着我接受他的钱,我不也强迫自己原谅你了!"

"你没有。"我展示出前所未有的严谨思维,抬头幽幽地注视着略显激动的他,"如果真的不在意,你现在就不会重提。"

突然,他也不再讲话,同样死死地盯着我。

这样的气氛让我想起从前无数次他摔门离开的场景,我感觉抗拒之心更重了些,甚至还夹着委屈,于是忍不住连话也更犀利。

"江忘,我曾经因为遇见你而感到无比庆幸。陈奕迅唱的那句'在有生的瞬间能遇上你,竟花光所有运气',简直就是我对你的真实写照。我以为,我们会是例外,我们的结局会成为童话故事的标本。可没想到,都一样,没有例外。我们竟然也会相处困难,也会对彼此产生不理解和怀疑。如今你想要和好,我也想过的。可我想来想去,很多事,我没法解决,也没法忘记。解决不了,哪怕再和好,也不过是在对方的人格里翻找仅剩的美好。我不想亲眼看着你把美好捡起,然后再毫无留恋地离去,带走我长达十几年的坚持。这样一想,我宁愿抱憾。至少遗憾的不只是我,还有你。"

"就当我自私吧,江忘。求求你。"我压抑着喉间的哭意,"还记得我曾经写过的非主流小说吗?我写,爱情的珍贵之处在于无法重来。"

青年眼底的红此时胜过了脸颊的红。

他不死心:"你还写过,爱情不能重来,但偶尔可以胡来。"

他努力挤出笑容,笑容里有期待、有妥协和微弱的请求。

"我们胡来一次吧,月亮。"他不由分说地靠近一步,甚至伸出胳膊想要拥抱我。

我条件反射地躲开,和在北京机场一样,慌忙逃离。

逃回家,我在沙发上躺了很久,看着陌生的格局,脑袋一片空白。

王丽娟应该听见了我和江忘的谈话,进门的时候多了句嘴:"人啊,太倔强是不容易获得幸福的。"

我茫茫然地看她,再看看玄关处正在换鞋的我爸:"我怀疑你在骂自己。"

我妈抄起拖鞋就要朝我扔过来,幸亏被我爸拦住了。

他说:"儿孙自有儿孙福。实在没福气的话,我们就换个儿孙嘛。"

……

为了不让他们换儿孙,赶我出门喝西北风,当晚我只好忍耐着听我妈唠叨。

她难得正儿八经地给我上了一堂"政治课",细数了我性格中有多少看似挺好实际很叫人抓狂的地方,尤其"认死理"这点让她特别伤神。

"如果把认死理放在工作上,或许还能有所建树,但放在感情里,简直是在自找麻烦。因为——永远不会有真正感同身受的两个人啊。有多少人,打着因为了解而分手的旗号伤春悲秋。你们有没有想过,正是因为彼此不同,才能互相吸引。那些说因为了解而分手的,不过是包容心不够。总有一天,你会明白,世上没有完全纯粹的爱情。如果你是为了寻找完美，那我可以断言，林月亮，这辈子你注定成为孤家寡人。谁的生活不是一地鸡毛、含沙夹石？但你应该做的是，对那个人身上的优点与缺点做取舍，而不是要求对方只能有优点，即便那个人是天才。"

我自以为乖巧地听了很久，最终还是没能逃过被赶出家门的命运。

因为王丽娟同志没能等来我对她的认同，只等来一句："这就是传说中的代沟吗？"

"……林月亮！"

我妈暴起，我赶紧逃跑。

是的，没错，人无完人，或许换一个人，我完全可以理解。

但他是我从小陪伴到大，甚至想要陪伴到老的人啊，他不是别人。

成为孤家寡人并不可怕，可怕的是，我曾以为，我找到了那个最特别的人。我们可以风雨同舟，甚至过得磕巴、紧凑，但我真的无法接受，他用曾经看我的眼神，看过别人，哪怕是一时的意乱情迷，也不行。

不过，一码归一码。

江忘对我说了卫生局的事情后，依然拜托我妈将那套书带给了我。我辗转反侧，终究忍不住查了下官网，寻找相关信息。

岗位的确很适合我，不用做苦力，只需要做各部门的文字信息整理工作。况且，这种行政岗位，虽然没办法大富大贵，但很稳定，起码不至于啃老，将来还有退休金……

我越想，越觉得合适。于是我推掉了许多无谓的娱乐局，开始了一长段时间的针对性学习，立志做一个"小城做题家"。

为了激励自己，我还去批发市场买了把宝剑带回家，挂在床头。

我曾私下听林吉利同志担忧地问我妈："闺女该不是中邪了吧？

我看新闻说,好多考编的人压力大,最终想不开,魔怔了,跳楼的跳楼,跳河的跳河,我们得多注意下。"

"注意什么?"我妈根本没放在心上,"你推她下河,她都未必肯呢,还自己跳河。"

要不怎么说,懂我的还是她老人家。

买宝剑不正常吗?

上岸第一剑,先斩意中人啊!

我连意中人都斩了,剩下三个月,那岗位,我志在必得。

那三个月,全国各地陆续出现与川城如出一辙的病例。患者浑身出现不明原因的水痘,前期发红、疼痛,后期恶化为脓包,衣物稍稍在身上摩擦都能引起剧痛。

新闻说此病来源于境外,且传染性强。杜婷所在的传染科每天接诊的病人量巨大,忙得连周末都没法休息。闻多也一样,很多病人行动不便,要求彻夜陪床。

少了他们俩,我的外出频率理所当然地降低了。即便和江忘住在同一个小区,我们却连一次偶遇也没有。真是应验了那句——走散的人,即便面对面过红绿灯,都有可能被别的事物遮住眼,看不见彼此。

不过也好,我废寝忘食啃了好长一段时间书本,终于找回高中时候的学习状态。

毫不夸张地讲,我胸中装着满满当当的信心,一心要冲刺头魁。

可人算不如……人迷糊。

因为我的粗心大意,在网上走完报名流程后,我竟然忘记点提交。直到领取准考证当日,我发现系统里根本没有我的报考信息,才意识到自己犯了这个低级到不好意思宣之于口的错误,可报名时间已过,只好委屈得在大街上哭。

我哭人生真的太艰难,为什么努力也不能得到回报。

这不巧了,临街正好有条绕城河。我越哭越伤心,干脆往河堤上一坐,也不管什么形象不形象。

如果此情此景被林吉利同志看到,估计他魂都要吓掉。幸亏他不经常在这片区域出没……但我还是遇见了熟人。

说是熟人,不如说是敌人更贴切些。

在北京的时候,我曾和这个人呛声,争论"人应该以面包为重,还是以感情为重"。结果"道不同不相为谋",我怒而辞职,以为此生不复相见,不承想冤家路窄。

杜青山冲我递来一张馨香的面巾纸,居高临下却又带着怜悯之色:"要不你回公司吧……失业而已,不至于。"

那天我明白了,世上最痛苦的事情除了永失所爱,还有一件——狼狈的时候被讨厌的人撞见。

当时我并不买账,因为我能感觉到他话中的调侃多过认真。他好像在讽刺我:现在你明白了吗?就是面包更重要。

于是我抽抽噎噎地回他:"算了吧,杜总。"我试图做表情管理,"我的能力就这样,我能为你做什么?难道去QQ空间给你留言吗?"

蓦地,杜青山的脸色沉下去,一下子让我痛快了。

"能不能忘记QQ空间留言的事!"他咬牙低吼。

很难啊,真的,得理不饶人可是我的强项呢。

但是杜青山充分展示了"大人不记小人过"的格局,竟突然变了画风,正儿八经地和我沟通。他说,他真的可以给我一个合适的岗位,问我有没有兴趣。

他们长盛制药在川城开了分公司,他作为分公司主要负责人来实地考察,开车闲逛之余遇见了我。

杜青山:"本来新公司就得招人,我也需要一个助理,地地道道的本地人当然最好。你虽然没什么真本事——至少目前我还没看到,但你履历过关,专业知识还算过硬,应该能胜任。"

他一通输出,整得我还挺心慌,那感觉就跟街边突然出现一个陌生人,非拉着你跟他一起进厂似的。

我和杜青山僵持在河堤,好半天才道:"让我想想。"

我回到家,林吉利同志正兴致很好地为我准备大餐。我出门的时候,他就说了,让我不要有压力,尽力就行,无论结果怎么样,只要对得起自己的努力和良心就好。

看着那一桌子丰盛的饭菜,我心虚极了,要是告诉他,我连考场都没机会进……

行吧,反正我没良心,陈云开总这样讲。

于是我硬着头皮大快朵颐,顺便编造了些关于考试心得之类的话,下结论:"状态不理想,可能会失败。"

我爸下意识地看我妈的脸色,看不出喜怒哀乐,挠了眉心许久,才硬邦邦地说:"再接再厉。"

我知道他们不会怪我,但心里到底觉得不好意思,于是想也没想地脱口而出:"不过没关系,我找到一份工作,之后可以边上班边备考。"

有的答案根本来不及思索,环境会推波助澜。

话落,二老的脸色终于舒缓了,尤其我爸,如释重负,那口气叹得不要太重。我看他一眼,他更尴尬了,眼神闪躲:"闺女,爸妈可没有嫌弃你啃老。我和你妈只是希望你能尽快有一份工作,无论什么工作都行,让你的生活步入正轨,这样你就没有闲暇去想那些有的没的,日子能好过些。我们都是出于爱护……"

"我知道。"我端着饭碗打断他,"所以即便要去扫大街了,我也心甘情愿。"

林吉利:"扫、扫大街?这也太突然了!你在做决定之前是不是该和爸妈商量下,你说你……"

"不是您说的吗,无论什么工作都行。"说完,我翻个白眼,将碗筷一扔,离开饭桌,剩我爸在客厅凌乱,还不停地扒拉我妈:"你怎么一点意见都不发表!"

我妈还挺淡定的:"让她跳河还是扫大街,你选。"

"……其实我感觉做洗碗工也不错。"

即便长盛制药在北京有根基,但龙困浅滩的例子比比皆是。为了开拓市场,杜青山不得不亲自出马。

尤其到一个新的地方,就得按这个地方的规矩来,所以杜青山想找个了解本地市场的助理,这种行为也可以理解。

"您凭什么觉得我很了解商场里的弯弯绕绕?"

"你不用了解。"他毫不避讳地说,"你背后有人就行。"

我的防备心一下子冒了出来:"我背后的人……你指的是江忘吧?"

杜青山不置可否,我当即抱拳,又要对他说:"打扰,告辞。"

他提前压下我抱拳的手,口气不硬,但也不软,道:"我没想利用他做什么,只是行走江湖,偶尔借用一下谁的名号不是很正常吗?你知道你为什么看起来像个恋爱脑吗?因为你连最基本的人情世故都不懂。或许你和江医生分手的原因就在于此。他一早明白了世事凉薄,明白再有天资，不落到实处，也没什么用，而且背地里还会被诟病书读得再多也不过如此。在你眼里，或许感情至上。可在他眼里，感情是需要物质维护的。你可能觉得你现在的状态很好，但是要一辈子维持你这么天真的状态，不让你被柴米油盐折磨得不成人样，你知道他必须付出多少努力才能做到吗？"

杜青山的话镇住我了。

他的话很刻薄，可他尖锐地指出了一些我不曾思考过的地方，譬如，江忘虽然有一张看起来无辜的脸，但他的成长经历不可能造就他不染尘埃的心。他吃过没钱的苦，也跟着母亲受过冷眼，但我总希望他纯白。

我希望他是完美的，但他根本不可能是完美的。

没等我陷入沉思，杜青山胳膊一捞，将我带出办公室："赶紧，还得跑一趟县城。"

县城距市中心不远，一小时车程，但是路很烂，车子一路颠簸，导致我一个不晕车的主，下了车都吐得昏天黑地。

杜青山说我真有两下子，为了不喝酒，干脆先吐为敬。

我说："你也挺有两下子的，为了让我喝酒，提前给我打预防针。"

他的肩膀一下抖起来，笑道："我好像有点理解了。"

"什么？"

"江忘喜欢你的原因。"

我沉默了一会儿："如果是妙语连珠、机灵之类的词就别说了，我听腻了。"

对面人的肩膀抖得更厉害。

不知道是不是我取悦了杜青山的缘故，晚上的饭局，他不仅没让我陪酒，反而为我挡酒。

甫一坐下,他与客户谈笑间,还不忘吩咐服务员上一瓶豆奶。我很识相地抱着豆奶默默地喝,于是在场懂事的人都没对我举起过酒杯。

但也有几个地头蛇是酒篓子,试图劝我喝酒,统统被杜青山挡了下来。

后来回去的路上还是我开的车。他坐在副驾驶座,脑袋在靠背上蹭了蹭,发型乱了,也顾不得,只一心解着领带,似乎热得慌。

看着他,我总忍不住猜想,工作状态里的江忘也这样吗。

醉酒后的杜青山依然跟个人精似的,三言两语就道出我心中所想:"别瞎操心,他不至于。"男人打了个嗝,熏人的酒气在整个车厢弥漫,我忍不住捂了捂鼻。

杜青山:"他们那种技术人员,不用陪吃喝陪酒,都是靠真本事。尤其是他那种有了名号的医生,就算参加饭局,也是别人作陪。不过,要混到有名号的地步,过程应该也是艰辛的。"然后,他问,"他从来没向你吐槽过吗?"

没有。工作上的事情,他一般只告诉我好消息。

升职了,加薪了,评级了,好像点亮任何成就对他来说都是轻松的。

但我似乎忘了,成年以后,有哪件事是轻松的啊。

看我又露出悲悲戚戚的表情,杜青山有些受不了,借着酒劲,大手一挥:"你们女人能不能不要这么矫情?对男人来说,只要是心甘情愿的付出,都无所谓。你看我,即便我嘴上硬气地说不接受异地恋,你要走,咱俩就分手,最后还不是像舔狗一样为她来到陌生的城市,哪怕从头开始。这,就是,心甘情愿。"

? ? ?

我好像得知了什么了不起的秘密。

听说绑住一个男人的心,就要绑住他的胃。

那想绑住一个叛逆的老板该怎么办?当然是得知他的八卦,拿捏住他的命脉。

于是,我无所不用其极地引诱不太清醒的杜青山,让他老实交代了到川城的真正来意——如他所言,为了一个女孩。

讲起来统共不过几句话。两人爱得轰轰烈烈,一心想着过几年就谈婚论嫁,但女孩被杜家人找上门棒打鸳鸯,自尊心受损下坚决要分手,回了川城。杜青山责怪她不够坚定,也梗着脖子不认输。可两人到底有感情在,其间数次分分合合,他决定努力最后一次,于是干脆将分公司开到了川城,这样就能名正言顺地待在她身边。

这是现实版的"烽火戏诸侯"。

"没有。"杜青山稍微坐直身,"为了她是真的,但工作也是真的,不冲突。而且——也是因为她,我才厚待你。"

这是什么神仙逻辑?

我盘问半天,才弄清缘由。原来那个女孩也是医学专业出身,目前正在江忘所在的医院做护士,恰好也被分配到肿瘤科,和江忘有点交情。

当初也是那个女孩把江忘的联系方式给的杜青山,不承想好友加了,不过觉得走走过场,他压根没放在心上。

所以,当江忘主动出现帮我请假,他才震惊地想看看我是何方神圣。

杜青山:"结果脑子不是很好用的样子。"

"你明明才夸了我机灵!"

"我没夸,你说你不想听。果然脑子不是很好用。"

"……"

"你们为什么不和好?"他话锋一转,"藕断丝连已经过时了。"

我握方向盘的手歪了下,差点撞到路障,想了好一会儿才说:"有的人适合陪一生,可有的人只适合陪一程。"

杜青山果然是少爷做派,高兴就笑,不高兴就嗤之以鼻:"什么一生和一程,屁话。你知道你的一生多长吗?可能几十年,也可能今晚这辆车就翻了,没有明天。"

我通过镜子阴森地瞧了他一眼:"我劝你善良。"

他这才努了努嘴,稍微收了点犀利。

可杜青山的话多多少少还是影响到了我。不管是他剖析江忘的内心,还是剖析一生和一程,都让我好不容易坚定的信仰摇摇欲坠。

"当年我真的有错吗?"电话里,我问陈云开,"我是说,我对他要求太严苛,却忘了他也只是个普通人。"

陈云开习惯言简意赅:"追究对错重要吗?重要的是你能过得了心里的坎,和他重新开始吗?"

我很诚实:"目前做不到。"

"那不就得了。过得去就过去,过不去就失去,无非这两种结局。只要你做好真正失去的准备就没什么可怕,时间总会带你重新开始。"

我在他看不见的地方兀自点点头,以为这通电话已经结束。

没想到电流响了几声后,忽然又传来他的声音——

"那,你做好准备了吗?"

"啊?"

"失去他,重新开始。"

第五章
我恨你,但我也爱你

听说真正爱一个人,就放她走。
她回来了,才是你的。

"你做好准备了吗？"

信号被扰乱的房间里，虽然电流声刺耳，但我还是听见了这句话。

陈云开难得用正儿八经的语气与我交流，却让我莫名想笑场："你别这样问，我老感觉自己在开跑跑卡丁车。"

Ready？ Go！

陈云开沉默了几秒："林月亮，你要不要转五百块钱给我？"

我蒙了一瞬，虽然没搞懂为什么，但情绪已经先激动起来："凭什么要转五百块钱给你！"

我这个月工资没到手，目前都还是处于半啃老状态好不好。

那头的人应该轻松地笑了笑，讲："如果你愿意转，我就会对你说——林月亮，让他过去吧，和我重新开始。我长得不算差，工作很稳定，还了解你的脾气。关键是，我怎么着也喜欢了你一整个青春。和我在一起，结局大概不会差……如果你愿意转钱，我就勉为其难地让你体会一把做小说女主的感觉。让你知道自己不仅有行情，还挺抢手，建立起绝对的自信。这样，说不定你就真的能从那段伤心过往里走出来。五百块钱，熟人价了，你考虑考虑。"

我想了很久："祝我继续伤心。"

陈云开依旧在笑，但这次明显是嗤之以鼻的态度："将欲取之，必先予之。就因为你这么吝啬付出，才得不到想要的。没有付出，哪来的回报？"

"也许你换种说法，我会愿意的。"我深以为然道。

"比如。"

"比如：林月亮，你转五百块钱给我，一个月后我还你五千块钱。"

说完，我还没来得及哈哈笑，那头的人就毫不犹豫道："挂了吧。"

听着冷漠的嘟嘟声,我在感性的驱使下出了会儿神。

我不是狼心狗肺的人,不懂陈云开的好意,但……

少不更事时,我曾写道:爱情的珍贵之处在于无法重来。

可江忘不知道,长大后,其实我又在后面接了一句:然而爱情的神奇之处在于,总能让你一次次地自发打脸,重来。

否则,世上就不会有那个成语——重蹈覆辙。

夜。北京。

禾鸢武装得严严实实,出现在灯红酒绿的后海。她挤过大着舌头的小年轻们,好不容易才找到陈云开,在一家位置不错却人很少的清吧。

"明日头条——×××深夜酒吧私会前任,疑似上演世纪复合。"她一屁股在陈云开身边坐下,打趣着,完全没有扭捏。

陈云开侧头看她,她的脖子被夜灯映得光亮,眸子也亮闪闪的,不难猜测,口罩之下藏着怎样一张绝色。

禾鸢偏头,冲服务生要酒,侧目的时候正好对上陈云开的目光。她一愣,而后笑:"如果三年前你用这样迷离的眼神看我,说不定我就头脑一热,真的和你结婚了。"

陈云开莞尔,移开目光:"还好你没有头脑发热,和我在一起不会幸福的。"

"欸,"禾鸢不同意,一边接服务生的酒,一边反驳,"我不允许你这么说,这样会显得我眼光很差。"

青年想到什么:"眼光确实差。"

禾鸢正色:"得了吧。不是嫁给你不幸福,而是当时嫁给你,不幸福。我能感觉到你长期以来对我的容忍和照顾,可我常常感受不到爱,就是那种包含了吃醋、多疑和霸道的情感。你似乎从来不介意我身边有多少男人,不介意谁跟我在一起短暂,谁跟我在一起长久。有时候我故意和其他异性互动想要刺激你,你依然跟没事人似的。后来我想,也许你就是那种不显山不露水的主,把什么都放在心里,我感受不到也正常。直到我看到你为了给月亮送银行卡,编着拙劣的谎言,在北京飘着大雪、车辆移动困难的深夜,冒寒徒步走去火车站,不眠不休地站了二十几个小时……"

"好了,够惨了。"陈云开苦笑着打断她,"一定要用这么具体的方式,提醒我曾多么小心翼翼地喜欢过一个人吗?"

禾鸢捕捉到什么关键词似的:"曾?"

她眉毛上挑。

他不置可否,她不再追问,叹了口气道:"仔细想想,我并不缺爱。一大拨粉丝成天跟在屁股后面转,说实在的,容易让人飘。如果换成小时候那个敏感自卑的我,我不见得愿意放你走。不过,现在——"

她冲男子举杯:"听说真正爱一个人,就放他走。他回来了,才是你的。"

陈云开再度沉默,不知在想什么。

禾鸢忽然吐槽:"不过,你好尿啊。人都到了北京,我还故作大方地亲自往你家送,结果你依然攻略失败。"

"我没攻略。"这下他回应得快。

一时间,禾鸢的眼神更加充满鄙夷了。陈云开却朝她举了杯:"你说的。真正爱一个人,就放她走。她回来了,才是你的。"

两人视线交会,站在同是天涯沦落人的立场,竟然第一次真正理解了对方。

贪嘴一时爽，胃镜火葬场。

有了工作以后，我的生活变得更充实了，每天不是在去公司就是在出差的路上，回到家还得抽时间复习，准备下一次统考。压力不是没有，所以我的胃容量也随着压力增长，常常荤素不忌、冷热均沾。

这不，我把自己折腾到医院来了。

我做的无痛胃镜，需要提前注射麻药，使人失去知觉。等候区里坐了一堆正在打吊针的病人，我看着他们血色全无的脸，心里祈祷着自己可千万别有问题。

"谢谢护士姐姐。"不远处，一个十几岁的小姑娘声音甜甜地说。

我闻声望去，看见一个穿着粉色护士服的年轻女孩，正弯着腰，温柔地给小姑娘的手背贴胶布。

我之所以能分清她的力度，是因为我曾经穿过同样的衣服，做过同样的事情。

陷入回忆的我有些出神，一波接一波的悲哀袭上心头。那年轻护士似乎感受到我长久的目光，转身与我对视，向我走来。

离得近了，我看见她的胸牌上写着名字：穆恩。

我总觉得熟悉，好半晌才回忆起，这不就是让杜青山"烽火戏诸侯"，把分公司开到川城来的小女友吗？

"你好，褒姒，哦，不，穆小姐。"我主动开了句玩笑。

她果然露出疑惑的表情。

女孩眉毛浓黑，一双眼睛炯炯有神，搭配疑惑的神色，略有些呆萌。我赶紧自报家门："我是长盛制药川城分公司的员工，杜青山总经理的助理——暂时。"

她被我逗笑了:"暂时是什么鬼。"

"我正在考编,有好的出路后肯定会跳槽,毕竟杜总出了名的不好伺候。"

她笑得更欢,可逻辑很清晰:"那他恐怕不会轻易让你辞职。因为知道我俩关系的人屈指可数,你算其中一个,说明你对他而言不仅是工作伙伴,还称得上朋友。"

"也有可能是等价交换。"我自嘲地扬了下嘴角。

穆恩不明真相,不知道接什么话好,踌躇间注意到我的就诊单,立刻专业地伸出手说:"你也是做无痛胃镜吧?给我就诊单吧。"

我递过去,上面有姓名和年龄信息。她拿在手里瞧了好几次,咀嚼着我的名字:"林……月……亮。"紧跟着,她好奇地盯着我,"你认识江医生吗?"

我本来想说不认识,但将来万一打照面岂不尴尬,况且杜青山私底下不见得没对她说过什么,于是我干脆地点点头:"很熟。要不是天意弄人,我们的孩子都能打酱油了。"

穆恩扑哧一声,捂嘴竭力克制:"你真有意思。我还是第一次见女孩子毫不避讳地提前任。"

不是我有意思,而是行走江湖这些年的经验告诉我,当你想保留的秘密越多,旁人就越喜欢用这些秘密伤害你。当你表现得云淡风轻,自曝短处,他们反而失了探究的兴趣。

我坦诚,不是因为我没心眼,而是一种防御措施。可她显然比我还天真些,不明白。

"我俩还挺有缘的,都是久闻其名,不见其人。"她先将就诊单收好,然后吩咐同事取药,接着自顾自地在我旁边像朋友一样地坐了会儿。

"我刚来医院的时候,人生地不熟,江医生帮了我很多,医院里还传我俩的绯闻,哈哈哈。"她表达欲爆棚,"因为江医生对谁都挺疏离的,仿佛有一个自己的世界,却会提醒我这样那样。后来我才知道,他对我特别,仅仅是因为我的名字和你的名字相同。"

一下子,我也蒙了:"你姓穆,我姓林……"

"穆恩,moon啊。"她眉眼带笑地解释道。

Moon,月亮……我恍然大悟。

刹那间,我的心脏咚咚跳,从脸庞到耳根子都能察觉到热。

穆恩又说了几句无关紧要的话,取药的护士回来了,将麻醉剂递给她。我在震耳欲聋的心跳声中,恍恍惚惚地被她扶到检查室。我躺上床,麻醉剂的药力生效,我直接昏睡过去。

那估计是我几年来睡过的最好的一次觉。

梦里,我回到了那个大雪纷飞的晚上,却不再是在秋千上,看到的也不再是江忘可怜兮兮的模样。而是在我家,烤红薯。我把红薯塞到小江忘嘴里,用浴巾温柔地擦拭他的头发。

他用一种感激夹杂着爱慕的眼神看着我,以至于都没分辨出嘴里的红薯到底是生还是熟。

不同的是,在梦里,他还把红薯喂给了我。我明明知道没熟,却张着大口狼吞虎咽。

我醒来时觉得有光,异常刺眼,以为是太阳,清醒了才知道是检查室的灯光。穆恩正用消毒纱布擦拭枕头,同时给我递来纸巾,因为我唇边全是做胃镜过后的反射性呕吐物。

初次见面,如此狼狈,我有点尴尬。她看穿了似的,安慰说:"正常,后续嗓子还会不舒服,你这两天最好吃点清淡的。"

我一边整理，一边打着无意义的哈哈："川城还有清淡的，见识了。"

嗓子果然跟公鸭似的。

穆恩抓住机会，立刻说："我知道一家新开的粤菜馆，汤品也很不错！相请不如偶遇，今天一起吃个饭吧，叫上江医生！"

"是不是……有些突然……"

傍晚，粤菜馆。

穆恩挑了一张四人桌。她和杜青山坐一起，我自然和江忘挤在一边。从外人视角看上去，这就是两对出门约会的情侣。

我心里有鬼，不自在地挪了下椅子。好在江忘消息、语音回复个不停，一会儿是病人的情况，一会儿是科室值班安排，没空注意我，但杜青山很闲。

他原本正在和穆恩一起看菜单，听见动静，抽空看我一眼说："做作。"

碍于江忘在场，我没办法尽情地散德行，难得地吃了个嘴上亏。之后，我又在忍不住失落，明明很早很早以前，只有在江忘面前，我才能尽情散德行。

时移势易。

穆恩点了几道经典菜，对汤品迟迟拿不定主意，和杜青山咬耳朵。

不知道她说了什么，杜青山调侃了几句，她笑着推他一把，面红耳赤。

"都点吧。"杜青山拿出富二代的架势，"我也忘记上次点的是什么汤了。所有的汤都点一遍试试，这回总记得住名字。"

穆恩说浪费，杜青山说她磨磨蹭蹭的这些时间，已经浪费了他更多的金钱。

"这就是有钱人终成眷属,没钱人目睹吗。"为了不让气氛尴尬,我调侃道。

江忘终于消停了会儿,搁下手机,正好听见我说的话。他沉默了一会儿,问:"多少?"脑袋明显是朝着我的方向。

我避无可避,迎上他的视线,佯装不慌:"什么?"

"多少算有钱,才能成眷属?"

"……"

一场好戏看得穆恩连连拍掌,其间还拍了下杜青山,说江医生居然有冷幽默这面,好好笑。

江忘的冷幽默,我是早就领教过的。

小时候的事就不一一列举了,我俩谈恋爱的时候,他就因为我老说陈云开搞笑,而到处去找怎么变得更幽默的攻略。

记得有次我懒,拖着他去炒菜馆解决晚饭,点了鱼香肉丝,谁知道没良心的老板只放了一点肉。我要找麻烦,被他摁住了,安慰我说:"鱼香肉丝没肉很正常啊。就像你的钱包,也没钱,对不对。"

"……我真的'栓Q'。"

还有,某天在路上遇见一个人,我觉得很眼熟,忍不住问他:"你看那个人眼熟吗?"

他想了想:"要不,我过去尝尝?"

一个人的幽默是天生的,例如陈云开。就像有些人的忧郁是天生的,譬如他。

他只看见我被陈云开的幽默逗得捧腹不已,他不知道的是,因为他的忧郁,我才有了要守护他一辈子的决心。

江忘就是江忘，不用成为任何人。世上独一无二的江忘，但他不再属于月亮。

"是因为数学不好，所以要算很久吗？"

江忘没打算放过我，坚持要我说出多少才算有钱。我当然下不了定义，而且我明显感觉到他就是不打算给我台阶下，于是我习惯性地用食指去戳他的腰窝。

以前我俩打打闹闹，我就喜欢这样，没想到他现在还有防备。

我刚有动作，他已经准确无误地在半路攥住我的手指，紧紧地攥住，以至于他那手指骨节都硌到我了。

"放开。"我说。

不是讨厌，我就是觉得不应该这样。

如果你谈过刻骨铭心的恋爱，就会明白——分手后拒绝亲密接触，其本质上不是拒绝那个人，甚至你还会因为曾经熟悉的亲密而心猿意马，但你怕自己再度沉沦。

因为害怕曾经的伤痛重来一遍，所以即便心跳得再厉害，你也还是会说："放开。"

"接下来搞不好要说'蜀道山'（数到三）吧。"杜青山快速打圆场。

结果还没开始数，江忘已经放开了，勉强笑了笑，说："她不讲武德的，会直接数三。"

我翻个白眼，不知说什么好。

可明明我俩剑拔弩张，穆恩却直呼嗑到了。杜青山紧张兮兮地凑过去，捧着女孩的脸左瞧右瞧："哪里磕到了？我看看。"

穆恩和他打闹，暂时忘了吃我和江忘的瓜。得亏他，场面才不至于因为一段小插曲失控。

一顿饭结束，江忘主动提出载我回家，我条件反射地拒绝。

他眉头一动，接着请求杜青山："那就麻烦杜总送一下。"

从他的神色中，我读懂什么，立刻反应过来：我俩住在同一个小区。要是让杜青山送，等下他看见江忘的车，岂不就知道了我俩住同一个小区，再加上我俩遮遮掩掩的态度，引起的风浪更多。

立刻我识相了，一把拉住江忘的胳膊往身边扯："在麻烦老板和麻烦前男友之间选择的话，我还是选择麻烦前男友吧。"

杜青山笑了笑："是因为老板会扣工资吗？"

"是因为前男友更帅，这个答案满意了吧。"

说完，我拉着江忘开溜，完全忘记了自己前一秒还色厉内荏地拒绝坐人家的车。

晚上八点，正是城市光怪陆离的时刻。塞车的浪潮还没完全过去，车辆走走停停。

我看见江忘车子的副驾驶座边有款车载香氛，味道还挺清新，禁不住腹诽：哪个小浪蹄送的？毕竟他不是爱鼓捣这些玩意的人。

他注意到我的目光，迅速解释："你妈的。"

"你骂我！"

"……我是说，你妈妈给的。"

"她闲得慌，干吗给你这些东西。"

开车的人沉默了一瞬，才道："我妈喜欢这个味道的香水，但她当香氛用，以前还送了阿姨一瓶。阿姨回赠给我，估计是想给我留点念想吧。"

立刻，我不嚣张了。

"……抱歉。"我说。

又过了好半晌,他才回:"我不怪你。"紧接着,他好像话里有话,"月亮,我从来没有真正地怪过你,也永远不会怪你。"

我还想追问,车辆已经开进小区地下室,保安冲他打了个招呼,打断了我俩的谈话。

江忘把车停在我们小区单元的入口,我正要解安全带,没承想他将车一个甩尾停进车位,明显是要和我一起下车的架势。

我看着江忘,他感受到我的视线,边熄火,边说:"早上出门的时候碰见你妈,她让我没事过去喝茶。"

"意思是你现在很闲?"

"我永远可以为大哥空出时间。"他冲我眨眨眼,加上一声"大哥",儿时的乖觉感重现。

事已至此,我不好再说什么,别开眼,默不作声地同他一起下车。一直走到电梯门口,我还是犹豫不决。

"不然改天?"我企图退缩,"我妈这会儿应该不在家,我也不会泡茶。"

"泡茶的事从来不是你妈做的。"

"我爸也不在。"我迅速回答。

"那看看你们新家的格局,我还一次没去过。"

"你好像没有必须去的理由。"

我咄咄逼人,江忘却没放在心上,反而扬唇莫名地一笑。

电梯到了,他阔步踏入,摁着开门键等我。我和他僵持,不一会儿,有别的住户走了过来。

江忘依旧摁着开门键不为所动。在同楼住户疑惑和不耐烦的眼神下，我绷不住了，硬着头皮踏入。

犹记得多年前（具体记不清是哪一年了），我俩还没在一起，尚处于暧昧阶段，他也做过类似的事情——光天化日下将我"赶鸭子上架"。

那时我好奇——他不会觉得丢脸吗。他说不，只要他自己觉得是正确的。我接着问，不怕我不买账吗。

他也是淡淡地笑着说："之所以这么做，是因为我想做。至于大哥要不要接招，不在我的考虑范围。我做每件事情前都会设想最坏的结果。哪怕你拒绝，我也不会知难而退。"

起初，我将这段吐槽学给陈阿姨听，她更加坚定了自己的看法——我和江忘不合适。她认为江忘表面恬淡、随和，其实自私、固执，胜负欲和占有欲都比一般人强，可陈叔叔不这么认为。

"在一段感情里，懂得迎难而上太重要了。他不会因为遇见一点挫折或是自尊心受挫就轻易地放弃对方，这难道不是万里挑一的绝佳品质？"

男人看问题的方式总是和女人不同。陈阿姨和他吵嚷，问他是不是不想要我这个儿媳妇了……

此时此刻，电梯里，我思绪繁杂。

叮，楼层到，江忘习惯性拽着我的袖子出去。我挣脱了，假意说要摸钥匙。我边摸，边以龟速前进，明明手里攥着钥匙却迟迟不拿出。

行至门口，他应该发现了我的故意，与我立在原地僵持。

江忘："月亮，你看着我，你说你是不是真的不想让我进去？"

我闻声抬头，发现那双湿漉漉的眸子深不见底，似乎要将他眼前的所有东西都吸进去。

好半晌，我斩钉截铁道："是的。"

江忘愣了下，可能以为我还和从前一样，非常吃他这套，完全没想到我早已"久病成医"。

趁他不注意，我飞快地做了个得逞的鬼脸，摸出钥匙，以光速开门，自己冲了进去，让他碰了一鼻子灰。

家中，我的身体抵着门，猜测着外面人千变万化的表情，有种说不清的兴奋，仿佛不经意报了一箭之仇。

直到我妈的声音飘进耳朵——

"我实在很好奇，你是怎么同时演绎出遇见变态的慌乱和隐约写着'你快来，你快来'的期待表情？"

我撇下嘴，抱着包往沙发上一躺："这有什么难的？只需要拥有一个总是想上门喝茶的前男友。"

"江忘？"王丽娟反应很快，"你干吗不让人家进来。"说着，她打开门探头看，走廊已经空空如也。

意识到危机解除，我开始脱袜子和外套，边脱边吐槽："我也实在很好奇，对一个辜负了自己女儿的前男友，您老人家为什么总是这么热情，恨不得倒贴让我嫁给他。"

"因为我看见的不是他辜负了我的女儿，而是我的女儿花样作死将人拒之门外。"

"您说话可得凭良心啊！"

"当然凭良心。我认为的良心是，人家小时候出国给你带糖果，存到化了，也舍不得拆包装盒；放着好好的实验不做，顶着太阳站在楼下给你当充电桩；京医大的文凭那么香，他却甘愿留在川城陪小菜鸟；菜鸟说啥就是啥，人家都假装有道理，唯命是从。哦，还有十八岁时的手机，《月亮惹的祸》，三万八千元的沙发，撂了电话就往非洲冲的果敢……"

怪我——怪我当初年少无知、虚荣心强，恨不得把江忘对我的好满世界炫耀，以至于现在连我妈都觉得我在无病呻吟。

我跷起二郎腿，冷笑一声："我对他怎么样就不细数了吧，我怕您今晚睡不着。"

"数啊，怎么不数？"我妈难得无聊，站在客厅和我瞎扯，"不说出个一二三，你还没完了。林月亮，你清醒点吧，不管你和谁在一起，是人就都会有瑕疵的。如果丁点的不如意就要死要活要分手，那么这世上压根就没有你。"

不被至亲理解，我立刻也上头了："我就不信老林和别的女人卿卿我我，您能忍下去！"

"这事人家不是和你解释过了？意外而已。况且，要不是你和云开那小子没边界地互动，你俩会冷战，能让人有可乘之机？"

"我和陈云开联系还不是因为当时需要用钱。"

"所以我才多管闲事——"王丽娟陡然低了声音，幽幽地看着我，"总觉得是我们欠你的，总忍不住责怪你爹，当初要不是他出那档子意外，需要那五十万元救急，说不定你和江忘已经结婚了。因为我觉得欠了你，总想还你一个应该有的好结局。"

这下轮到我如鲠在喉。

"不关你们的事。"我舔了下干裂的唇，"我俩的分手和这无关。"

我俩鲜少正儿八经地说事情，我妈估计也觉得尴尬，踱步过来往沙发上一坐，道："行，不提这茬，怜悯之心，你总该有吧？江萍一走，江忘那孩子没亲人了。我把他当半个儿子，他上门喝口茶有问题吗？"

她说得有道理，但女孩的天性就是只管心情，不管道理。

"要儿子还是要女儿，干脆您今天就选一个。"我赌气地说。

她老人家回我一个冷笑，话刚要出口，被我扬手打断："别选了，我有自知之明。万一您开了口，我还不好意思不搬走。"

"这不挺机灵吗，怎么遇到感情就糊涂呢。听妈一句劝，得饶人处且饶人。要是谁都像你一样非争出个所以然来，人家江忘是不是还得怪你打那通电话，不该跑那么远，不然江萍也不会发生意外。"

我眉头一紧："关我什么事。"

王丽娟同志看我一眼，疑似笑了下道："还真是什么都没对你讲。"

末了，她又阴阳怪气一句："也是，你心思重。他随便提一嘴，你估计都能往心里搁，他不提也正常。"

我的脸更垮了。

这辈子我没想过还会再敲响江忘的家门。

敲门声急促，可里面的人还是隔了一会儿才有动静。

江忘刚沐浴过。这是他坐诊以后的习惯——回家总要先洗澡。

青年男子擦着还湿漉漉的头发，握着门把手，惊讶地看着我——

他应该也没想过，这辈子我还会再主动敲响他的家门。

"要……喝茶？"

他几乎是有些呆滞地问出这句话。

我坐在客厅，趁江忘泡茶的间隙忍不住环顾四周，发现房子早已不是我俩同居时候的格局。厨房成了开放式的，多出来的空间弄出了一间小书房。不仅如此，家具和装饰品也都换了。

半人高的料理台，他仗着身高优势捕捉到我打量的余光："怕走不出来，都换了。"

奇怪的论调。

如果真的害怕面对从前，直接住新房不是更容易？

"一面不想走出来，一面又怕走不出来，人就是这样的矛盾体，不是吗？"他笑了笑。

水烧开了，江忘低头沏茶，远远能闻见山楂的味道——是我的喜好。我不喜欢喝茶，再名贵都会觉得索然无味，只爱酸酸甜甜那口。

要接茶杯的时候，我鬼使神差地问："你真的一刻也没怪过我吗？"

他一下子意识到我指的是什么，手明显抖了抖。还好我有准备，稳稳地接住。

青年镇定了下心神，顺势坐在我侧边，交握着手："之所以不对你提起，就是怕看到你现在这副心事重重的样子。"他顿了下，"如果真要怪，就怪我惹你生气，你才跑去非洲。怪我冲动，一接到你的电话就风风火火地想赶过去，才把护照忘在家。如果我妈不出门送护照，就不会出车祸……你看，月亮，怪来怪去，很累的。你一向怕麻烦，连我都嫌麻烦的事情，你就不要硬凑过来了。"

他试图用轻松的语气和我讲话，反倒将了我一军。

"你应该有一点生气的。"我说。

"除非我不想爱了。"他讲，"不想爱了，就会利用一切理由逼自己放下。可事实是，自己真正喜欢的人，就算她做错了什么，你也能给自己找到理由原谅。"

"但也有无法谅解的部分。"我想了想，竟有些无可奈何道，"你和常婉就是我无法谅解的部分，明白吗？虽然你向我解释过，亲吻只是乌龙，不澄清绯闻只是为了刺激我，但你和她待在一起的所有时间里，你的确觉得轻松过。可能是我小气吧,江忘,我也有错,错在把你当神祇,所以连其他的念头都不允许你有。其实,我不是想不通。我能想通,也能接受,但我难过。我能理解,也能逼迫自己放下,可是我难过。所有正常人的逻辑,我都明白,但是我难过。"

因为难过,我找不到两个人在一起幸福的可能,才不得不选择分开。

"还能做朋友吗?"我听见自己微弱的声音说。

到底还是贪心了,我必须承认自己并不想他彻底消失在我的生活中。如果不能以恋人的身份相伴,那朋友呢,大哥、小弟呢……

可江忘回绝得很快:"爱过的人没办法做朋友。"

我艰难地咽了下口水:"随便你。"

良久,江忘:"我现在的样子是不是挺没魅力的?"他半自嘲半开玩笑道,"我只是以前没怎么听我妈的意见,这次选择了乖一点而已。临终时,她要我别轻易放弃。一辈子的事情,求一求怎么了?自尊是最没用的东西……"

我深知再不走就功亏一篑,起身夺门而出,全然不顾身后的眼神。

等我一副痴男怨女的表情赶到家门口,才发现门居然被从里面反锁了,我进不去。

谁来救救我,我还有扑在床上痛哭的一幕没演啊。

我妈应该听见了我的心声,哦,敲门声,她从里面打开门,满脸震惊:"我以为……你今晚……不回家了。"

我见过思想开放的妈妈,没见过这么拼命想把女儿留在男人家的妈妈。

"让你失望了,"我抹抹眼睛说,"你似乎对你家闺女的矜持度不够了解。"

"不是……那你过去干吗的？"她十分不解，"我告诉你这茬是为了让你自责，过去好好说话，别犯浑，让你俩趁机和好……"

对啊，我过去干吗的？

我大脑空白了几秒，这才想起过去是为了亲口说句抱歉。

尽管这件事没什么对错之分，但终归是由我那通电话间接导致的。虽然江忘什么也不提，可我做不到。这么一想，他还是挺了解我，至少"心思重"这块非常在点子上。

思来想去，我还是没出息地主动给他发了一条干巴巴的道歉消息——

哦，刚刚忘了说，真的对不起。

我当然不知道，那人依然保持着我离开时的姿势，坐在沙发上久久不能平静。直到手机弹出我的消息界面，他看着"刚刚忘了说"几个字，居然轻笑出声，明明前一刻的心情还沉重无比。

一定要做恋人吗？

他不知哪根神经被扯到，突然也开始问自己的心。

做恋人的意义是一起幸福，可如果在一起是彼此抱着伤口互相攻击，那么，退回到好朋友的位置，不失为对双方都仁慈的行为。

"我答应。"

凌晨，我收到江忘驴唇不对马嘴的回信。

"？"我给他发了个问号。

回复很快来了："做朋友的提议。"

他言简意赅。

我捧着手机彻夜未眠，猜测是什么打通了江忘的天灵盖，还没想出个结果，便受到了反噬。

心底两股浪潮时涨时退，一股叫作如释重负，一股叫作失落。

他答应了，是不是意味着，从今天开始，他将学习如何不爱我了。

王丽娟同志如果和我心意相通，此时应该忍不住将我吊打一通，骂我"德行"。别人求和，你不乐意；别人放弃，你还有脸失落。

可真相就是如此啊——

我恨你，但我也爱你。

我爱你，但没有你，我的生活可能更轻松。

我想要你离开我的生活，但又怕看见你真正转身离开的背影。

我在这样的矛盾情绪中，直到天空泛白，才昏昏入睡，没想到被电话铃声吵醒。

这个铃声很久没响过，我以为它永远不会再响——

我不愿让你一个人，一个人在人海浮沉……

与江忘分手后，我俩很有默契地不再给对方打电话，有什么事必须交流，都是通过听不出语气的文字信息。好多次，我想将他的号码从联系人里删除，但我不想掩耳盗铃。

因为有的号码不是靠通讯录记住的。索性我不再管它。

不过一夜，他的专属铃声突然响起来。似乎十七八岁还在念书的清晨，有人等在楼下，催促我快点现身，仿佛曾经的情天恨海，误会混乱，从没发生。

"……喂。"我逐渐清醒了，声音听起来估计还有点慵懒。

江忘开门见山："到停车场，我送你上班。"

而后怕我拒绝，他赶紧用我的话堵我："能搭免费顺风车的才叫朋友吧。"

我想说不顺路，可杜青山那厮，为了离穆恩近，公司也开在距离附院不过十分钟车程的地方,而且就在一条直行道上,说不顺路也太扯淡。

自己的提议,跪着也要贯彻完。

于是——

"你,等等。"我束手就擒道。

停车场里,我又遇见了搬家那日撞见的老邻居——唤我江太太那位。

看我上江忘的车,那阿姨一脸老母亲般的笑,远远地热情招呼:"哎哟,可算遇见你们这对小夫妻同框了。"

江忘冲她点头示意,没有任何要解释的意思。我抓住机会低声攻击他:"说好的朋友呢!"

他了然地点点头,大声应道:"我们不是夫妻了。"

不是夫妻就不是夫妻,"不是夫妻了"是什么意思?

果然,当天下班回家,小区看门的大爷看我的眼神就不对劲,有怜悯,有痛惜。

我刚要问个所以然,大爷豪迈地拍拍我的肩膀说:"没关系。小姑娘长得漂亮,二婚市场也很好!"

大爷嗓门也大,只差把"她离婚了"四个字打在小区公屏上。

江忘!

第六章
"为真挚的爱情而结婚。"

你能这么轻松地说你们不可能了,
是因为你根本没体会过真正失去的感觉。

习惯是比爱情更可怕的玩意。

在江忘顺路送我上班的第三天,我已经习惯了坐在他的副驾驶座上打瞌睡。最初的矫情、胡思乱想、懊恼统统比不上一句发自真心的感慨:不挤地铁和公交车的日子真爽。

第四天的时候,副驾驶座上多了一个记忆棉靠枕,脑袋靠上去,感觉软绵绵的,很完美地护住了脖颈。

我知道他是特意为我准备的,但我装作没注意,被杜婷骂"绿茶"。

她说我明知道江忘是打着朋友的旗号接近我,实际依然有求和意向,我却黑不提白不提地享受他的好,和渣女有什么两样。

"谢谢你的夸奖。"我虔诚地双手合十,奈何她在电话那头看不到。

做渣女,除了要有手段,还得漂亮,这么高的评价,我可不得谢谢她。

"照你这样说,我做渣女已经很多年了。"我讲。

因为江忘打小就对我好,不求回报的那种,我已经习惯了。我和他从来都是双向付出,并且心甘情愿,就算没有谈恋爱那段,我坚信他对我依然不会差。

这么一想,我更觉得做朋友比做恋人靠谱太多。

我灵魂正出窍,杜婷突然想到什么,脑瓜子一转,问我:"你腿毛多不多?"

"……我没听说做渣女的入门条件还需要很多腿毛。"

"今晚一起吃饭,带你见见我的男朋友。"

刚开始,我以为她把我当最好的朋友,正要感动,她紧接着说,前几日她开家里的车上班,遇见一个正准备出差的男同事,坐了她的顺风车去高铁站,不小心把剃须刀落在了她的副驾驶座。

偏偏杜婷的男友十分小气,吃起醋来听不进任何解释,于是杜婷只好骗他,说刮胡刀是我的,因为我腿毛多。

她挂了电话,我还在怀疑人生,以至于忘了自己还在公司的洗漱台前,于是没羞没臊地扯起裤管看腿上的毛,边看,边喃喃自语:"不是很多啊……"

凭什么找我背锅?是因为她在家属院没朋友了吗!

抬头,我便撞见杜青山一脸一言难尽的样子。

杜婷的男朋友长得很"医生",哪怕她还没介绍,哪怕对方没穿白袍,我一眼看过去就发现了他身上那种医务人员特有的气息。

"大概做医生的背上都长了一对天使的翅膀吧。"我半开玩笑地捧他,企图让他忘记问腿毛这件事。

谁知他推了推眼镜,腼腆地笑着说:"你和江医生谈恋爱时曾经见过我,那时我还是肿瘤科初来乍到的菜鸟。"

怪不得我会觉得他眼熟。

还没等我找出一个话题,他紧接着"哪壶不开提哪壶"道:"想不到你们女孩子也会有体毛旺盛的烦恼。"

他应该也不是擅长社交的人,于是佯装喝了口水缓解尴尬。我很无语。

原本我就是来背锅的,聊聊也没啥。可在得知他居然和江忘一个科室,我突然不想承认这个事情了……

"人言可畏"四个字,我可是早早地就从小区的大爷大妈嘴里领教过了。一想到明天,我不只被传离婚,还将在他们整个附院被传:江医生的前女友腿毛旺盛……

饭后,我深感形象被毁。杜婷向我道歉,说是脑子里浮起的第一张脸是我,觉得我非常讲义气,肯定愿意帮她背锅,却没想到背后的层层关联。

我简直太吃甜言蜜语这套了。为了显得大度，我硬着头皮说无所谓，反正我和江忘都已经是过去式了。

杜婷的抱歉立刻转为心安理得，冲我挥手告别。趁她启动引擎的空当，我鬼使神差地补了句："要不，你还是叮嘱下你男朋友，别乱传……"

她嘴上囫囵答应着，可似乎没怎么放在心上。

没几天，江忘载我去上班。公司门前，刚要下车的我发现车门储物的地方有个礼盒。推开门的时候，我不小心碰到礼盒，捡起来才发现是脱毛膏的包装，看样子价格不菲，上面印着许多韩文。

立时，我一张脸腾地热了，扬起礼盒，结结巴巴地问江忘："这、这个？"

江忘意味深长地看了我一眼，好半晌才道："阿姨的礼物，正好你拿走。"

"呵。"我仰天一笑，"送我的就说送我的，何必拿我妈做挡箭牌，俗。什么时候你能将一个谎撒得我看不出来，或许我们就能冰释前嫌。"

我看不见趾高气扬的自己多讨厌，心里只有一个念头——杜婷果然没有警告她男人。

不过，我腿毛多不多，他江忘不清楚吗？！我俩曾是世上最亲密的人。

可如今……我有点恼怒。

突然我妈发来语音消息，说她拜托江忘的同事从国外给她带了脱毛膏，让我记得带回家。

然后，我知道了，比恼羞成怒更可气的一个词语——自作多情。

不知道为什么，它从少年时代便和我如影随形。

蓦地，我看江忘的眼神心虚了，但还是佯装自己很讲道理："我知道，说出去的话泼出去的水……讲抱歉没用。要不，你泼回来？"再难听的话，我都受着。

江忘离我近，完全听清了王丽娟的语音。

他扯了扯唇，对我笑得狡黠又无辜："等我把水烧开的时候吧。"

"没大没小。"我呵斥他，俨然一副大哥的模样。

江忘用手比了下我俩的头顶，意在比身高。为了显高，我幼稚地蹦起来，脑袋撞到车顶，砰的一声，痛得龇牙咧嘴。

他似乎想要安慰我，手快要落到我头顶，忽而想到什么，很明显地顿住了。

我忘了谁说过：爱是想触碰又收回的手。

不知我俩是不是默契地同时想到了这句话。总之，一下子，气氛尴尬极了。我赶紧揉揉自己的脑袋，顺了几下头发，带着脱毛膏跳下车。

下车后，我想起什么，敲他的车窗，主动说："你什么时候有时间，通知我，带我去阿姨的墓地看看吧。"

其实我老早就想这样做，只是不知该以什么身份向江忘开口。

他神色迟疑了下，没马上拒绝，只道："不急。哪天你休息的时候找我，再商量。"

我点点头，看白色车身重新挤进车流中。

长盛制药拿到了初到川城的第一笔重磅订单，是附院给的，让我不得不去猜测其中有没有江忘的帮忙。

奇怪，如今我和他各为其主，按理说，我应该为公司拿到新订单而狂欢。毕竟杜青山赚了钱，我才没有被辞退的风险，但我莫名开心不起来。

回家路上，我欲言又止。江忘凭着对我的了解，和我开门见山，主动说："这次合作是我牵的头。"

我一听，眉头紧锁。他却行云流水地打着方向盘掉头，语气淡淡："长盛虽然是初来乍到的公司，但母公司实力雄厚，这点你比我清楚。如今传染病势愈演愈烈，尤其川城成了重灾区，院里一直在加速研制疫苗。好不容易有进展，疫苗尽快试产才是重中之重。与谁合作都是合作，为什么不能是长盛？"

"常放不介意？"我话不经大脑，脱口而出。

毕竟他们常家和附院是老合作伙伴了，这番被截单应该很恼火。

"他不太管家里的事。"江忘还是不咸不淡的语气。

"哦。"

我耷拉着脑袋想了会儿，那句"常婉也没来纠缠吗"始终没说出口。

江忘似乎也怕我提起那个名字，怕这个名字会破坏我们之间刚刚经营起来的"友谊"，立刻讲结束语："从前与常家合作，我也是这样想的。至于药卖得便宜还是贵，抱歉，当时的我确实没能力把控。我只能说——

"月亮，我从来没有改变过。"刚压下的天色欲吞城，只有闪烁的红绿灯。江忘转过头看着我，略带了些楚楚可怜地澄清着。

"我知道。"我埋下头，心柔软了几秒，"有的事情，我早就想通了，也明白当时对你的不理解给你造成过怎样的心理打击。"

正是因为明白了这些，我才更清楚常婉究竟怎样治愈过你。

治愈你的，除了月亮，还有星星。我不再特别，所以我不愿意再散发光芒，因为你不需要了。

　　长盛与附院的合作协议改了又改。我跑了好多次，送最终版过去的时候，在附院信息科碰见了老熟人——常婉。

　　看见她，我就想后退，想想又觉得凭什么，于是在自尊心作祟下迎难而上，甚至挤出一个毫无挂碍的微笑。

　　"好久不见。"我说。

　　常婉先愣了下，而后冲我耸肩："我还以为我们见面会打起来。"

　　"然后你就跑去江忘面前嘤嘤嘤，我可没那么傻。"

　　"要不我打你，你去他面前嘤嘤嘤吧，就当是我的弥补。当初拆散了你们，现在帮你们复合呀。"

　　她突然笑起来，语气轻松得好像在谈论天气怎么样，细辨后才发现，那笑里藏着一丝倔强和苦楚。

　　我终于瞄到她手上的信封，封面上是"辞职"两个大字，于是对她投去疑惑的一眼。

　　常婉懂我的眼神，很快回答："没什么，不想再浪费时间而已。近水楼台都得不到月，你回来了，我再待下去，也只能是跳梁小丑。"

　　哇哦。我心中不禁感叹，常婉身上确实有吸引人的地方。

　　如果不是她的注意力一直都在江忘身上，她应该也会被人奉为明珠，捧在掌心。

　　没错，我从来没讨厌过常婉，这话即便说出来，恐怕也没人会信。因为她对江忘的喜欢一直坦坦荡荡。我甚至想过，如果有朝一日我不能和江忘喜结连理，至少可以将他交到一个同样爱他的人手上。还是那句话，我当然难过，但我没有办法。

我之所以介怀她和江忘的那段，和她无关，我恨的是江忘的动摇。

我不至于想不明白：江忘有着世俗可见的耀眼，世上那么多女孩，喜欢他的多如牛毛，医院里的小护士更不用细算……

可我以为，她们都是天上的繁星，他只会为他独一无二的月亮动摇。

但他打碎了我的天真。

于是，那日，我和常婉两个冤家出现在同一间办公室。我送合同，她递辞呈。

出来后，她叫住我，约我吃晚饭，我婉拒说："公司还有事。"

她撇嘴，给我一个"好小气"的表情："你都不用出手就打了胜仗，败的人是我。我约你吃饭，你还傲娇上了。"

我沉默，看着阳光下那张青春娇艳的面庞，突然想推心置腹地说点什么。

"我不恨你，常婉。"我站在树荫下，捏着单肩包的带子，对她讲，"可不代表我们能做朋友。一是我们没有做朋友的必要；二是我们之间的话题似乎只有那一个，但我不想聊；三……"

我犹豫了下："我从来不是胜者。"我听见自己狼狈的声音，"你没赢，但我也输了，输在他对你卸下心防的某个瞬间。"

两个败军之将，何以言勇。

常婉敛容，闭口不言。看我落寞地转身走了好几步，她才说："旋转餐厅也不去吗？我请客。"

"下次咱们直奔主题行吗？"我冲她翻个白眼。

川城的旋转餐厅仿造了澳门的，找了最高的建筑，做了顶级的装修，还在顶楼开设了蹦极项目。吃着吃着，茶色玻璃外偶尔会掉下一个人，为你加点尖叫助兴那种。至于价格，我不想知道，反正常婉的竹杠不敲白不敲。

"最无语的是,穆恩这茬。Moon……呵,厉害。"常婉向我吐槽这两年江忘都怎么花式拒绝她。

我有些开心,也有些不开心,最后不知是向她强调,还是跟自己强调,说了好几遍:"真的,我和江忘不可能了。"

这下轮到常婉对我翻白眼。她白眼都翻累了,说出了一个尖锐的事实——

"你能这么轻松地说你们不可能了,是因为你根本没体会过真正失去的感觉,就像你离开川城之前,江忘没体会过真正失去你的感觉,所以他能忍住不联系你、刺激你。因为当时的他笃定,只要他不放手,你永远没办法逃走。等你真的不再回头,他才开始慌。现在嘛——"

常婉坐在对面,像个情感咨询师一样孜孜不倦地分析着:"现在轮到你笃定了。他向你承认,没有对我动过心,向你表达复合的心意。你确定只要你招招手,他就会回到你身边,所以你不怕了,你开始矫情了。如果你真对他没有任何想法,只是做普通的胃镜而已,非得来附院做?你不就是想偶遇?"

"不想去我妈的医院,以免让她担心。"

"你这么说,好像川城就两家医院。"

"没有过三次恋爱经历的人没资格做我的知心姐姐。"

常婉不服气:"没有三十次,两三次还是有的!"

我冷静了点,面露疑惑。

常婉尴尬地低头叉食物,避开我的眼神后,吞吞吐吐地说:"就冲我的家庭背景,追我的人不比追江忘的少好吧……"

懂了,在和江忘打持久战的过程中,她还尝试过跟别人在一起。

我一副了然于胸的表情，常婉更尴尬了，将叉子一扔，破罐子破摔地抬高声调："多少年了，除了你们分手那会儿，我尝到点甜头，剩下的每时每刻，我都在受虐好吧？我总不能在一棵树上吊死啊！我也想学着不喜欢他，这是我要对你说的真心话。"

女孩突然正襟危坐，谈判似的，如鹰隼般犀利的眼神将我锁着："林月亮，可能你看见的是，江忘对你的感情懈怠了。而我看见的是，在你离开的日子里，他如何全副武装，将城墙筑得固若金汤。就因为他这样，我才觉得无望，甚至想利用别的男人转移情感。因为人心是肉长的，我也不想继续受虐了啊。可世上比江忘帅的，我又觉得没他聪明，比他聪明的，我又觉得少了点气质……后来我才明白，不爱就是原罪。我不爱他们，所以我有一万条标准。我喜欢江忘，他怎样都行。也是因为认清真相，我才决定放手——

"不是因为你回来，而是认清了他的不爱。"

苍天啊，如果我说越来越喜欢这个通透的情敌，我会不会挨雷劈啊。

正当我要夸她几句时，她忽而摆起千金小姐的架子，阴阳怪气地说："所以你现在的矫情样子让我很看不上。可能因为你看多了言情小说，对男人的认知才肤浅地停留在多金、专情的人设上。那些小说告诉你要相信爱情，世上有童话，这没问题。但真相是，人会累，会烦，会随着环境的变化而变化，爱情的形态不是亘古不变的，哪怕对方特别如江忘。所以我执着地追求他，希望能找到他累、烦，不得已被环境改变的空当，这样就能趁机取代你。曾经，我以为我快成功了，结果你一通电话……算了。"

常婉叹口气，苦兮兮地不愿再提，但她的语气还是让我不舒服。

她居然攻击我看言情小说，仿佛她天天手捧名著、张嘴闭嘴都是《战争与和平》似的。

"富家女了不起？平民百姓也看过名著好吗？《傲慢与偏见》里的伊丽莎白说过：我只会为真挚的爱情而结婚，所以我势必会成为一个老姑娘。它难道不是在推崇童话？所以，那些表面长情、实际偷奸耍滑的不真诚的爱情，谁要谁拿去。我的确忘不了江忘，起码目前这个名字在我心中仍有分量。但如果这份感情变质了……我宁为玉碎，不为瓦全。"

比牙尖嘴利，我没输过，常婉说不过我，露出牙痒痒的表情："等着吧！"她放狠话说，"总有一天你会发现，我是对的。"

我轻飘飘地将剥好的面包蟹腿叉进嘴里，口齿不清地回道："那你肯定不知道，我比谁都希望你是对的。"

全世界的人都跑来对我说教。

闻多劝过，禾鸢劝过，我妈劝过，现在连情敌都是同样的论调，他们劝我别对人性抱过高的期望。

可若我被同化，那我又是谁？还有什么特别存在的意义吗？

如果我默认了江忘可以被同化，他便也不过是一个面目模糊、不值得我托付终身的人罢了。嫁给谁都一样，何必非得是他？

因为非得是他，所以他才必须和别人不一样……

"啊——"

楼外传来绵延不绝的尖叫打断我的联想，一具身体从楼顶降落。我摸了摸胸口，默默地想——

人生苦短，还是留点时间多吃螃蟹吧。

那天我食欲大增，整整吃了三只大螃蟹和十几盘虾。

我陪常婉去前台埋单时，杜青山突然打来电话，让我陪他去趟隔壁县城。他说某位大领导临时路过,他一直在找机会想见对方,对方承诺路过时在县城给他半小时。他让我迅速将电脑里的项目资料打印出来,赶过去。

我回应项目书还是个半成品,他的声音在电话里听起来都很着急:"没关系,具体的,今儿肯定拍不了板。先让对方过下眼,心里有个数。"

"但我的电脑还在公司。"

杜青山:"来不及了。"

我想了想:"要不这样——我到了公司就把资料内容的重点讲给你,你先去聊着,能拖多久算多久,我应该能在你们谈话结束前把打印资料送到。"

挂了电话,我用求救的眼神看向开了车的常婉,她秒懂,随即趾高气扬地复述我的吐槽:"富家女了不起?"

我懒得和她废话,拽了她的名牌包包就往电梯口走,管她娇声连连。

所幸饭点过了,不怎么堵车,我赶在杜青山和领导谈话结束前将资料送到。

事情差不多处理妥当,杜青山才抽空和我开玩笑:"你叫的滴滴司机还挺漂亮哈。"他看向不远处那辆大众CC。

此时"滴滴司机"一脸不耐烦地在主驾驶位上冲我挤眉弄眼,大意是催促我快点。不开玩笑,我差点就入戏地给她差评了。

我说我要坐常婉的车回家。

因为是县城的路,天黑,道不熟,常婉害怕,要人作陪,否则早撂挑子走了。没承想杜青山也脚跟脚地打开了常婉的后车门。

要不是知道他对穆恩如何情比金坚,我差点就要给自己加戏:这厮该不是在朝夕相处的过程中爱上我了吧,才抓住每个机会和我待在一起……

"有没有一种可能,是来的时候我车速太快,路上车胎扎了几颗钉子,结果爆胎了?"

杜青山仿佛我肚子里的蛔虫,当机立断地打消我离谱的念头。

晚上螃蟹吃撑了,我打个嗝都带着腥。杜青山实在受不了,也不管外面的冷空气,直接降了车窗透气。

车里过于安静,他强行找话题,问常婉:"你就是和她好了十几年的闺密?"敢情他把她认作了禾鸢。

我内心一万个"求求你了,闭嘴吧"。

掌着方向盘的常婉陡然失笑:"帅哥就是聪明。"

"对,专业抢男朋友的那种闺密。"我发挥小气的特质,皮笑肉不笑地回应。

杜青山闹不明白了,一脸"你究竟有几个前男友"的表情——说起来挺可悲,就一个。至于陈云开,要是知道我差点把他列入前男友充数系列……

陈云开:你是不是不做人?

他言简意赅地回我的微信,看得我笑出鸭叫。再抬头,我从后视镜里收获了两个白眼。

车辆继续行驶,途中路过一片白得发亮的大棚,上面写着巧克力草莓采摘,常婉一下兴奋了。她说她哥去年摘了一篮子草莓回家,甜得让她记忆犹新,追问来源。

常放也说不明白,只道是这个县,原来在这儿。

我有种不好的预感,赶紧装模作样地问杜青山:"明天是不是有个早会?"我意在赶时间,让常婉别弄幺蛾子,快开车。

杜青山这厮却突然犯蠢，以为我是抱怨工作时间太紧，颇为大度地回道："不太重要，特批你睡懒觉。"

"哦……"

我失望至极地靠回靠背上，随即感受到刹车的推背感。

看看，果然。

得知常婉要下车买草莓，杜青山不仅没阻止，还大方地说他来埋单。我看他的架势，貌似也要下场采摘，应该心里惦记着穆恩那个小姑娘。这不露痕迹的狗粮吃得我脑袋缺氧，干脆也下车透气，和他俩一起走进了大棚。

"不是……这个点已经闭园了吧？"我看看时间，略有些担忧，"搞不好被人当作小偷，会上本地头条。"

偏偏常婉和杜青山都是我行我素惯了的主，异口同声地回复我："给钱就行。"随即他们拎了人家搁在小木桌上的篮子，越走越远。

别说，草莓的香气确实浓郁。我手贱地摘了一颗品尝，满腔顾虑顿时烟消云散。

这哪是草莓？这就是巧克力！

"篮子分我一个呗。"我变脸之快，完全掌握了川城独有的绝活。

正当我们摘得兴高采烈时，远处有明灯越亮越近，伴随着几个人的脚步声。不一会儿，一声大喝响彻耳畔："喂！干什么的？！"

不过一瞬，我看见杜青山和常婉反应迅速地朝棚外跑。当时我还纳闷："跑什么？给钱就好了啊。"

不是他们说的吗。

谁知说要给钱的杜公子已经不见人影。

我内心一慌，也下意识地抬脚跟着逃。

好不容易回到马路上,我却突然犯病,手脚的肌肉都不受控制,疼痛在全身蔓延。

其间杜青山回头,看我傻愣在原地,应该以为我跑不动了,回头想拉我。后面的常婉没料到他突然停下,两人猝不及防地撞上,双双狼狈地摔倒在地。立时我还在想,要是果农知道是我帮他们抓住了"小偷",会不会选择原谅……

那真是历史性的一个晚上。

我,亲眼见证了向来颐指气使的两个富二代,被几个朴实但彪悍的乡民暴打。

乡民A:"长得人模人样,竟然干些偷鸡摸狗的事情!"

我一听,顿时想给对方打气。对,说得对,可不是吗!

那头,杜青山和常婉估计都蒙了,完全忘记说给钱的事。

至于我?

我的猜测是,逃跑即死罪。我这个不跑的,他们暂且不过问……

好半晌,我渐渐缓过疼痛的劲,赶紧上前"梨花带雨"地拉架:"对不起,叔叔伯伯!我们是想买草莓来着,正准备留下钱呢!"

估计我长得不那么人模人样,善男信女的普通模样容易被原谅,我的话终于让他们听进去了……

后来杜青山花了大价钱,包括赔偿了他和常婉慌乱逃跑时被踩坏的草莓苗等等,这件事才算完。

等上了车,醒过神的常婉才开始喊疼。她的脸和身上全是泥巴,脏兮兮的,看不清伤痕。杜青山看她时不时摸后脑勺,于是下意识地拽开她的手,仔细寻找着女孩的伤处,发现隆起一个包。

借着车顶灯的光,我看见男子脸色一沉,颇有些霸总风范地将常婉拉到副驾驶座，车由他来开。

我知道杜青山为何如此紧张——大约是怕真出什么事，他背负良心债。

因为常婉后脑勺的伤，我亲眼看见，是为了护他造成的。至于当时的常婉在想什么，我就无从得知了。

杜青山把车开得飞快，比正常需要的时间节省了二十分钟。一抵达附院，他就抱着常婉直奔急诊科。

我看着在他怀里惊愕的常婉，不由得想：她伤的不是脑袋吗？

估计常婉也是一连串疑问：我是谁？我在哪里？我在干什么？

反正这是一夜的兵荒马乱。

急诊室里，医生下了诊断："除了一些皮外伤，目前看，问题不大。但脑部的肿块若晚上还没有消，可能有瘀血，建议患者一早来做个CT。"

我安慰杜青山："她早该检查脑子了，没事，你别担心。"

杜青山察觉出我的话中有话，瞪我一眼。老板不开心了，我拔腿就逃出诊室。

冰凉的长椅上，我百无聊赖地拿出手机，拍了诊室的照片，发了个模棱两可的朋友圈。设置分组可见的时候，我在江忘的名字上犹豫再犹豫，还是选了他可见。接着我惴惴不安地抱着手机，等一个似乎想要似乎又抗拒的结果。

约莫二十分钟后。

叮咚，电梯每响一次，我就下意识地看过去。终于在电梯第一百零三次开门时，里面出现了我熟悉的一张脸——

"你怎么来了？"我惊讶地站起来，手机差点摔在地上。

这可不是演技，我确实惊讶。那个本该站在首都肥沃的土地上，看酒绿灯红的人，怎会出现在这个地方？

陈云开的脸色看上去有些倦，隐约带着风尘仆仆。

看到我毫发无损后，青年终于不耐烦地眼皮上抬，看着我道："如果你敢说自己在玩真心话大冒险，我一定让你进太平间。"

我抖了抖唇："我又没说自己住院，陪朋友不行吗？"

看他露出半生气半松口气的表情，我赶紧转移话题："你回来省亲？"

陈云开笑了："出嫁的女儿回家才叫省亲。"

我大脑已经死机了，他还嘲笑，我作势想捶他一拳，不远处传来一道清淡的呼唤："月亮。"

江忘穿着白大褂，像是本来就在医院值班的样子，他由远及近，徐徐而来。

看见陈云开，江忘似乎并不意外，两人只是用眼神打了个招呼。

数学告诉我们，世上最稳固的图形就是三角形。巧了，现在我、陈云开、江忘，就站成了一个三角形状。我正要说点什么缓解气氛，江忘忽然蹲下身，半个身子凑到我的脚边。我以为鞋带散了，他要帮我系，条件反射地往后退了半步，可他的动作与我一般快。

我只感觉小腿被一股力道钳住，忽然便动弹不得。

不一会儿，脚踝察觉到凉风，我低头看去，才发现他不是给我系鞋带，而是卷牛仔裤脚。

之前我们在草莓园里进行追逐战的时候，刚下过雨，泥土过于松软。我深一脚浅一脚地跑着，导致鞋上全是污泥。

很久以前，我俩和闻多去郊游，我根据网红推荐，找到了一片荒郊野岭，那天的狼狈不比今天少。

那时的江忘也是如此。知道我有强迫症，他会细心地帮我卷裤脚，还背着我过泥坑。

江忘很高，虽然瘦，但背脊的宽度刚刚好。我趴在男孩背上，感觉全世界的泥巴都别想污染我半分。过泥坑的时候，我为了营造氛围感，还趴在他耳边唱容祖儿的《小小》——

回忆像个说书的人，用充满乡音的口吻。

跳过水坑，绕过小村，等相遇的缘分。

你用泥巴捏一座城，说将来要娶我过门。

……

"啊！"

感谢这个声音的主人，让我没有在熟悉的场景里哭出声。

在诊室里处理伤口的常婉疼得一声惊叫，吓了陈云开一跳，立时连江忘也起了身。

"你朋友？"陈云开下巴一偏，问。

我刚要点头，发现不对劲，我怎么会和常婉做朋友，于是准备摇头，又转念一想，刚利用完人家忙自己的工作，若没有这茬，她也不至于进医院……

思来想去，我将锅甩给江忘："他的朋友！"

我的手刚指过去，陈云开挪了几步到诊室门口，总算瞧见了"患者"。

他瞬间懂了我的纠结，似笑非笑地看看江忘，再看看我，调侃道："搞半天你是来'捉奸'的？"

"说什么呢！"

"说什么呢。"

我和江忘异口同声，对视一眼后，都心虚地转开头。

"一定要挑事儿吗?"江忘疾言厉色的样子,连我都很少见过。

陈云开也不知怎么了,向来让着对方的人,忽然变得咄咄逼人起来:"开玩笑而已。说者无心,听者有意。你要是介意,我也没办法。"

类似"你要是这么想,我也没办法"这种话,简直是渣男的入门砖,差点连我都听不下去。

江忘比我抢先:"生活经验告诉我,真话往往是伴着玩笑出现的。不知道你这个玩笑里,真假各有几分?"

陈云开耸肩:"那要看你的主观意识有多强吧。如果你主观认为我说的都是实话,那就都是真的。你主观上觉得我开玩笑,那就是玩笑。"

怎么,医院还教人"武功"吗?怎么他俩都学会了含沙射影、指桑骂槐、以偏概全等招式。

他俩正激烈交战,常婉在杜青山的虚扶下走出了诊室。

一时间,我的目光投过去,江忘和陈云开却不为外界所动,牢牢地盯着对方。常婉尴尬了,小声问我:"什么情况?"

我老老实实地答:"无论我怎么劝,都不肯打一架的情况。斗嘴过干瘾呗。"

有生之年要是有两个男人为我打一架,我这辈子也算值了,但他们不肯啊。我叹气连连。

常婉懒得看我演戏,说要回家休息。

我趁机拽走陈云开:"你开车了吧?我们老板送他的救命恩人,你送我。"

话落,不知是不是错觉,江忘的脸色沉了下来。

我也是没出息,很快"此地无银三百两"地问他:"你今晚值班吧?"

意思是我为他着想,他不用特意跑这趟。

不得不讲，我俩在一起的时光没白费，至少有默契。

江忘完全明白我要表达什么，终于脸色好看了点，淡淡地回了个"嗯"。

回家路上，川城的热闹已经消散。

陈云开一路绿灯，运气好得我忍不住嫉妒："小学考第一，中学考第一，高中考第一。跆拳道一学就拿黑带，说学医就考上了京医大。没毕业就进了京医大附院，交个女朋友还是当红明星，现在连红绿灯都给你面子。喂，请给平凡又努力的人——我，一点点活路吧。"

陈云开抿着唇，思考许久，脱口而出："没准从明天开始就会倒霉了。"

"你就想等着我问为什么吧？嘿，我就不问，气死你！"

我在副驾驶座上张牙舞爪做鬼脸，陈云开无语地瞥我一眼。他本想吐槽点什么，嘴角刚一咧开，泄露了隐约的笑声。

"林月亮，你该不会以为走搞笑路线就能成功拿捏住男人吧？"他的声音里含着破碎的笑意。

我醍醐灌顶，立刻一本正经，若有似无地撩了下头发，用韩剧女主那种深情款款的眼神，支着下巴看着他："或许……这一款呢？"

陈云开毫不留情地把我的大饼脸，不，瓜子脸推开。他推到一半，我威胁说："你再用力，我绝不会问你一句回来的原因！"

很奏效，他不再推，反倒轻佻地拍了两下我的脸颊，像是安抚。

霎时我面红耳赤。

第七章
领证吗?

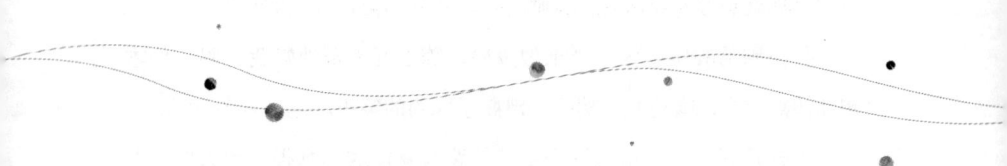

如果那个人在你身边不幸福,
你是不会想挽留的。

好不容易等到一个红灯，我两手捂住嘴唇，假装瑟瑟发抖地打量陈云开。

"我怀疑你在撩我。"我直女式发言道，"你回来……搞不好就是为了追我吧……"

陈云开的脸腾地和我一样红，不知是红灯映照的，还是我的话真的让他起了化学反应。

"对。"

他明显深呼吸了下，但眼睛看也没看我，说："放弃北京户口，拒绝升职加薪，不要当红明星……跑回来就是为了追你——你听听，你说的是人话吗？"

顿时，我的脸不红了，正襟危坐，直视前方："了不起呦，那你到底回来干什么？"

"做同事。"

似乎生怕我又自作多情，他这次不再拖泥带水。

"啊？"我神色不解，没听人事部小妹八卦说有新人入职啊。

他赶紧加一句："和江忘。"

搞半天他是被附院高薪挖回来的，还整得神神秘秘的，就怕我趁机敲诈他买东西。

这个竹马不要也罢。

我拂拂衣袖，彻底没了旖旎的幻想，整个人瘫在副驾驶座上，毫无形象，突然微信铃声响起。我随手拿起来一看，"江忘"两个字映入眼帘。

他问我：到家了吗？

我正要回复，陈云开猛地一脚油门穿过人行道，吓得我跳起来骂他。

我问他是不是故意找碴，他责怪我发那个恶作剧的朋友圈——

"我三个小时前刚下飞机，家里的沙发还没坐热，看见你的朋友圈就赶来医院，你给我搞'只是到此一游'。"

本来我还想撒泼，听见他对我的关心，只好立刻收起狼心狗肺。

"那好嘛，"我低了气焰，撇撇嘴说，"请你吃烧烤？"

那家老字号搬了，最近又被我找到了，陈云开以前也馋那口。听了我的提议，他虽然高傲地没回应，却默默地跟着导航掉了头。

烧烤店里充满了安抚人心的烟火气。本来我肚子还撑着，到了这里却想撸个十串八串的。

陈云开在对面看我狼吞虎咽，不知道为什么，眼角眉梢似乎都柔软了，但我没发现。当然，我更不知道，他是真的放弃了北京户口，拒绝了升职加薪，突然决定回川城的。

他应该也不会告诉我，那位一路带他成长起来的老教授多番挽留，并为他讲述利弊，他还是一意孤行。

老教授："小陈，你应该不是目光短浅到只为多拿眼前工资的人。先不说北京户口，在这儿的发展前景，这里为你创造的学习环境，未来你能取得的学术成就，获得的利益……你明白的，我老头子不多讲。那说点清高的，你的梦想呢？"

结果，陈云开很不礼貌地笑场了。

他忽而想起一个姑娘，如果她在现场，听见"你的梦想"这句，应该会像个白痴一样转一下座椅，模仿《××好声音》。

一想到这儿，他的决心更坚定。

"对不起，老师，其实我真的没什么志向。做了这么几年的医生，我只是把这份工作当成谋生的工具。我知道，我这么说，您会失望，但事实就是如此。让我这样的人跟着您搞研究真的浪费您的心血。我知道科里还有比我更合适的人选。当然，我还是会记得做一个好医生，只是我大概不配青史留名。"

老教授叹息，连连摇头："老天爷不是肯赏饭给每个人吃的，将来墓碑上刻点有意义的东西不好吗？"

青年沉思半晌。

"我这小半生，好像都在做有意义的事情——别人眼里的有意义。无论是好好学习考第一，还是成全妈妈的期望，做医生，抑或是偿还他人……如今突然想做点没意义的事情了，哪怕没有好的结果。"

镜子里，他瞥见眼神坚毅的自己，周身散发着久违的少年朝气。

烧烤店里，我将一串牛肉递到神色迷离的陈云开面前。他回神，接过咬了两口，还剩下小半截，放回盘子里。

"味道变了？"见状，我下意识地问。

他愣了下，回道："没有，学医久了吧，看见这些烟熏火燎的东西就会下意识地觉得不健康，不想碰。"

我想起什么，开玩笑说："当年你学医搞得大家觉得挺突然的，以为你是为了和江忘较劲。后来知道你是为了禾鸢，又发现你还挺恋爱脑，心想你坚持不了多久呢。没想到你毕业后真的做了医生，听了陈阿姨的话去悬壶济世——"

说着，我顿了下，支支吾吾道："其实有句话我一直没好意思讲……"我抬头看向对面不明所以的青年。

"在我心里，崇拜你的感觉与当年崇拜江忘一样。你们都是那种老天爷赏饭吃的人，无论做什么，只要稍微用心，就能做得很好。有时候我想,你们的使命究竟是什么?直到看你们穿着白大褂逆行,还有每次通电话,听你们说刚从哪个实验室出来,我就感觉你俩能拯救世界。"

陈云开被我突然的恭维弄得半天回不了神。

"就不能单纯是为了挣点钱花吗?"好半晌,他说。

我想也未想,回道:"别人可以,但如果你也这样想,好像很浪费。"

话落,他像是苦笑了一下,随即耸肩道:"无所谓,反正你说我是恋爱脑。"

这句,我没听清,因为他吐字很轻,等我追问,他又闭口不谈。

折腾半宿回到家,我梳洗完毕,开始玩手机酝酿睡意,这才想起江忘的微信还没回复。

——刚到。

我老老实实地讲。

江忘估计在休息了,半天没有回复,搞得我还有些莫名的失落。

翌日,江忘还是没回复信息,我在上班时候摸鱼被杜青山抓个正着。他敲敲我格子间的挡板,微微蹙眉问我:"你闺密的电话号码是多少?"

"实不相瞒,我人缘挺好的,闺密很多,您问的是哪一个?"

"常婉。"

大清早不当人是吧?

我立刻撑着桌子就站了起来,用虎视狼顾的眼神看着他说:"1850832××××。"

我能记得这么熟,还得感谢江忘。

他最初并没有存常婉的电话号码,导致她一来电,我就看见一串数字,久而久之便记下了。后来我的介意,也是从他加了她的微信、备注了她的名字后开始,并渐渐形成心间小刺。其实如果没有那个吻,我们或许也会在这根小刺的拨弄下,心意全非吧。

"你找常婉干什么?"我多留了个心眼,不知深浅地追问。

杜青山果然给了我一个不知深浅的眼神,但还算直言不讳:"人家好歹给我挡了难,礼貌上应该请人家吃个饭。"

"那作为她闺密的我……"

"一边凉快去。"他皮笑肉不笑地指了指墙角。

喊,谁没吃过饭似的。

午餐时间,我夹着一块毛肚恨恨地向杜婷吐槽。

她馋我们公司附近的海底捞,拉上我一起。

杜婷:"看起来像真没吃过呢,情敌的局,你也赴得津津有味。"

"那可是旋转餐厅啊……"

我想起面包蟹那紧实饱满的口感,就觉得嘴唇干,忍不住舔了舔。

"哦,对了,你今天和江忘打照面了吗?"我佯装不经意地问。

杜婷的警惕心挺高:"干吗?"她狐疑地盯着我,"玩旧情复燃?"

"不是,我妈的一个朋友刚转进你们附院肿瘤科,我妈让我去给他打个招呼。但昨晚他值班,我不知道他今天是休息,还是在医院,给他发消息,他也不回。"

杜婷不是好忽悠的主:"心疼你妈的朋友——"顿了顿,她说,"还算你有良心,没说自己的朋友进了肿瘤科。"

"……"

氤氲热气的加持下,我被她撑得满脸通红,索性将真实想法说了出来,杜婷听完直接拍板:"亏你还谈过恋爱,他不回消息就是吃醋了,闹脾气啊。"

我半信半疑:"不能吧,我俩已经分手了。"

她懒得辩论,对我进行死亡凝视。我在她的目光下硬着头皮给了自己一巴掌。她拍手,觉得我孺子可教般地赞美我:"如果你想听'分手和爱不爱是两回事啊''他还爱你啊'这类肉麻且刷存在感的话,抱歉,我不会让你如愿。"

我知道,要不我怎么会先掌为敬呢。

"但有一点我是真不解。"我放下筷子说,"闹脾气是需要立场的,江忘肯定比我清楚这点。我们好不容易退回到好朋友……OK,假惺惺的好朋友的位置,他这么作,就不怕引起我的反感吗?"

"那你反感吗?"

我扬起的胳膊又快控制不住了,只不过这次想往对面那张如花似玉的脸上招呼。

我不反感,甚至有些暗爽,行了吧。

杜婷还不放过我:"林月亮,你有点双标,你知道吗?欸,对,你说理解他当初压力大、心情不好,接受他从别人那里寻找安慰,但你难受。很多事情,你都可以理解,但你难受。人家江忘就不难受吗?他理解你和陈云开青梅竹马的感情,他也相信你俩不会藕断丝连,但一看见你俩在一起,他难受。一想到你俩在一起待到半夜才回家,他没立场发飙,可是他难受。人非圣贤,都会难受,明白吗?"

以其人之道还治其人之身这招,够狠,够绝,立刻就诱使我又给江忘发了消息——

好朋友,晚上约个饭呗?有事找你。

及至下午三点,手机才有动静,屏幕跳出言简意赅的一个字:嗯。

我习惯性地翻个白眼,但踏踏实实地松了口气。因为根据我对他的了解,只要他还愿意理你,不玩消失,就证明事不大,可以解决。于是我乘胜追击,借着他挤牙膏似的回复调侃他:感谢你在百忙之中抽空敷衍我。

这回他多回了几个字:时间,地点。

一想到手机那头的人此刻是如何傲娇、别扭,我被逗乐在工位上。

傍晚我俩就约在附近的商场。江忘是开车来的,应该刚刮了胡子,下巴有很明显的青色,稍微靠近,还能闻到剃须水的味道。

我做主,打卡了最近新开的一家干锅牛蛙店。他全程表现得不太有兴趣,但还是勉强吃了点。

出了餐厅,我俩之间的气氛还很诡异,这时一楼有临时表演开始了。

我们身处的位置在顶楼美食圈,我借着绝佳的地理位置,扒着透明玻璃看一楼的表演。

我看着看着,旁边传来一道抑制不住的哼笑。我侧头,对上江忘探究的目光。

他轻轻问:"为什么别人都能正常地将头探过栏杆,你的脸却狰狞地贴在玻璃上?"

说完,我又气又轻蔑地瞪他一眼——别以为我不知道他在吐槽我的身高!

接收到我不满的眼神,江忘还要开口,我的电话铃响,显示是陈云开的电话号码。于是我又飞快地瞥了旁边的人一眼,发现他的目光也刚刚从我的手机屏幕上移开,立刻我有种被捉贼捉赃的错觉。

"莫西莫西。"我假装轻松实际头皮发麻地接起来。

以陈云开和我之间的默契,显然还无法让他听出我喉咙里发出的颤音,他习以为常地吩咐道:"明天来我家吃饭。"然后,他快速补上一句,"新家。"

自打家属院开始拆迁工作后,陈家也搬到了出租屋,因为新房子还在释放装修甲醛的阶段。算算日子,他们最近应该可以搬进去了。

"然、然后呢?"

心虚的我还是没忍住结巴了,陈云开明显愣了几秒,我赶紧接上:"开暖房 Party 应该人越多越好玩吧。"

要不说他极其聪明,很快明了我的用意,说:"你的朋友,你负责联系。"讲完他就挂了电话。

我打着哈哈向江忘扬起手机道:"陈云开邀请我们明天去他的新房玩。"

江忘转身朝电梯的方向去,边走,边回道:"他没邀请我。"

"可他要我转告你呀。"我跟上,语气莫名其妙有些慌乱。

江忘没说好,也没说不好,我俩在电梯门前沉默着。不一会儿,他的消息铃声响了,我瞄了眼,看见陈云开的名字。

陈云开什么也没说,直接给江忘发了个新房定位。

那瞬间我忽然想起网上的描述:男孩对于友谊的表达方式都是直来直去,没那么多心眼子。

果然如此。

我还小心眼地认为他们在医院互呛一番,必定会冷战个三五年。

收到信息的那一刻,我眼睁睁地看着江忘的脸色慢慢缓和。他似是悄悄呼了一口气,这才不紧不慢地对我说:"那明晚我接你下班,一起过去。"

"恭候大驾!"

我瞥见银光闪闪的电梯厢门映出自己的影子,疑惑那个女孩为何还能在他面前笑得眉眼弯弯。

为了给陈家暖房，我叫上了杜婷和闻多兄弟。杜婷还带着她那个敏感多疑的医生男朋友，我们几个挤在江忘的车上。

我坐在副驾驶座，总觉得背后有双眼睛一直盯着我，脑子里一直盘旋着"腿毛多、腿毛多……"的字眼。

好不容易抵达陈家所在的小区，我更煎熬了——

天哪，陈云开真的住别墅了。

"希望我的朋友过得好，但不希望他过得比我好"这种想法，应该不算恶毒吧……

我绝不承认自己输了，于是全程绷着脸装淡定。

陈家的新房是联排别墅，上下三层，有个露天阳台，做了玻璃房设计。阳台与陈云开的卧室直接相连，现代式风格，看样子应该是陈云开的主意。除此以外，室内的其他装修就很"割裂"了，怎么土豪就怎么来，尤其是一楼会客厅中央的吊灯。

还是杜婷比较实诚，她打一进门，见到陈云开就开门见山地问："承包鱼塘原来这么挣钱吗？"

陈云开一贯爱装大爷，说："也没，川城规划的金融新区恰好在鱼塘附近，占了我一半鱼塘。"

说实在的，当时我好想给他一拳，幸好陈阿姨及时出现。

"儿媳妇！"她远远地从弥漫着汤味的厨房跑过来，热情地抱住我。

我习惯了她的行事风格，没当回事，反正在北京她就喜欢这么叫着玩，直到对上杜婷男朋友复杂的目光——原来你是因为和这家的小子暗度陈仓才甩了江忘。

可惜"被甩男主角"不埋单，没有表现出任何愤恨的情绪，反而有礼有节地冲前来的大人打招呼，并将准备好的水果、零食等递过去。

"我是触犯了什么天条吗，你要带我来这种修罗场？"闻多附在我耳边小声抱怨，"今晚没有一场腥风血雨的表演，我跟你姓。"

我用胳膊肘捅他："不许乌鸦嘴！"戳到他的肋骨，他疼得闷哼一声。

除了我们这些小辈，陈阿姨和陈叔叔也邀请了其他朋友，跟过大寿似的。陈云开将我们带来的水果装盘，装了很多盘，然后招呼我帮忙端到客厅去。

厨房里，我端着一盘菠萝，一盘枇杷，脑子里突然跳出一个很无厘头的想法，我问他："一会儿出去，我应该把菠萝放在谁的面前？万一有人不喜欢菠萝，有人不喜欢枇杷……"

陈云开此时还手持菜刀，他在案板前抬头看我，已经有些按捺不住要撑我的意思。

好在江忘也跟进来了，他问："需要帮忙吗？"于是我又问了他同样的问题。

江忘的表现和陈云开完全不同。我们同居那一年，早已让他习惯了我突如其来的神神道道。

"要不我出去帮你做个调研吧？"他说，"问问谁喜欢菠萝，谁喜欢枇杷。你再决定盘子怎么放。"

我真的太喜欢这种能一本正经地接住我的梗的感觉，胸腔充满一种自然而然的愉悦。

"不用，我有更好的办法。"我说，"一会儿我叫上闻多，我俩一起站在人群中间。我们四只手，可以端四个水果盘子，接着慢速旋转，就跟旋转寿司似的，这样大家都能轻松拿到自己喜欢的水果啦！"

陈云开切水果的动作又成功被我逼停了。

他转身，毫不客气地冲我扬刀，意思是想把我千刀万剐了："不想帮忙可以直说，没必要对人进行精神折磨。"

我笑得直不起腰，没注意江忘一直将我虚虚地护着，生怕我一个不小心，水果抖落一地，到时我真的会被肢解。

从此以后我再也无法直视"你在闹，他在笑"这句话，因为我觉得应该改成"你在笑，他在提刀"。

一顿拘束的晚餐过后，露天阳台被我们年轻人霸占了。

陈云开早有准备。他知道我们不适应长辈多的场合，于是在外卖APP上点了烧烤架、烤串、啤酒等，开启真正属于我们的热闹。

杜婷和她男朋友打赌，豪气地喝完一瓶啤酒后，招呼大家一起玩最俗气的真心话大冒险："我们反着来。啤酒瓶口指向谁，谁就是King，可以指定在场的一个人做大冒险，或者问他（她）一句真心话。如果对方不乐意回答，就喝酒。"

其间禾鸢给陈云开打了电话，接着与我们视频连线，"云庆祝"。

她在视频那头大喊不公平："我没在场，永远做不了King，只能被选择。对不起，您的好友已退出群聊。"

陈云开倒是大方："玩呗。"他无所谓地讲，"瓶口转到我，机会让给你。"

此时杜婷的男友终于嗅到不一样的气息，问我："这个女孩是……"

禾鸢戴了口罩，以至于他没认出我们的当红明星，于是我指了下陈云开，随口一答："哦，他前女友。"

我是江忘的前任毋庸置疑，但陈阿姨今天叫我儿媳妇，说明我是陈云开的现任。陈云开当着现任的面与前女友通话，还大玩暧昧……

此时杜婷的男朋友是崩溃的。

能理顺这个逻辑的闻多也是崩溃的。

估计大家都是崩溃的，除了我。我的眼里只有烧烤、炸鸡。结果，心态越好，运气就越好，啤酒瓶总是指向我，我做King。

我把现场除了江忘的所有人都问了一遍真心话。轮到问陈云开时，我把机会让给了禾鸢，我知道她满腹真心。

禾鸢在一众八卦的眼神下思考了很久，笑着说："真心话没意思，我要他大冒险！"

给给力啊，姐妹，就不想知道他心里还有没有你吗？

我内心只叹她不争气，给机会，她都抓不住，瞬间觉得嘴里的羊肉串都少了滋味。

可是，除我以外，大家似乎更想看陈云开大冒险。因为禾鸢看热闹不嫌事大地提议："要不，你亲一下月亮？"

"哇哦——"现场传来一致的起哄声。

闻小也拽着他哥咬起耳朵。不知道他说了什么，反正说着说着自己笑了起来。

闻多斥责："开什么玩笑，你陈哥哥肯定选喝酒啊。让他亲你月亮姐，等于让他自毁清白。"他说的是川城土话，听起来还挺押韵。

杜婷依然兴致勃勃："那不一定，我们小时候，陈云开做陛下，某人还是皇后呢。在猪油蒙心的情况下，他还是会亲的。"

闻多："这个猪油的质量没那么好吧，能蒙十几年？"

杜婷迟疑了："也是，毕竟岁月是把杀猪刀……"

不要啊，这两个大傻子。陈云开天生反骨，别人越说不可能，他越喜欢出人意料。

意识刚一过脑,坐在我对面的男主角就站了起来。我左手一串羊肉串,右手一串排骨,目瞪口呆地望着他。

陈云开并不矮,要亲坐在凳子上的我,需要弯下腰。他嫌麻烦,懒得走过来,隔着烤炉就要来捧我的脸。我灵机一动,用舌头顶了下牙齿,说:"等等,韭菜塞牙缝了。"

然后,我当着他的面,动作怎么粗鲁怎么来。

陈云开冷笑一声,似乎看穿我的把戏,等了几十秒,主动挑衅:"好了吗?要不要再给你半分钟。"

好的,是我大意了。既然知道他天生反骨,我就应该表现得很自然、很迫切的。于是我赶紧改变战术,乖乖地用纸巾将唇边的辣油擦干净,顺便从随身挎包里摸出果香味的唇膏,周到地抹了抹,就跟历史上心甘情愿伺候帝王的宠妃似的。

"来吧。"我昂起头。

我做好了殊死一搏的准备,等待着最后的胜利。

不是,但,等等……

他的腰怎么越弯越低了。

周围抽气的声音也越来越大。

我的两侧脸颊传来异样的触感,一种专属于手心的潮热。我甚至闻到了男子手上特别明显的菠萝香,因为不久前他在厨房很认真地切菠萝……

完蛋,不都说吻是薄荷味道的吗,难道从此以后我要去唱一首菠萝味了……

那个夜晚,陈云开捧着我的脸,在咫尺的距离冲我笑,眼里仿佛有钻石在闪——闪得我要花眼,须臾,我感觉脖子一疼。

陈云开这个死变态,轻轻将我的脑袋扭向一边。

然后他的两只胳膊绕着我整个身体,用几乎环抱的姿势,从我背后的酒箱里拎出两瓶酒来。

"当然选喝酒了。"他恶作剧得逞、表情傲娇地说。

一时间,我听见有两个人明显地松了口气。

我知道,一个属于禾鸢,另一个……我这才有勇气看向旁边的江忘。

从禾鸢提议真心话大冒险开始,我就不敢看江忘。我怕接收到他眼神里的任何信息,都会让我无法逃避地意识到,我还是在意他的感受和看法。

我不是不能原谅他,而是不能原谅永远都在心里为他撑伞的我自己。

别说淋雨了,当年我就算淋着雪,也要为秋千上的他撑着伞,可他亲手毁了我"一生一世一双人"的期待。

"我突然好想唱首张信哲的歌啊。"禾鸢的声音驱散我内心的灰暗。

我们所有人应声看向视频里的她。

她一点也不怯场,张口就来——

如果当时吻你,当时抱你,也许结局难讲。

我那么多遗憾,那么多期盼,你知道吗?

后来,我问过禾鸢,喜欢一个人,怎么会愿意亲手把他送到别人身边呢?

——挽留都来不及。

我不懂她的操作。

她想了想说:"如果那个人在你身边不幸福,你是不会想挽留的。"

禾鸢:"愿意送他走,看他走了,自己又失落,然后又期待他自己能回来……这种感觉,被爱着的那个人,永远不会明白。"

那时的我当然不明白。

因为陈云开对我的告白云淡风轻,轻得就像年少不懂事的悸动,而不是成年后的怦然心动。我听进耳朵,但我认为过去了,他才能对我坦然。后来我也时常拿这段开玩笑,只因我没再放在心上。

诚实地讲,当时的我甚至希望有个靠谱的男孩出现,让我移情别恋,让我对过去不再有丝毫留恋。

我不知道有没有人能够成功,但我愿意一试。

可惜,迟迟无人来。

"那就,主人家说一个吧。"陈家露台上,游戏还在继续。

轮到杜婷的男朋友当King,他不知道我们几人之间的纠葛,于是保险起见地点了陈云开,让他说一个高中时印象最深刻的片段。

陈云开已经是微醺的状态,他饶有兴致地摸着下巴,沉吟:"印象深刻……"

很突然,他的目光对上我,紧接着露出灵光乍现的表情。我防备地冲他比了个叉的手势:"敢说我的黑历史试试。"

他两手揉着太阳穴轻笑,意思是根本不把我放在眼里,我眼睁睁地看着他张开了嘴。

"高中我和林月亮同一个班,被点名去校门口检查校牌。那时候检查校牌需要去办公室领个挂在脖子上的纠察证。当时正在做眼保健操呢,那个白痴扭头就对我喊'走啊,领证去'。没想到眼保健操的音乐刚好停了,于是她那句'领证去'就在寂静的班级里回荡,引得全班哄堂大笑,问她什么时候发喜糖。"

他刚说完，杜婷的男朋友就紧跟一句："那你们什么时候发喜糖啊？"毕竟陈阿姨都叫我儿媳妇了呢。

他的笑容很善意，问得也很认真，可杜婷显然已经想一巴掌扇在他的脸上。

蓦地，江忘起身的动作吸引了大家的视线。

"去一下洗手间。"他淡淡地说。

我的视线追随他离开，闻多打了个响指唤我："该不是喝多了？你要不要去看看？"

忘了说，今晚的游戏环节，不管谁点江忘说真心话还是大冒险，他都选择喝酒。我很少见江忘喝酒，不清楚他的酒量，一时间还真有些担心，情不自禁地跟了过去。

客用卫生间门口，我敲了敲门，里面没反应。

我出声叫他："江忘？"

没几秒，门从里面被打开，一只胳膊探出来，紧紧攥住我的手腕，将我扯进房间。砰的一声，门再度关闭。

我被困在一方小天地间，背后是洗漱台，抬头，看见极不舒展的一张脸。

江忘应该是酒精上头了，脸绯红，眉头紧皱。我踮脚，下意识地伸手去抚他的额头："你没事吧？"

感觉到我并不抗拒他的靠近，他两只胳膊圈住我的腰，将我抱上大理石洗漱台上坐着。这姿势过于暧昧了，我吓得急忙往下跳，他顺势压住我的肩膀，脑袋跟着低了下来。

"靠会儿。"他含糊地吐字，接着语气带了点祈求，"就一会儿。"

他最知道怎样可以让我心软。

寂静的逼仄空间里,空气本就不流通,加上肩膀上的重量时刻提醒着我,我有些不知所措,没话找话说:"酒量不好干吗喝这么多。"

他很乖巧地"嗯"了声:"不然你会来看我吗?"

明明两个人什么亲密行为都没有,我的脸却快速一热。我戳戳他的脑袋,故意咬牙切齿道:"借酒装疯这套,我可不吃。"

他的胳膊将我收得更紧,又含糊地说了一句什么。

我没听清,脑袋凑过去,几乎贴在男子头顶:"嗯?"

江忘抬头,与我撞个正着,两人俱是痛得呲了一声。

"江忘!"我恼羞成怒,"你故意的!你报复我一晚上没搭理你是不是!"

"哦,原来你知道不搭理我可以让我不高兴。"他一只手抚了抚自己的头顶,另一只手帮我揉脑袋。

我立刻就被安抚了,像极了从前无数次日常争执后,他向我妥协的情景。

"好了,好了。"看我眼泪快出来,他以为我疼,边揉边宽慰我说,"惩罚我吧,如果你开心的话。"

一下子我的脾气也发不起来了,撇着嘴委委屈屈地说:"那你刚才说什么嘛。"

他面露难色,想了又想,甩给我一句:"没听见算了。"

笑话,我又不是第一次被好奇心害死,不在乎多死几次,于是不罢休地缠他:"到底说什么嘛!"

我悬空的两只小短腿还因为惯性摇摇晃晃,心里笃定他还是那个会为我妥协的男孩。

又是好半晌的沉默,久到青年眸子里的酒意都散了。我盯着他,不错过他的任何微表情,因为直觉告诉我,这句话很重要。

"走啊。"终于,他扬唇道,"领证去。"

我石化在洗漱台上。

"刚刚陈云开聊起你们的过往,你可不是这个反应,你笑得很开心呢。"

这下换成江忘牢牢盯住我,不放过我的任何微表情。

两厢沉默里,头顶的感应灯都快要熄灭。灯灭的一瞬间,有人的脑袋以不容拒绝的方式再度压了下来,可他这次的目标不是我的肩膀,而是脸。我的心一惊,微微偏头,他的吻恰好落在我唇畔。

触感冰冰凉凉的,带着啤酒的小麦香。

我们以这种奇怪的姿势待了好几秒,我才鼓起勇气推开他,眼神逃避着跳下洗漱台:"一点也不好笑。"

我飞快地拧开门锁想逃出去,江忘拽住我,在酒意的促使下,显得有些执拗。

"月亮,你知道的,我还爱你。"

我费了好多心神整理表情,回头冲他尴尬地笑:"'我爱你'这句话太沉重。'我给你买幢别墅吧?'——这种话刚刚好,指不定我就原谅你了。"

"你说的。"

"?"

"中国人不骗中国人。"

"不是……"这下我真被气笑了,"江忘,还要不要做朋友了。"

江忘:"如果一个朋友的称呼能让你轻松一点,OK,"他放开手,举起来,做投降状,"那下个月我再问。"

我正要发难，门外响起敲门声。陈云开的声音隔着门板清晰地传来："杜婷说散了，明天要上早班。"

这次我总算顺理成章地开了门，却在陈云开打量的目光下心虚不已。

"江忘喝多了。"我指了指背后的人，"我先叫个代驾，让他们等会儿吧。"

"嗯。"

陈云开没什么情绪地应了声，很快离开是非之地。

一辆车坐不下，闻多兄弟和杜婷他俩挤在一辆出租车上离开了，剩下我和江忘。我钻进后座，他也跟着钻了进来，一双腿勉强地放在我旁边。我侧头打量他的时候，好像看见楼顶有个身影一闪而过，我怀疑是陈云开。

我骂骂咧咧地说："主人家也不知道下楼来送送，啧。"

江忘的脑回路清奇："说明他没把你当客人。"

我飞快地看他一眼，他"此地无银三百两"地加一句："也没把我们当客人。"

现在无论回应什么都尴尬，我索性不讲话，眼看着车子笔直地驶出小区。后座没有格挡物，我尽可能地偏向一侧，避免和江忘产生肢体接触。他察觉到了，在车子转弯时轻轻扶住我说："你大可不必这么戒备。如果我打定主意要做什么，你没招的。"

语毕，那双曾和小鹿一般清透无辜的眼睛，目光逐渐变得深邃，仿若暗夜里盯了许久猎物的豹。

酒壮人胆，果然。平常江忘不会攻击性这么强，以至于我看出他认真了，于是听话地调整坐姿，他这才将眼神移开。

但刚刚轻轻扶着我的手还攥着我的小臂，持续滚烫。

我浑身不自在，只好假装摸手机，动作略微明显地挣脱他的钳制。打开朋友圈，我发现我的朋友们都是夜猫子——白天全无动静，一到夜晚就无病呻吟。往下刷，我看见穆恩半小时前发了一条求助信息：各位大佬，屋子的电源总闸一般是在哪里啊？

我给她回复：在我印象里，总裁夫人是不需要关心电源总闸在哪里的。

没几分钟，我收到她的私聊：哭啼啼。突然停电了，别人家还亮着灯呢，应该是跳闸了，但总裁夫人找不到开关。

我让她打电话给物业，她说没有物业电话，也没有业主群，因为房子是杜青山的，打杜青山的手机，也一直没人接。

这家伙，一来川城就把小姑娘从家里拐出来，又不好好照顾。

穆恩说她怕黑，吓死了，和我发着消息会感觉稍微好一点。于是我多管闲事的毛病又犯了，下意识地问江忘："要不去趟杜家吧？帮忙弄下电源。"

江忘面上的醉意还没散去。他思考半秒，俯首看我："我的好处？"

我皮笑肉不笑："给你买一瓶'农夫三拳'吧。"说罢，梆梆梆，我给了他肩膀三下。

挺怪的，我还把他打笑了，心情颇好地让代驾改变路线。

我也挺怪的，看他笑，我还害羞了，久久不敢再侧头和他讲话。

第八章
搬一台电脑还能牵条狗

可在他人生非常脆弱的时刻，我还是缺席了，
就像他也缺席了很多我需要他陪伴的时刻。

陈云开所在的神经科与江忘所在的肿瘤科向来水火不容，不是比工资和奖金谁发得多，就是比哪个年轻医生更炙手可热。

陈云开一来就成了香饽饽——好家伙，终于有拿得出手的王牌和肿瘤科的一较高下了。

一时间，关于陈云开和江忘的背景故事满医院传。

最靠谱的版本，说陈云开是鱼塘继承人，不算家财万贯，但小富即安。至于江忘……免不了和常婉的名字沾边。

当初他的"医途"走得过于顺利，恰巧常氏药业又与医院进行了大型合作，加上他又是常婉外公的学生，背后免不了有人诟病他靠着裙带关系往上爬。

这点，我还是了解江忘的。如果他愿意不择手段，成就不止如此。然而，我相信没用，医院说小不小，说大也不大，谣言难免叫人风声鹤唳。毕竟世人就喜欢看富人破产、看天才在阴沟里翻船……好像找到他们身上的不完美，就能使自己凭空多出一百万元，说到底还是不平衡心理作祟。

为此，我试探过江忘，可他说，已经习惯了。

江忘："现在完全体会了我妈当初在医院的处境，一个女人毫无背景、赤手空拳地维系一个家的艰难……可作为她儿子的我，从来没有试图理解过。"

提起江萍，青年的脸无端出现一片阴影，阴影里写着懊悔、沮丧和某些我也看不出来的情绪。

我舔了下干裂的嘴唇，转移话题："要不还是聊聊陈云开吧？"

奇怪，他的脸色更阴沉了，我只能不好意思地眨眨眼。

好一会儿——

"你呢?"他从驾驶座偏过头来,佯装波澜不惊地问,"你觉得我和陈云开,孰优孰劣?"

江忘的长相是不算很周正的帅气。相比起来,"干净"这个形容词更适合他。因为性格内敛,他不笑的时候,眉和眼看起来寂寥无边。我曾经也是被他这股子超脱世外的气质吸引,凭良心讲,陈云开的外貌更容易叫人一见钟情。

但我这个人讲话从来不凭良心。

"你当然是天下第一好。"我正襟危坐,假装不慌。

驾驶座上的人总算柔和了轮廓,单薄的眼皮子一抬,道:"虽然清楚你说的是违心话,但你愿意欺骗,我还是开心的。"

因为有的谎言,初衷是为了让对方高兴,所以才会出现那句:请骗我一辈子。

一时间,车厢里出现短暂的沉默,所幸我妈及时打来电话救我于水火。

可这次她不是来搞笑的。电话那头的女人隐约带着哭腔,让我下班后立刻回家,和他们今日坐最后一班大巴回乡下。我内心有不好的预感,她直接给我揭晓答案,说外公意外摔倒,磕到脑袋,走了。

我呼吸一滞,当时也不知该先安慰,还是怎样。

我和外公的关系并不亲近。他重男轻女的思想特别严重,偏偏外婆连生几胎都是女儿。更糟糕的是,这几个女儿里,他一向不太喜欢我妈。看我就知道,年轻的时候,王丽娟同志也完全是个逆子,怎么和家里作对就怎么来。所以,我出生后,外公待我十分严苛。他爱写毛笔字,非逼我也学,我就撂挑子,后来挨了一顿结实的板子,从此我发誓不要再回那个鬼地方去。

不过,血浓于水。即便再不亲近,在王丽娟同志的记忆里,应该也感受过对方给的温情一刻,所以她一时间哀痛难抑。

"怎么了?"江忘看我神色凝重,追问。

我面无表情地向他转述事情,他下意识地摸摸我的脑袋:"不用憋,你哭一下。"

我摇摇头:"真不想哭。"我说,"这么长时间没接触,感触真不大,只是一时也不知道该作何反应。"

江忘思考片刻:"我送你们回去吧。"

等我们匆匆赶回乡下,几个姨娘都已经到位,包括街坊邻居,大多自发性地来帮忙。

白布盖着的老人,我甚至不敢看一眼,怕晚上做梦。这一切都怪陈云开,他儿时装鬼吓唬我,给我留下了阴影,我只好从旁协助,做点简单的事情。相比起来,江忘有经验多了。他知道什么东西应该怎么摆放,对前来吊唁的人应该怎么回话。他因为高,看起来真像是传说中家里的顶梁柱,游走在芸芸众生间。而我,平日除了会笑、会闹,其余什么都不会,收拾烂摊子的事从来都指着他。

莫名我就想到谈恋爱那段好时光,他也确实给了我意想不到的照顾……

可在他人生非常脆弱的时刻,我还是缺席了,就像他也缺席了很多我需要他陪伴的时刻。

按乡下的习俗,直系子女必须彻夜守灵。王丽娟怕耽误我和江忘的工作,待现场处理得差不多,就开口让我们先开车回城。

后半夜,风刮得厉害,乡下尤甚。

江忘一边把外套脱下来给我穿,一边礼貌地向各位亲戚邻居挨个告别。然后,他引着我朝门口走去,高高的身躯挡在前方,比外套有用得多。

　　一上车,我就闭眼睡觉了,等一小时后再醒来时,外面已经是大风大雨,不时电闪雷鸣。

　　破碎的霓虹溅在车窗玻璃上,映照得青年的轮廓更加立体。我看得入迷,他感受到我的视线,偏过头来精神奕奕地问:"醒了?"

　　我呼口气,漆黑的车厢里冒出浅浅的一团白。我再看了看时间,凌晨两点,忍不住问:"你都不打瞌睡的吗?你要是困了,换我来开,城里的路,我还是熟悉的。"

　　他撇嘴,不置可否,继续注视前方道:"只有二十来分钟的车程了,没必要。"

　　语毕,轰隆一道雷下来,我吓得一个激灵,立马坐直身。

　　换作平日,我没这么矫情,毕竟只是雷声而已。只是今夜情况特殊,一想到回家后,我将一个人面对空荡荡的家,再联想到神神鬼鬼的画面,顿时睡意全无。

　　可车辆还是驶入了地下车库。

　　我等江忘停好车,硬着头皮与他告别,不知他是不是感受到我的害怕,提出太晚了,送我到家门口。

　　但送君千里,终须一别。漫漫长夜,以及窗外时不时的电闪雷鸣,还是让我在五分钟后认了怂,摸出手机给他发消息:要不,我去你家做会儿?

　　消息刚发出去,我就意识到心慌意乱下打了错别字,把"坐"打成了"做",于是赶紧撤回。

　　江忘却已经第一时间看见了。他回复得很快,几乎是第一时间显示"对方正在输入"——不撤回的话还觉得没什么。

我一张脸大热，正犹豫着该怎么回复，聊天框里又唰地弹出一条消息：开门。

门开，看着过道灯下那张已经从青涩变得成熟的脸，我不得不承认，关键时刻，我依然对这个男孩存有信赖。

到了江家门口，我扭扭捏捏的。江忘倒是很自然，打开鞋柜拿出一双女式拖鞋——是我没见过的卡通海豚款。

立刻，我有些莫名其妙地联想，他却跟我肚子里的蛔虫似的，很快解释说："给你买的。上次你穿我的拖鞋实在太不合脚。"

霎时，我更扭捏了，踩着海豚拖鞋羞答答地坐在沙发上，完全不像平常那样跳脱。

江忘看了看沙发上的我，而后想到什么，转身进了卧房，再出来时，怀里多了一床被子和一个枕头。

看懂他的意思，我结结巴巴地拒绝："我、我不是那个意思，我就坐一会儿，喝点茶……"

能不能忘记喝茶这件事，我暗自咬舌头。

江忘还是有条不紊地为我铺着被子，边整理，边说："别装了，你的害怕都写在脸上。"所以他才等在我家门口，就想让我主动投降。

"浑蛋。"我抱起枕头冲他砸过去，"陈云开要是有八百个心眼，你起码得有一千个！"

江忘稳稳地接住枕头："不管什么事，能赢过别人总归是开心的。"

他恶作剧得逞地一笑。

我的眼睛被晃了下，顿时不知该怎么接话，赶紧借故跑去浴室洗把脸，冷静一下。

再出来，我回到原位，拍拍身下的沙发，主动说："还好你买了三万八的沙发。这质感，比床差不到哪里。"

往事袭来，江忘的笑意明显僵了下，更多的是尴尬："如果你不想睡沙发，床也可以——"

"不用了，挺好的。"我挥挥手，表示不介意，让他赶紧洗漱睡觉，明天还上早班。

他点头，作势要回房拿洗漱用品，转身的时候顺便帮我关了廊灯。我看着他的身影一点点被黑暗吞噬，忽而悲从中来，不经思考便脱口而出："你害怕吗？"

影子顿住："嗯？"

"江阿姨走的时候。"我听见自己小心翼翼的声音。

我以为他会陷入沉默，谁知他轻飘飘地调侃："我又不是你。"

他将我酝酿的一腔安慰掐死在喉咙管里。

我正想发飙，江忘延伸着话题，想起什么："说起来，与穆恩熟悉，也是因为她胆子小，让我陪着去旧的门诊大楼拿东西。"

"这种时候提别的女人是不是太不解风情。"

"我的意思是，"江忘沉默了好一会儿，"她有点像你。"

我一旦害羞，别扭劲就忍不住上来，开始口是心非："像我的人多了，世上不只我俩怕黑、怕鬼。"

"她连名字都和你一样。"

"谐音梗什么的最土啦。"

"……不解风情的到底是谁？"

我无言以对，催着他："洗澡去！"

结果，还没等江忘从浴室出来，我刚挨着枕头就陷入酣睡状态，听说还打了呼，但我坚决不承认。

江忘举手发誓：“真的，你还差点滚下沙发。”

要不是他眼明手快扶了我一把，说不定下一个摔到脑袋的人就是我。

"这就是你把我抱回卧室的原因？"

清晨，我冷冷地看着对面那张无辜脸。

他耸肩：“我什么都没做，只是出于好心。”

这倒是。没经过我的同意，他连睡觉都全程侧着身，一动未动。因为中途我曾有过小半会儿的苏醒，睁眼便看见他精瘦却宽度刚好的背脊。从前我喜欢从背后抱着他，像抱着一堵怎么也不会倒的城墙。

后来我伤春悲秋了一会儿，思考着要不要回沙发，想着想着又睡着了。

"OK。" 我半坐在床上，抄着手当大爷，"鉴于你什么都没做，下班我就去给你弄张奖状。"

他开始做阅读理解：“听这意思，不像是在夸奖我什么都没做。”

忽然，他半个身子压过来：“时间还有富余……补上？”

我用一根手指戳着他越靠越近的胸膛，丝毫不慌：“补不补再议，你先去刷牙。”

没吓到我，江忘觉得没意思，很乖地走了。他一消失，我就抱着被子靠回床头，大喘气，花了三十秒才调整好状态。

我掀开被子下床，胳膊肘不小心扫落了床头柜上的药瓶。我捡起来，一眼就看到瓶身上贴着的褪黑素标签。

我狐疑地想了半天——江忘睡眠不好？不像啊。

以前他没有失眠的迹象，昨夜他也是连翻身的动静都没有，我心一沉，拿着药瓶跟去洗漱间。

"还剩几个月，你说，让我有个心理准备。"我举起药瓶，神色严肃地倚着门框，只差潸然泪下。

江忘居然学我，翻了个白眼，顺手拿过我手里的小药瓶，含含糊糊地说："爱，就深爱。不爱，也别诅咒。"

说完，他吐了一口泡沫，用面巾擦脸，随后双手用力地挤了一下我的脸。

"早餐吃水果还是面包？"

他径直越过我，去到客厅，声音从后方飘来。

我跟着转身，很认真地问他面包有果酱吗。他说不喜欢甜食，没准备，平常只吃全麦面包。

我没什么兴致了："哦，那吃水果吧。"

江忘打开冰箱，拿出一个苹果扔给我。我皱鼻子抗议："我不喜欢吃苹果。"

"我知道，"他接得极其自然，"只有苹果了。"

"撒谎！我明明看见有杧果！"

"杧果性凉，不宜空腹进食，容易拉肚子。"

一下子，我的气势就弱了。

没办法，我天生不适合做白眼狼。只要别人打着为我好的名义，只要不太过分，我都会下意识地配合。

身旁有个玻璃橱窗，此时映出我的一张臭脸。我随手抽了桌上的纸巾擦苹果，没擦两下，江忘关上冰箱门，回身兴致高昂地对我说："我突然想起一个关于性格的心理测试。"

我问是什么，他神神秘秘地从餐桌置物架上拿了一把水果刀递给我："和削苹果皮有关，你先削了再说。"

我半信半疑地接过水果刀,他就耐心地倚着餐桌,看我削掉大半的苹果皮才出声:"看样子,大哥的主性格是偏内向。"

"什么?"

"那个心理测试是说,外向的人削苹果,习惯刀刃朝外;内向的人,习惯刀刃朝内。"

我蒙了几秒:"世上竟有如此敷衍的心理测试,并且还让你记住了???"

江忘失笑,看我削完苹果皮,才老老实实地坐下吃面包。我猛地反应过来,什么心理测试,分明就是他为了诓我削皮编的故事。可能是做医生的缘故,他常说水果皮上有农药残留,最好别直接进食。

刹那间,我说不上生气,也没有其他不好的情绪,反而心间漾着一抹不该有的甜蜜。

我随便咬了口苹果,眼神闪躲地往他对面一坐,吐槽:"城市里套路多。"

江忘头也不抬地咬完最后一口面包,抬眸对我粲然一笑,带着儿时那种少见的天真与无邪。

"能明白套路的却很少。"他笑吟吟地讲。

搞不好这家伙最近是在看什么恋爱攻略吧。不是没这种可能,毕竟以前他还百度过怎么变幽默,结果弄巧成拙。

直到进了公司,我满脑子都还是和江忘共处一夜的画面,于是给禾鸢发微信聊天。

不一会儿,杜青山念出我的消息记录:"没想到,曾经习以为常的瞬间,今天变得弥足珍贵……"

听见声音，我就从椅子上跳了起来。我迅速将手机锁屏，控诉他："你居然偷看别人发信息！"

他捂着下颌看过来，表情狰狞："主要是我自信地觉得，没有员工敢在我手下扯闲篇。看你一脸认真，我还以为你在对接工作来着。"

快到午休的点，茶水间里就只有我俩。我和他没有分寸地调侃了几句，突然想起什么，问他最近在筹谋什么大项目，行踪神秘莫测的，连穆恩都不知情，查岗查到我这里来了。

杜青山问我是怎么回复的，我说还能怎么回复，当然要保住饭碗，说是在加班。

他睨我一眼："你这么讲，好像我做了什么见不得人的事情需要你打掩护。"

"我哪里知道，万一有呢？"

杜青山奉献出假笑一枚："不好意思，我不领情，你这个月迟到照样扣工资。"

既然拍马屁那么难，我干脆不拍了，直接撂挑子："那不好意思，我今天还要早退。"

社区通知打流行病疫苗，不接种的禁止进小区。偏偏接种的时间点不近人情，于是我只好硬着头皮提前下班。

关乎身体大事，杜青山没为难我，痛痛快快地批了假。

下午四点，江忘准时出现在我们公司负一楼停车场。

"医院应该可以接种，你何必跑这趟？"我一边拉车门，一边问。

江忘从后视镜看我，认认真真地说："天气热，我特意来接你。"

我脸一红，他笑了："你想到我会说这句，应该有心理准备才对，怎么疑似害羞了？"

"疑罪从无。"

我强行挽回尊严，紧接着将空调出风口对准自己，逼退脸上的热度。

接种疫苗的地点就在小区附近，社区办公楼里一间不大不小的会议室。工作人员将会议桌搬走，全换成了凳子。因为接种完毕的居民需要在现场留观十五分钟，看看有没有什么不良反应，一旦出现，可以及时采取对应措施。

等待期间，我拿出手机刷短视频，没一会儿，不远处传来一个男性声音。

"喂——第三排那个姑娘——"

我直觉是在叫我，抬头的时候竟有一丝慌乱。

"音量能不能稍微小点？"对方提议。

我吓得赶紧把手机锁屏，事后对江忘吐槽："好像回到了高中的教室，外面蝉鸣不断，我伴着蝉鸣看小说，然后被班主任点名，差点吓死。"

我以为江忘会笑，谁知道他沉默几秒后，说："我当时要是和你在一个学校就读就好了。"

我悟出他话里的意思："每个阶段有每个阶段的际遇，早点确定心意也不一定能够改变结局。"

"你知道吗，月亮？就是因为你乐观得仿佛能接受任何结局，才让曾经的我以为，我对你没那么重要。"

这下轮到我沉默了。

片刻，他转移话题："等会儿你回家吗？"

"当然啊。"我想也未想。

"叔叔阿姨还在乡下，你晚上不怕？要是半夜跑过来，更丢脸，还没人给你台阶下。"

这人什么时候讲话这么一针见血了？我不要面子的啊！

"但我更怕你半夜爬床。"我讲。

"……"

我的声音不大不小，足以让周围几个人听到，背后传来哧的一声笑。我回头，发现是经常在停车场碰见的那位阿姨。

此刻她正一脸"姨母笑"，脸上仿佛还刻着一行字：国家鼓励复婚。

我顿时觉得颜面无光，刚好留观时间也到了，赶紧拉着江忘逃。

回到家，天色近黄昏，昭示着黑夜临近。我拿出笔记本工作，试图转移注意力，不承想手机突然接收到推送。偌大的房间，声音很大，主打的就是心惊肉跳。谁知道我这心跳一上去，就下不来了，甚至有些心悸的迹象，并且口干舌燥，喝再多水也未改善。

我怀疑这是接种疫苗后的不良反应，给江忘发消息，问他有没有同样的症状。他没回复我，十分钟后，我家的门铃响。

我猜到是他，只是没想到他手上还拎了菜，他说刚逛完附近的超市。

毕竟是新研制出的疫苗，作为头几批接种的"小白鼠"，我还是表现出了担忧，江忘却调侃："这可是你们公司生产的。"

"那又怎么样？万一杜青山在配方上偷工减料！"

江忘看我的状态还行，说问题不大："只是，如果有不良反应，一般人十五分钟内就有感觉，你怎么迟了那么久？"

"不知道，"我随口答，"可能和免疫力有关系吧，我体质好？"

他剜我一眼："体质好就不会不适应，说不定早就有了反应，只是神经传达延迟。"

在非洲经历过九死一生后，医生的确告诉我，就算活下来，也会有些不确定的后遗症,神经方面也会受到一定的影响。

在江忘充满压迫性的视线下,我张张嘴,好半天都说不出话。

过了一阵儿——

"我好饿。"我听见自己说。

大家都知道,我无肉不欢。江忘做了黄瓜肉片汤,还炒了盘牛肉丝,被我吃得一干二净。

待我酒足饭饱,来了封工作邮件,我抱着电脑回卧室处理,隔着门板,还是能听见厨房里水流哗哗。

我无端出了会儿神,一时想不起这样的情形多久未曾出现了。

没多久,客厅传来电视的声音,播放的是科学频道。我并不觉得吵,反倒有种莫名的安心——我知道江忘没走。

快十一点,我口渴,出门接水,他已经靠着抱枕睡着了。只见那一双长腿憋屈地窝在沙发一角,他身姿不展,嘴唇紧抿。

我知道江忘留下来的原因,默契到了一定程度,有些事情不用宣之于口。我于心不忍,抱来被子给他盖上。他也没醒,就这样睡到天亮。

清晨去停车场时,江忘在电梯里活动着脖子,说不舒服。我毫不矜持地上手,替他捏了两下,捏完才感觉到尴尬。

通过电梯壁映出的影子,我发现他也尴尬了。好在一对情侣及时进了电梯,只是气氛不怎么和谐。两人正吵架,女孩子负气说要分手,男生说"随你"。

女生说等下班就回来搬电脑,男生跟小孩子似的说:"你厉害,你搬啊。"

我全程忍着笑,因为曾经我也干过这样的蠢事。一和江忘冷战,我就喜欢离家出走示威,还带走涨停板,美其名曰"不让它认贼作父"。

江忘应该也想起来了，出了电梯，突然说了句："她还是没你厉害。"

我问："为什么？因为我说走就走？"

他说："不，因为你两只手搬一台电脑，还能再牵条狗。"

"……"

看吧，果然不能和前任做朋友。他知晓你太多不做人的时刻，随便一出手就击败你了。

但有句话怎么讲？烈女怕缠郎。我不怕他缠，就怕他缠得很有技术含量。

可能是基因决定的吧，男人天生属于狩猎型动物，只要盯准猎物，就不会轻易放手。女孩不同，天生脸皮薄，稍微受挫就往后缩。

这不，当天下班时间，江忘的车又准时出现。

到了小区停车场，他刚熄火，就自然而然地问："今晚回你家，还是回我家？"

仿佛我和他已经是多年的夫妻，商量着要去看望谁的爸妈，再吃顿便饭。

我刚张嘴，他知道我要吐槽，完全不给我机会，抢先说："你们家的沙发太窄了，还是去我那儿吧。"

好的，不让女孩子做选择题果然是很明智的呢。没办法……我怂，死气沉沉的家确实让我害怕。

"好在，过两天我爸妈就回来了。"

电梯里，我为了让自己显得"被迫""矜持"，主动开口说出王丽娟的行程。江忘恍若未闻，专心地看着医院微信群里发的排班表。

晚餐很简单，我嚷着要减肥，他乐得轻松，两人就着榨菜啃馒头。我用餐刀将馒头对半切开，把榨菜塞进馒头里，吃得津津有味。

江忘有样学样，不愧是拿手术刀的手，一粒榨菜都没掉在桌上。我下意识地看了看自己的手，曾经也稳得很，只是……

嘀嗒嘀，嘀嗒嘀。

江忘的手机铃声响，他看了眼来电显示，我也下意识看了眼，是陌生号。他想想，接了，却明显知道对面是谁，开口便问："有事？"

我不清楚那头的人讲了什么，但确定是个男声。江忘听了一会儿，态度明显有些冷淡。

"有问题直接去窗口挂号，看急诊。这个点，我今天不值班，不在医院。"

"我和儿科的人不太熟。"

"能够进我们医院的人，水平都不会差，找谁都一样。"

……

挂了电话，看我一脸好奇，他扬扬手机，轻描淡写地解惑："我爸那边的亲戚。"

怪不得，他向来和父亲那边的亲戚不亲近。因为他自小跟着江萍，对那边的人没什么感情。

江父去世后，即使母子俩过得再艰难，也没人过问，逢年过节亲戚走动，也像是完全把这对母子遗忘。江忘最早学会的成语，大概就是"人走茶凉"。

不难料到，江忘成为附院小有名气的医生后，就有人拿血缘关系说事了。

我嚼着馒头，思绪万千，江忘似乎也在思考。半响，他拿过手机重新翻到排班表，给儿科的值班医生打去电话。虽然不是一个科的，但大家都对他的名字熟悉，他一开口，给面子的人还是不少。

睡觉前，我窝在沙发上刷短视频，决定今晚比江忘睡得晚，避免又莫名其妙"滚到床上"。

他洞悉全局，指了指江萍的房间，说："你不介意的话……今晚睡在这儿吧。沙发窄，睡得不舒服。"

"你好像是在控诉我让你睡沙发了。"

"以前我没睡过，现在体会到了，憋屈得慌。当然，我和你身高不一样，说不定你睡得香，看你吧。"

好家伙，在骂人不带脏字这件事上，江忘和陈云开都不是省油的灯啊。

他明明只是在说事实，我却好像被指摘了千万次。

"睡阿姨的房间吧。"我难得肯定地说，"你去帮我铺床。"

有的情绪被关在盒子里，如果一直没人打开盒子，是没办法释放的。说不定我打开门，进去了，让江忘直面房里的一切，才是治疗他的第一步。

江忘知道我打的什么算盘，他最初的反应是犹豫，很快微微扯了下嘴角。

晚间十一点左右，我关了电视，准备进房睡觉，刚到过道，对面主卧的人开门走了出来。江忘衣衫整齐，毫无临睡的迹象。

我看他神色紧绷、步履匆匆，像是要出门的模样，下意识地问了句"怎么了"。

他说出了点事，要去医院处理，让我早点睡觉。

医院出事，一般都是人命关天。

我在床上翻来覆去大半小时，莫名提心吊胆地睡不着，干脆翻身而起，打了车去附院窥探情况。谁知附院门口被堵得水泄不通，说是一个小孩因医生操作失误而没了性命。我直觉这场事故和江忘接的那通电话有关,于是直接往儿科跑。

到现场,我果然看见一个中年男人带着一个哭得讲不出话来的女人,把江忘和一个身着白大褂的年轻男医生围住。中年男人手里拎了灭火器,说是因为医生不肯及时给孩子输血,才导致抢救失败,吵闹着要医院给说法。

江忘看不过眼,叫他冷静点:"孩子的血型特殊,医院库存不够,这是不可抗因素。"

"什么特殊!孩子他妈说了,他俩血型一样,可以立刻输血,就是你找的那什么医生,拖拖拉拉非要做这样那样的检查,把我孩子活活拖死了!"

江忘还是一副处变不惊的样子:"父母的各项指标在没有检查好的情况下是不能直接给孩子输血的,容易引发溶血症,致死率极高。医生的处理方式没有问题。"

他向来如此,只要觉得自己没问题,天王老子来了也不轻易让步。但江忘叔叔显然是悲痛至极,不想善罢甘休。

"江忘,你个没良心的!"中年男人扬起灭火器,怒指风暴中心的男子,"我让你帮忙,你不想帮,没关系,但也别找个庸医来坑家里人吧!今天我儿子死在你们医院了,你必须给我解决好,否则大家都别活了,一起下去见你妈!让她看看,自己教出来的好儿子,整天一副自命清高、不食人间烟火的样子,到头来还不是变成一把骨灰!谁比谁好?!"

霎时,江忘的脸色明显变了。

"如果你这么关心孩子就该在发现情况后第一时间送医,而不是躺在家里,慢悠悠地先找关系,看能不能免排队、免挂号费、挑医生。

真要说是谁害死你的孩子，你自己的责任，想来比医生多得多。"

青年甚至笑了笑，眉毛轻扬，目光冰冷，有点阴间司命的味道，不乏残忍。

我对这种表情不陌生。

我一直知道，江忘心里有只沉睡的恶魔，从他很小的时候就一直陪他成长。这只恶魔的名字叫作"寡亲""冷淡""躁郁"。

只是他躁郁的表现不是扔东西、打架、发泄情绪，而是将自己反锁在房间里，做一个十二岁少年根本不可能做成功的实验。那时我毫不怀疑，如果实验没出结果，他会从家属楼跳下去，和许多传说中的天才结局那般。所以，那时的我老爬树，其实是为了窥探房间里的他到底怎么样。

果然，中年男人被江忘的话刺激到，一下像被扼住咽喉，上不来气，满脸涨红。他拎着灭火器的手抖了又抖，最终扔了出去，我的心顿时提到嗓子眼，情不自禁地叫他一声："江忘！"

还好江忘提前躲避，灭火器在地板上剧烈地震了几下，滚到了一边。

眼看男人手里没了武器，保安蜂拥而上，将他制伏在地。女人在旁边哭得快断气，跌坐在地上大喊"不公"，江忘没有任何反应。

他径直越过众人，走到我面前，语气责备："不是让你早点休息吗？"

保安带着闹事的人从身边经过。我俩对视，我莫名有些紧张，一时间竟不知道该怎么解释自己出现在这里的原因，还好陈云开及时出现，变相替我解了围。

他今晚值夜班，正在办公室打盹。工作群里响个不停的消息提示音将他吵醒,他才知道出了事。

陈云开:"我本来没打算看热闹,结果有人拍了张现场照片发到群里。我一看,哟,这人怎么长得好像我认识的一个傻子。"

"你才是傻子!"莫名其妙,干吗骂我。

陈云开深深地看我一眼,意味深长地说:"别以为你的江湖事迹没有知情者。"

"我的江湖事迹很多,你指的是哪一个?"

"也在医院,你忘了?我帮你回忆——"

结合眼前状况,我灵光一闪,立刻想到了当年替江忘挨耳光,只为了他不被举报的事。

想来,陈云开应该是怕我又惹事,才来现场看一看。

顿时,我都不知道该骂他还是该感谢他了。

"我……"

我捏着衣角,支支吾吾,像个做错事的孩子。

陈云开笑着哼一声,留下一个"懂的都懂"的表情,没再理我,抄着手走了。

江忘和我一起回小区,他一路上的沉默让我窒息。

我盘算着要怎么安慰他,他心里想的却是"你和陈云开之间究竟有什么秘密"。

"哦,那个啊,小事,不值一提。"我不打算让他背负更多心理负担,只好敷衍地说。

然后我清楚地看到,他握方向盘的那双手紧了又紧,似乎在克制什么。

良久,我决定给他和自己一个痛快。

我说:"江忘,你别生气。你一气,我就会陷入纠结当中,不知道要不要哄你。哄你的话,好像我们之间还是情侣关系;不哄呢,看你不开心,我又能好到哪里去?其实,不管我和陈云开之间有什么秘密,都已经是我的私事了。我尊重你,所以不过问这几年你和常婉之间的千丝万缕。希望你也尊重我。有些事,我不想说,必然有我的道理。"

我以为他会更生气,谁知道他握方向盘的手微微松了。

"看我难过、伤心、不高兴,你还是有想向我靠近的心情——我可以这样理解吗?"

我被他抓的重点堵得哑口无言,但还是倔强地垂死挣扎。

"我俩好歹有这么多年交情,我怎么可能冷眼旁观?"

"交情还是爱情,我分得清。"

第九章
屋檐与港湾

哪有什么正确的抉择,
都不过是和不同的人过不同的人生罢了。

我没想到会在公司楼下遇见常婉。

听说她老老实实做起了千金小姐，在网络上分享自己的奢侈品收藏，还挺吸粉的，现在是个小网红。

家人们，谁懂啊，自己的梦想被曾经的情敌实现了，而我还在为了一个月几千块钱辛苦地打工，这打击于我而言无疑是毁灭性的。

"那你太经不起打击了。"常婉话中有话道，"川医附院那起医患事件，你知道吗？"

"发生在儿科急诊的？我在现场。"我毫不避讳。

她点点头："江忘受到的打击挺大的吧？听说是他牵的线，出事那孩子还是自家亲戚的，他这闹得里外不是人。"

我狐疑地看着她，她哼笑一声："虽然不追了，他也算我半个朋友，关心一下。你别摆出一副正牌夫人看小三的嘴脸好吧。"

"你在这里干吗？"我不想和她聊江忘，故意转移话题。

她刚想开口，突然顿了下，含混地说有个朋友在这栋楼工作，两人约了见面。我没放在心上，随口几句将她打发了，上楼打卡。

下班时间，江忘照常接我回家，他看起来心情不大好。

我猜到是和儿科那件事情有关，下意识地问他医院是怎么处理的。他说没怎么处理，儿科医生离职了。

"孰是孰非明明白白，医院处理得太草率了吧，这以后谁还敢做医生？"我不解地抱怨道。

江忘神色敛了敛，才说是儿科医生自己辞职的："医院的立场还是公正的，坚决支持医生。原本生死无常，可一旦闹起来，以后谁还敢挂他的号？他自己心里清楚，与其拖着，不如另做打算。"

他说得云淡风轻，但我知道他心里容易装事情，只好安慰："人各有命，这也不是你愿意看到的。"

谁知他忽地感慨："不知道为什么，似乎和我有关系的人都没什么好下场。"

这句话的分量太重了，我赶紧打消他这个想法："那可没有，人家常婉可是混得风生水起。"

"你俩见面了？"

"巧合。"

这是我和江忘第一次在提到常婉时没有回避。我说得自然，他问得简单。

有那么一瞬间，我几乎要错误地以为，曾经因常婉而受的伤害，真的被时间的笔描淡了。

正想着，我凝望窗外，忽然发现行车的路线不是回公寓的。

江忘显然是临时变的道，我问他怎么了，他说越想越过意不去，想去儿科医生家里看看。

到了附院的家属楼下，他停好车，还特意摸出钱包，掏出里面的一张银行卡，估计是想弥补儿科医生。

他让我在车里等，我就百无聊赖地玩手机，结果刷到常婉的直播。

常婉正拿着一只包包做讲解。客观地说，她很上相，认真工作的样子还是很有魅力的。我一边不爽，一边着魔般地观看。视频里的女孩忽地笑了下，说感谢金主爸爸刷的游艇。

我下意识地瞥了眼金主的 ID，总觉得眼熟，但没来得及细想，江忘已经打开车门回到驾驶座上。

"这么快？"我问，"还以为你们应该会聊一会儿。"

他低下头，静静地坐在驾驶座上，神情不悦。

"没找到人,搬家了。"好一会儿,他才开口。

"哦……"这也太迅速了。

不过,这是医院提供的房子,一旦离职,除非特殊情况,都需要尽快搬离。况且,他的职业生涯应该完了,估计是不想触景伤情。

"电话呢?"我想起什么。

"换了。"

"工作群?"

"退了。"

这就是说,他连弥补的机会可能都没了。一时间,我也不知道该说什么好。

我和江忘就这样静坐着,直到日暮西山。我看着窗外,不远处有家副食店,门口挂了一条给小吃打广告的横幅。

半小时后,我终于忍不住了:"想吃无骨鸡爪……"

江忘转头看我,愕然了几秒,骤然失笑。他应该是想到了从前,和我冷战的时候。我总是不按常理出牌,导致他的气也莫名消得快。

"忘了几岁,总之是在放烟花,有陈云开和闻多兄弟。漫天炸开的烟花下,我对陈云开说——我比你更需要月亮……"江忘突然陷入回忆,而后很认真地看向我,"当时我说这句话的时候,也不知道具体需要你什么。现在,我明白了。"

他的目光带着很久不见的热烈、直接,还有不容置疑的冲击力。

"月亮,你是我坠落途中看见的最美的风景。我总希望你能阻止我坠落。因为只有你能让我快乐。"

一刹那,他不再隐藏眉间积聚的哀愁,它们多得让我想伸手全部挖走。

我刚抬起手。

"我不接电话啊,因为我有病,我有什么病啊,我有'深井冰'……"我妈的专属铃声响了起来。

她老人家在那头事无巨细,问我最近是不是都没回家,厨房都结蜘蛛网了。听那意思是,她和我爸终于忙活完葬礼和后续,回川城了。

她要是再不回来,我合理怀疑自己今晚会躲不过江忘的攻势。你想想,孤男寡女共处一室。

算了,不想了。

"我妈回来了,我今晚得回家……"我心虚地对他讲。

我讲完,发现语气不对,怎么连我自己都听出一点失落的意思?于是,我赶紧挽回。

"不是,我的意思是,鸡爪可以买回去吗?"

江忘有点看破不说破的意思,他面露笑意点点头:"同意。"

我恼羞成怒:"用得着谁同意吗!我吃点鸡爪而已,又不是凤爪!"

那天过后,我开始做梦。梦里总有一些奇奇怪怪的场景,有婚礼、有旅行……而且男主角翻来覆去就那一个。每次醒来,我都要在床上先发一通脾气——为自己的不争气。

有时候,江忘会受无妄之灾,因为他已经习惯了清晨送我去上班。看见罪魁祸首,我当然没有好脸色,谁知他好像知道我心里正在和自己搏斗,不仅不生气,偶尔还会故意逗得我更加暴走。

"姓江的,你最近又开始撩我了吗?"无爱破情局,直球破全局。

他摇摇头:"不是最近。"

"我!"

威胁的话还没出口,他溜之大吉。

停车场里，我原地跺脚，被杜青山撞见。这厮今天来得过于早，因为医院上班时间早于一般公司的打卡时间，所以我基本也会早到半小时。

杜青山瞥了眼车牌号，努了下嘴，道："当面一套，背后一套。也不知道之前谁信誓旦旦地喊着——绝不和好。"

"我们没和好。"

"该不会在你眼里，和好的意思就是'滚床单'？"

我脸一红："你能不能做个正经的领导？！"

"只听说过老板对员工有要求的。"

"我就是我，不一样的烟火。"

"要不你还是辞职吧。"

"烟火只绽放一刹那，现在熄了。"我做了一个往头顶倒水的动作，笑眯眯地讨好。

我和杜青山一起上楼，在电梯里碰见同事，对方表面笑嘻嘻地打招呼，眼神却有点怪异。我和杜青山的方向不同，分开的时候，我开玩笑："别人该不会以为我和你有一腿吧。"

杜青山停下来，看了我一会儿，说："你想吗？你想的话，我可以考虑，你长得不丑。"

"怕了，怕了。"我摆摆手，"你都为穆恩'烽火戏诸侯'了，我可没自信能替代她。"

我心思坦荡，所以说的话也坦荡，这足以证明我和杜青山八竿子也打不着，可他神色凝滞了片刻。

"不是吧？"我警惕地试探，"你真的……爱上我了？"

他白了我一眼，转身走掉。

正好当天我就收到穆恩的信息,问我下班后有空吗,一起吃个饭。她一般不约我,想来有事要说,我答应下来,和她约在来福士广场一家炸鸡店里。

我刚啃了半只鸡翅,她就面有疑色地问:"青山他……身边是不是出现了别的女孩子?"

我一口气没顺过去,被鸡脆皮卡到喉咙,咳得满脸通红。

"不是我,不是我,真的!我俩习惯了开玩笑。"

穆恩被逗笑了,她面部肌肉放松了些:"当然不是你,你心里只有江医生。"

"那倒也不至于。"我的脸依然红着,我能感受到热度。

"就算你不承认,也改变不了你们依然互相吸引的事实。"说到这儿,她想起什么,"不过,江医生是不是身体不好?我有两次去他办公室,都撞见他在吃药。他随口说是维生素,我一个做护士的,能不知道维生素长什么样?什么牌子的维生素我没见过……你有没有注意到?"

她一提,我想起前阵子住江忘家,在床头柜发现的药瓶。当时我也看出了端倪,但被他打岔,导致我忘了追究。

蓦地,一出狗血大戏已经在我脑海里有了画面。我心里有事,回答穆恩的问题也很敷衍。

关于杜青山这茬,我觉得她想多了:"一来,我没见他身边出现过什么女生。就算应酬,他也只是喝喝酒,很洁身自好。二来,就像我说的,他都为你把分公司开到川城了,还有谁能取代你?况且,根据我对总经理肤浅的了解,如果他真的变心了,肯定会直白地和你讲清楚。"

她若有所思地点点头:"我也这样安慰自己,可最近他确实怪怪的。"

"比如？"

"以前，他的手机，我随便玩，最近我发现他贴了一张防偷窥膜。他倒也没说不给我玩，只不过我拿他的手机时，他会显得有些紧张。"

"这个……"我难以置评。

穆恩喝一口奶茶，耸肩："算了，可能是我敏感了吧。"她说，"因为内心一直觉得我和他是两个世界的人，不会有结果，所以总是患得患失。每当感觉快把握不住的时候，我就想把他推得更远，这也是我当初从北京逃回川城的原因。现在那种感觉又来了。说实在的，我还挺羡慕你和江医生。你们从小一起长大，无论家庭还是成长背景，都没有太大差异，只要相爱就行。而我和青山之间，只有爱却是不行的。"

我想了想："怎么感觉我被'阴阳'了？倒是给我一个天上的啊，动不动就来个人说——这是五百万元，请离开我的儿子。"

穆恩总算被我逗笑，说她发现我身上有一种令人快乐的能力。我突然想起前不久，在附院的家属楼下，江忘含情脉脉地说了同样的话。

怎么又想起他。

"好啦，不要担心。就算全世界的男人都有可能成为渣男，杜青山也应该是个例外。"说完，我想起陈云开，"哦，不对，还有一个人。"

翌日，陈阿姨说好久不见，想我了，让我去家里吃饭。

饭桌上，我拿杜青山当茶余饭后的谈资，说他给我的感觉和陈云开挺像的："有点骄傲，有点自负，但有点能力，不鸣则已，一鸣惊人。"

比如，陈云开招呼都不打，突然从北京回川城，如同当初招呼也不打，就跟着禾鸢北上。

陈阿姨听完，很是赞同："因为他不打招呼的这个习惯，让我也养成了打人的习惯。"

陈云开为了争个口头上的输赢，连尊严都不要："那如果我不打招呼，和林月亮去民政局领证，您还想打人吗？"

我戳着饭碗瞪他。

陈阿姨却乐开花："那我就不打人了，我打钱。聘礼、婚宴的钱，要多少给多少！"

他回避一桌子人的眼神，慢条斯理地喝口汤道："所以说，不打招呼不是错，错的是没有按照你们的意愿活。"说完，他莞尔，看不出真心还是假意。

晚上，陈云开送我回家。我吐槽，让他别拿我开玩笑，尤其是在陈阿姨面前："她以前就希望我俩好，现在还有星星之火呢。万一老一辈当真了，按着我俩的头拜堂，看你怎么搞。"

小区的路灯光下，陈云开的眼底如墨一样。

"我没开玩笑。"他似笑非笑地讲，"一辈子那么长，万一我脑子一热，真的拉你去民政局呢？毕竟从社会调查的结果来看，百分之七十的夫妻都是激情结婚。"

我的心一阵乱跳："那你……聘礼准备给多少？先说好，没有几个鱼塘，休想。"

他两手一摊："我不喜欢画饼，反正不会亏待你。"

"哈哈哈。"我被他认真商讨的模样逗笑，"别墅的产权证上加我的名字吗？"

"有点困难，毕竟户主是我爸妈。不过，我妈那么喜欢你，加名字也不是没有可能。"

"三金呢？"

"你崇洋媚外，不喜黄金，喜欢钻石，不是吗。"

"但你们家在近郊,太远啦。我爸说了,但凡我未来和老公吵架,他十分钟内没把巴掌呼在对方的脸上,都算我远嫁。"

"呵。"陈云开无故冷笑,"这就是你和江忘住同一个小区的原因吗?为了将来嫁给他?"

说完,他的视线一直定在我的脸上,等我回答。周边的树被风吹得摇晃了几下,像在为谁助威。万家灯火将陈云开的脸色染得蜡黄,我总感觉,如果我回答"是",颜色就会转成青。

"你怎么不说是我爸为了……呼他?"我试探着开玩笑,但陈云开觉得并不好笑,目光更具压迫性了。

"唉,好吧。"我开诚布公道,"我和你一直都是插科打诨地相处着,现在你要说真心话,确实有点奇怪。不过你要真想知道,我可以告诉你我的想法。陈云开,我没打算跟江忘和好——

"这种感觉只可意会,不太能言传。这么说吧,他还是有吸引我的能力,有时候我会不由自主地向他靠近。但'有时候'毕竟是少数,剩下的绝大多数时间,我都在竭力保持冷静。这可能就是大家常说的,理性与感性的斗争?因为我太了解自己,我忘不掉的。心情好的时候,我好像可以原谅,他的温柔和弥补能够暂时让我麻木。那心情不好的时候呢?我还是会甩脸子,和他翻旧账。我认识到,即便我松口与他重修旧好,结局还是一样,明白吗?到时候,走了一个常婉,还会有下一个常婉,在他烦闷、忧郁的时候代替我,成为他情绪的出口。为什么我总避免与任何人聊真心话,因为一旦说透,我就必须面对一个事实,那就是——属于我的感情剧本 BE 了啊!"

——并且是最悲的那种。

没有生离死别,没有断绝联系,而是在彼此还有交集的人生轨迹里,却过着与对方毫不相干的生活。

永不能忘记，但永不能回去。

在我的一顿输出下，陈云开的表情越来越温和。

他张张嘴，用实打实的认真口吻说："林月亮，没想到，你是有脑子的。"

我昂起骄傲的小脑袋，试图打造一个不矜不伐的人设。陈云开唇瓣翕动，像是下了什么决心，突然又开口问："你们这个小区的房价是多少？"

起初，我没反应过来，条件反射地问他："干吗？"

他似乎有点紧张，还下意识地舔了下唇，目光挪到旁边的花草树木上，低声说："不是很贵的话，或许可以保证让你爸在十分钟之内将巴掌呼到我的脸上。"

"呃。"我的瞳孔应该地震了，因为我看见陈云开的眼球认真到颤抖。

我的手悬在半空中，连做什么姿势都不知道。手足无措，就是人在紧张时下意识的反应。

不多久——

"明白了。"看我愣在那里，陈云开兀自点点头，"下次我带着花来，显得比较郑重。那样你就没办法假装我是开玩笑的。"

他越不给退路，我越紧张，两只胳膊缓缓落到身侧，手紧张地摩挲着牛仔裤，强撑出笑意："你追禾鸢该不会也是用的这个套路吧？挺好使的，下次别使了。"

"我没追禾鸢。"他第一次矢口否认。

陈云开："我说过了，小时候对她好只是出于愧疚。我间接害她有了一个梦魇的童年，只想多给她一点温暖而已。我以为你和我有默契，会等我赎完罪那天，没想到江忘捷足先登。我不喜横刀夺爱，也尝试过与禾鸢培养感情，甚至动过结婚的念头。但是，有一天，当她在厨房做菜，我意兴阑珊地在客厅里坐享其成的时候，我突然反省——原来不行的。因为，如果做饭的人换作你，我俩应该会一起把厨房搞得砰砰响。林月亮，你谈过恋爱了，应该懂我在说什么吧？总之，不爱就是不爱。结婚可以是因为她对我好，她适合我，但只是她适合我，愿意为我付出，而不是我适合她，这对她太不公平了。我并非不愿意为她做点什么，而是我脑子里压根没有那个'为她做什么'的意识。"

看到我目瞪口呆的样子，陈云开还是有些不自在。他垂眸停顿了几秒，待组织好语言才又抬起头。

"我们分开，正是因为把这些都聊透了。她现在不需要谁施舍的温暖，她有自给自足的能力，无论精神还是经济。她也感觉到自己在被将就，所以不想自尊被践踏一辈子，于是主动提的分手。她支持我离开北京，回到川城，看能不能趁你和江忘闹矛盾的时候，近水楼台先得月，包括上次的暖房 Party，禾鸢故意提起高中的事情，就是为了助我追……追你……"

最后两个字，陈云开说得极其小声，让我情不自禁地笑出了声。

听见我的笑声，他抄着手，面含威胁地眯了下眼，仿佛很不愿意承认自己竟然对我情深几许，语气从最初的深情渐渐变为烦躁——

"你说你好好地和江忘白头到老不香吗？为什么要分手？为什么要让我觉得有努力的空间？"

我被弄蒙了。

"那您看……我说声对不起行不行？"

啪。

青年发泄地踢了一下脚前的石子，石子落到花坛上，发出很小的响动。他趁我看石头的间隙，很快转身走了，留下一句："你不用急着回答，等……等我的花吧，晚安！"

这算什么？

到底我是在被告白，还是在被声讨啊？

呵，为了不让我睡好觉，他也算费尽心思。

那晚我失眠到天亮。清晨，江忘按照惯例在地下停车场等我，可我莫名其妙有了心虚的感觉，只好骗他说已经到公司了。上班时间，杜青山看出我的黑眼圈和心不在焉，主观揣测："这床单还是滚了。"

我抓起文件夹扔过去，骂他思想肮脏。他不解："那还能有什么事让你彻夜不眠。"

我心里憋得慌，但显然他不是好的倾诉对象，并且为了能长期和附院合作，他完全有可能扭头就给江忘打小报告。说来奇怪，我身边竟没有一个嘴巴严实的人能够做我的树洞。

杜婷、闻多，他们都擅长卖队友。

我郁郁寡欢地支着下巴，杜青山懒得理我，转身走了。看着他的背影，我脑袋里蹦出一个人来——欸，穆恩好像不错。

她不认识陈云开。虽然她和江忘会因为工作打交道，但接触下来，我感觉她做事还算靠谱，和她说心事，她应该不会往外传。想着，我摸出手机给她发信息，约了晚饭。

我俩都嗜辣，约在公司附近一家干锅牛蛙店。一杯冰凉的酸梅汁下肚，我的倾诉欲爆棚。

穆恩听了半天，画出重点："所以你现在是害怕他拿着花来，还是期待？"

我愣了一会儿："我也不知道。"

"你的顾虑是什么？对他没有感觉，还是因为他和你的好朋友谈过恋爱？"

我下意识地又将酸梅汤拿到嘴边喝，一边思考，一边组织语言，说话含混不清："之前挺介意他和我闺密谈恋爱，以至于我从没认真考虑过和这个人在一起的可能性，不过关于这段，昨晚他已经解释清楚……"

"那你听了解释是高兴还是觉得负担呢？"穆恩循循善诱，试图帮我理清思路。

"没有高兴……也没觉得沉重。就——挺突然的。"

"这样看来，说明你对这个人还是欣赏的，起码你的第一反应不是拒绝，而是在纠结。哇，我还以为你心里只有江医生呢。"

虽然她表情打趣，可我有些无地自容，赶忙解释："不是你想的那样！严格来讲，这个人算我精神上的初恋？少不更事的时候，我还蛮喜欢他的。只是年少的喜欢，你懂的，可能隔几天发现其他好看的男孩子，就变了。而且当时他和我闺密出双入对的情景确实有把我伤到，所以我很快就忘了这茬，后来的注意力都在江忘身上。他和江忘当然是不一样的。他代表青涩，江忘是……"

我无意间与穆恩对视，发现她表情玩味，似乎就在等我说出真心话。于是"刻骨铭心"四个字没有被我说出口，而是转而讨伐她："你居然套我的话！"

穆恩摊手："苍天啊，我可没有。那你必须正视对这两个人的感觉，才能做出正确的抉择。"

"哪有什么正确的抉择,都不过是和不同的人过不同的人生罢了。"

"那你准备好过没有江忘的人生了吗?"穆恩喝口饮料,灵魂发问,一双眼却充满天真。

我在那无辜的视线里败下阵来,放弃治疗般往沙发椅上一靠,努嘴,自我欺骗道:"不至于吧。就算做不了情人,他永远都是我的小弟。不管他遇见什么事,我都不会坐视不理。"

穆恩笑了:"杜青山总说我天真烂漫,其实就是说我傻。没想到,你比我更天真啊,月亮!如果你和江忘没在一起,你们是不可能做回朋友的。现在你俩之所以能模糊地相处,是因为他觉得还有可能。如果你们真掰了,也许你能跟他做朋友,但他肯定不行。而且,这太残忍了吧?你要让他日日夜夜看着自己爱的人在别人的怀抱吗?"

我翻了一个白眼:"我也曾亲眼看到他在其他女人的怀抱呢。"

穆恩一愣,她不清楚我和江忘究竟为什么分手。

我也一愣,一刹那仿佛醍醐灌顶——

你看,江忘,我太记仇了,我根本没法忘记。或许只有死别的痛苦能大过生离。到那一天,我才能将这块腐肉从心里剜去。

说着说着,江忘来电,我一时不知道接还是不接。

铃声执着地响了很久,手机在玻璃桌面上嗡嗡振动,快要移到桌边,我才终于滑动接听。

"干吗不接电话?"他劈头盖脸地问。

我随口敷衍,说没听见。

他沉默了一瞬:"撒谎。"他说,"我都看见了,你盯了手机很久。"

意识到他就在附近,我立刻站起来搜寻,果然看见了他的车,就停在牛蛙店专属的停车位上，打着双闪。

"刚下班，恰巧经过。看你俩坐在窗边，想说要不要一起回家。"

穆恩也发现了他，站起来打了个招呼，然后将我推出门："逃避可耻，并且没用。你和江医生到底有什么心结，还是双方面对面解决吧。"

有的事想明白了，做决定只需要一秒。我点点头，拿了包，和她告别。

上了车，我和江忘迎来死寂一般的沉默。他应该察觉到什么异样的气氛了，也一直没试图找话题。直到车子进了小区停车场，临到下车，我才深吸口气主动说："江忘，以后不用接我上下班了。"

他搭在方向盘上的手指微微颤了下。

"不麻烦。"良久，他直视前方道。

"还是不了，"我一直低着头，但很坚持，"反正不会有结果。继续纠缠，也不过是将告别的时间推后而已。长痛不如短痛，这才是聪明人做的事啊，更何况你是天才，这么简单的账，能算清楚吧。"

"是天才就不会难过吗？"他终于转过头看我，我连头皮都感受到了他目光的炽热。

"还是说，难过的就我一个。对于过往的一切，你真的全部舍得。"

我埋着头，眼角余光还是能窥见他紧绷的下颌。我张了张嘴，想了很久才轻轻说："你也很舍得啊。是你先舍了我。"

"我没有！"

他略微激动，而后深吸口气，强行平复情绪，语气却带了点质问："我说了，我和常婉什么都没有，你为什么总是不相信？"

"我也说了，我相信你们没发生过什么出格的事情。如果非要把'背叛'这个严重的字眼扣在你身上，我也觉得勉强。可我太爱你了。我不是想和你将就过日子的，江忘，我爱你。我曾经觉得，这一辈子，如果不嫁给你,那我的归宿只能是去做尼姑。我也笃定你是这样想的。我以为你和我一样,坚信爱的准则就是一对一。你知道什么叫一对一吗?就是,喜悦只和对方分享,痛苦也只让对方看到。吵架没问题,离家出走也没问题,重要的是心里始终清楚,只有对方在的地方才是家,而不是遇见一个屋檐,就将其当港湾。当你在她身边有了轻松的感觉,当你有了想对她倾诉的欲望,甚至觉得跟我待在一起会吵个不停,会压抑……从那一刻起,其实就是你在变相地告诉全世界:你林月亮有什么特别?没了你这个家,我可以换一个家。既然家是可以换的——"

我顿了下,终于鼓起勇气抬头:"那么,主人当然也是可以换的。我介意的,不是你究竟有没有做什么,而是从今往后,我再也不会相信你了。没有信任的感情,有继续的必要吗?"

良久。

"就这么不能忘记吗?"江忘的声音比车里的空气还闷。

我莞尔,眼泪却在他看不见的地方流下来:"你不能理解很正常。"我说,"因为玻璃是你打碎的,可日日夜夜踩玻璃碴,血流了止,止了又流的那个人,是我。"

说完,我快要窒息了,不由分说地抽走中控台上的手机,推门而下。江忘似乎想拦我,但没有我的速度快。

我噔噔地进了大楼,生怕再慢一点就会意志不坚。我没有回头去看他究竟是什么表情,他痛苦是一定的,但如果不想双方都长期痛苦,我们只能一拍两散。

江忘的房间能看见我家的灯火,这我知道。

我进了卧室也不敢开灯,不敢想象那一双伤害过我却又足够深情的眼，此刻正将我凝望。我将手机扔在床上，人也躺上去，连翻身的力气都没有，自然没发现我在慌乱之间拿错了手机……

江忘也没及时发现，因为我俩的手机是同款，还都不喜欢套壳。当时中控台上有两部手机，我随手拿了离我近的那部。

约莫九点钟光景，穆恩往我的手机打了一通电话。江忘接起来，那边愣了下，问："江医生？你和月亮在一块儿吗……"

江忘正狐疑，看了看来电显示，这才发现手机拿错了——我在穆恩名字后面加了个小女孩的表情。

"拿错手机了。"他说，"我一会儿把手机还给她。"

"哦……"穆恩一时无话。

江忘觉得她不太对劲，细辨，她的声音也闷得不行，不像正常说话该有的语气，多嘴问了一句："你怎么了？"

我不知道穆恩和他在电话里沟通了什么。总之，没一会儿，他给我打来电话，上面显示一个月亮的表情符号。我愣了下，总算后知后觉，接起来正要矫情，他直接让我下楼。

"穆恩有事找你。"他言简意赅。

停车场，我俩换回手机，他看了看时间，说太晚，送我过去："我保证，就在楼下等你。"

我知道他倔起来是什么样子。有些东西并非一朝一夕就能沟通明白，我只好遂了他的意。

谁知到了穆恩住的公寓大门口，她已经早早坐在门卫室旁的花坛边等，似乎并不想上楼。夜色昏沉，我只能借着路灯光打量，发现穆恩穿着单薄，一头短发被夜风吹得乱糟糟。好在天气还没完全冷起来，可她一直环抱着自己的肩膀。

这是人在受伤以后的防御姿势，我太熟悉。撞破江忘和常婉在忘忧桥那夜，我也不想回家、没有方向，像个孤魂野鬼似的在街上游荡。女孩之间总有种奇怪的心灵感应。我预感到了什么，速速推门下车。

"穆恩？"我远远地叫。

她仓皇地抬起头，即便深夜，眼睛里的红色也看得见。她的脸上也是，一片潮红，像大哭过。我走过去，她想站起来，但浑身发着抖，腿肚子一软，又坐了下去。我正好靠近花坛，下意识地扶了她一把，她直接卸了力，栽进我的怀里，用尽力气似的闭上了眼睛。

江忘小跑上前查看穆恩的情况，发现她不是昏迷，还有意识，只是太疲惫了，不想开口说话。于是我和江忘在附近的酒店给她开了间房，让她休息。

酒店房间在高层，足以俯瞰整个川城的夜景。我俩安静如鸡，一起站在落地窗旁看灯光和星光。

良久。

"我还是给杜青山打个电话吧？"江忘看了眼床上不知什么情况的穆恩，略有些担心地摸出手机，我摁住他。

"别，"我说，"此时此刻，估计她最不想看见的人就是杜青山。"

江忘狐疑："你知道什么事？"

我点点头，又摇摇头："猜的。"我尽量委婉地说，"前段时间，她老问我，杜青山最近是不是很忙，是不是经常加班，怀疑他在外面有了别的女孩。以前两人的手机可以随时互看，最近杜青山特意贴了防偷窥膜，而且对穆恩拿他手机的行为有点排斥。从现在的情况来看，她应该是发现什么确凿的证据了。"

江忘顿时不知说什么好。

"也许，只是普通的异性朋友，害怕她多想，才拒绝她看手机？"他不知在安慰谁，小心翼翼的样子看得我一颗心发酸。

"你到底是想骗我，还是想骗自己？"

第十章
一时的暴雨，一生的潮湿

现在，比挨打更痛的是……
我必须面对留不住你的事实了。

我和江忘说着话，一阵抽泣声从背后传来。

我俩一起转头，发现穆恩还没醒，只是想到什么过于悲伤的事情了吧，在梦里也哭出声音。我去到床边，轻轻将她摇醒，她这才睁开眼，回到现实。

发现是我，她愣愣地颤了几下睫毛，花了好几秒才回忆起什么。

"我梦见他了。"她红着眼，喃喃说，"那年北京下暴雨、发洪水，马路上的汽车都漂了起来……我被困在出租车里，不知道能不能等到救援。他想来接我，我阻止了，心想别再搭进去一个。你知道的，人在大自然面前，再有钱也没用。他没办法，只好和我通着电话，安抚我，直到我手机没电。到了凌晨，我才脱险，回到家给手机充电开机，给他报平安。我刚开机，发现他给我发来一张照片。照片上他把屋里能开的窗户都开了，让狂风暴雨灌进来，吞噬了一切能吞噬的东西。他穿着汗衫、短裤，头发被风暴卷得乱糟糟的。他说，没办法陪在我身边，那就和我感同身受。我什么时候安全回家，他什么时候停止。就是这样一个人，月亮，就是这样一个人……"

穆恩激动起来，我的鼻子也酸了，牢牢地抱住她。

"别想了。"我说。

她哪里听得进去，一时间像怀疑了整个世界的真实性："我那时候觉得，世上不会有人比他更爱我了。"她泪雨滂沱，打湿我的肩头，闷着声音问，"都是假的吗？我有什么值得他欺骗……"

女孩的声音断断续续："哦，对，一开始他追我，我没有痛快地答应，他觉得我骄傲。是了，杜公子受损的自尊心，当然要靠彻底征服我，把我捧上云端，再亲手推我下去，看我粉身碎骨，才能高兴。"

"穆恩，不是的。"我捏住她的肩头，试图让她好过一点，"他爱你的时刻都是真心的。只是，我们对爱的时间长度、维度，理解不同。新鲜感是人性最难克制的东西。像我，小时候喜欢芭比娃娃，得到第一个的时候爱不释手，后来出新款，我早就忘了第一个长什么样了……"

"可是芭比娃娃没有心。你买下它，它不会欣喜若狂。你把它抛弃了，它也不会哭。人和动物最大的区别不就是有选择权吗？他怎么知道我身边没出现过别人？可我从来都目不斜视，不打算看对方！"

她冲我吼了起来，我却没生气，反而眼前也模糊起来。

"他们……没发生什么吧？"我强行逼退眼底的水汽，试图镇定分析，别将一池水搅得更乱。

穆恩显然没有被安慰到，她哭着发笑，表情都扭曲了："还需要发生什么吗？哈哈哈。在他对别的女人产生分享欲、倾诉欲那一刻，我已经输了。况且，我宁愿他们发生什么。至少他会主动向我坦白，大家好聚好散，而不用等我去发现，发现后再看着他表演。你知道我当时看着他是什么感觉吗？月亮，我觉得，好可怕，我仿佛从来没认识过这个人。"

江忘不知什么时候退到了门口。我不经意地转眼，发现房门开着。他侧着头，整个人在廊灯光笼罩的投影里，手指间的烟头忽明忽灭。

年轻的时候，我大概会为这一幕花痴，觉得他特像小说里的禁欲系男孩，突然学会抽烟，抽烟的姿势还那么好看。但我二十七岁了，我已经明白了一支烟背后的意义，那往往不是尼古丁的狂欢，而是两个人的寂寞。

我知道穆恩失控的样子会让江忘想到什么，于是也不打算隐藏了。在听了个大概的来龙去脉后，我当着他的面，给第三主角常婉打去一通撒泼的电话。

我言辞尖锐地质问她，能不能做个人，好好一个姑娘，为什么不谈一场正常的恋爱。

常婉被我骂蒙了，好半天才回击说，不知道杜青山有女朋友，他也没提过。当时她为杜青山挨了那么一下，他觉得不好意思，请她吃饭，还送了份厚礼。

常婉觉得他挺大方，家世也好，两家联姻必定双赢。

恰好她主观意识上也想转移对江忘的注意力，这才主动出击，时不时给杜青山发消息。

杜青山忙起来不会回复，不忙的时候想起这茬，看在救命恩人的分上，还是会礼貌地解释一下。常婉就乘胜追击，让他请客道歉……总之这么一来二去……

上次我在公司楼下碰见常婉，也是因为她来找杜青山。但八字还没一撇，她不想让我知道太多，也就没透露。

"你可以骂我，但因为这件事帮别人骂我，我可没那么好的脾气！"常婉还在那头喊冤，"要说，我还委屈呢。我这辈子的姻缘都绕不过你林月亮了吗？"

我听得烦躁，撑她一句："毕竟老天有眼。"而后我挂断电话。

骂完，我浑身舒畅了，穆恩不知道有没有好点，但江忘的脸色更难看了。他干脆一直等在门外，没再进来。

及至清晨，穆恩的情绪才稍微有好转。我劝她进食，开了一罐房里配备的八宝粥，正要递给她，门外传来动静。

听声音好像是杜青山，穆恩自然更加敏锐，当即脸色惨白。

不难猜，常婉也打电话质问他了，他才知道穆恩为何一言不发就离家出走。

"我不想见他!"女孩说完就用被子蒙住头,将自己捂得严严实实。

然后,我听见江忘拦截杜青山的声音,明明半夜的时候,他还想主动通知对方。此刻,他像是被敲到天灵盖,终于了解了什么。

两个男人在门口说着说着,有了冲突的迹象。我跑出去,看见杜青山在冷笑。

"江医生,为了表现好,你都爱上管闲事了?是不是太拼了?"

江忘嘴唇抿得很直,懒得和他言语较量,只是挡在门口,没有要让开的意思。

杜青山开始上手,我过去拦住,让他保持风度,他拿出老板的威严冲我吼:"你也挺好笑。你们俩把别人的女朋友扣着,然后让我保持风度?"

好的,这下我也想动手了。

正当我衡量究竟是工作重要还是解气重要的时候,江忘像是我肚子里的蛔虫,先一步给了他颜色。

很快,两个人像蛮牛般扭打在一起,我看了看,江忘仗着身形优势,没怎么吃亏,我也就没拦着杜青山,反而默默在心里助威。

啪!我听见清脆的声音,暗忖:他不会狠到把老板打骨折了吧!我正想冲过去,穆恩走了出来。

"分手吧。"

她说出的轻得不能再轻的三个字,终止了这场闹剧。

地毯上的杜青山趁机推开江忘,翻身爬了起来,不可置信地看着穆恩:"你说什么?"

那语气,居然没有紧张,甚至还有几分责怪。

穆恩也听出来了,此刻该是心如死灰,她笑了笑:"我说,分手。"

杜青山整理衣襟,咽了下口水,不近不远地看着她:"你是不是答应过,不会再轻易提分手?你知道这两个字多伤人吗?奇怪了,女人就喜欢玩这种威胁人的把戏?"

穆恩:"所以,你和别的女人玩暧昧这件事,对你来说很轻易?"

"我暧昧什么了?"杜青山无语,"是我说喜欢她了,爱她了,还是献殷勤了?我什么都没做,不过和她多吃了几次饭,见了几次面,心情不好的时候聊了几次而已⋯⋯"

我一听,莫名其妙就闭上了眼,心底传来一声悲哀的叹息——

他还不懂,也许没有机会再懂了。

后来那场闹剧以杜青山愤愤离开而结束,穆恩身影寂寥地回到房间。

江忘一直都像个旁观者,干完那一仗后,还倚在墙角,微微喘气。我看了他好几眼,忍不住抬脚走过去,想将他拉起来,他却略显严肃地喝令我。

"别扶我。"他说。

我的腿定在原地,双眼对上他投过来的视线,里面有破碎的光在闪。

江忘:"现在,比挨打更痛的是⋯⋯我必须面对留不住你的事实了。"

我呼吸一滞。

"你已经习惯了是吗?"青年几乎是用可怜兮兮的语气问我,"你从好几年前就开始做心理建设,好习惯没有我的生活。可我怎么办,我现在才懂。我还一直觉得有可能,毕竟你肯理我了。我以为,我们渐入佳境,我们⋯⋯"

不知是不是错觉,我竟看见他脸颊有泪。

"我要怎么过没有你的人生啊,月亮⋯⋯"

"试试吧。"我眼里的光跟着闪烁,"也许少了我的人生,没有你想得那么糟。"

那日,我留下来陪穆恩,让江忘先回家:"你在这儿没什么作用,回去休息吧。"

按照以往,他肯定会坚持陪我,但这次,他没有。

重逢以后,除非他刻意掩饰,否则他看向我的眼里永远藏着一丝希冀。他好像终于明白了我心中的疮痍,不敢再动手揭开了。

江忘走后,穆恩还是一直发着呆,抱着双腿将玻璃窗外的日出看到日落。

黄昏美得无与伦比,但也不过刹那。

黑夜降临,她终于主动开口说要吃东西,并向我道谢:"我也不想麻烦你,但我想来想去,大概只有你最能明白我此时的心情。"

"我知道。不是一时的暴雨,而是一生的潮湿。"突然想起在哪里看见的这句话,用来形容我们的情况,实在贴切得不行。

穆恩双腿的力量已经没了,她麻木地蜷在地板上,但还是极尽努力地偏头冲我笑了笑:"我现在能想起的只有那句'未经他人苦,莫劝他人善'。两天前,我还劝你原谅江医生。"

"能原谅的话,不用任何人劝,我自己都能找到理由。女孩子比较傻嘛,总是什么都介意,最后又轻易原谅。"

后来我俩零零散散地聊了些有的没的,她说累了,想睡觉,让我不用担心,早点回家。

"我保证,睡醒就回去面对。"她举起三根手指。

我倒是不担心她会做傻事。

江忘说过,她和我很像。很像的意思应该不只名字,那骨子里某些坚韧的东西,应该也有不少相似。

陈云开:"敢情还是夸自己?"

回家的路上,我在小区门口碰到陈云开。

地铁站离我居住的小区不远,但要过一条马路。其实,在马路对面时,我就看见他了。

他将车停在小区门口规划的停车位上,然后拿出手机给我打了通电话,确认我在不在家。我说我还有几分钟到,他说行,那他在门口等。我问他有什么着急的事,来得这么突然。

他装神秘,只道:"一会儿说。"

挂了电话,第一个绿灯,我没过,我就想看他要弄什么幺蛾子。终于他推门下车了,临下车前还对着镜子整理了下仪容。

"这人搞什么?"我喃喃笑语。

话音刚落,第二个绿灯又亮了,我过马路朝他走,边走边看他打开了后车门,弯腰拿了什么东西出来。

定睛,我发现是一束花,远远看那颜色,好像是樱霞。

立时,我笑不出来了,在马路中间愣了片刻。不过片刻,陈云开的视线已与我的对上了。随后不知从哪里呼啸而来一辆无牌照的摩托,差点将我撞翻在地。

还好陈云开是练家子,他快速冲过来,猛虎扑食般将我抱开,我俩双双摔倒在地,逼停了刚要启动的私家车。

惊魂未定下,我吓到失语,好久才说:"你的花碎了……"

陈云开顺着我的视线望过去,只见那捧原本被打理得精细雅致的月季,此刻被无数的车轮碾成了泥。

"你还有心情管花？"

"不然呢？那可是我的！"

陈云开一愣："我说送你了吗？"

"哦，好的。"我立刻开开心心地顺杆爬。

因为不是送我的，我就不用给回答。

陈云开，原谅我的小心机。

我并非什么大情种，被辜负了以后，也想幸福给全世界看。

我也想往前走，但不是今天，不是在一个男人流着眼泪问"我要怎么过没有你的人生啊"……这一天。

我还是会动容，我的心始终没能强壮如斯。

陈云开将我扶起来，迅速走到马路边，才开始检查我有没有受伤，边看，边问我是不是得罪人了。

"你想多了吧？"我说，"一场意外，怎么被你说得像谋杀。"

陈云开的表情依旧严肃："我老早在后视镜里看见了这辆摩托，就停在路边。当时没在意，你一来，他动了，而且是闯红灯。"

"不、不会吧？"我汗毛一竖，开始结巴，"我没得罪谁啊。"

陈云开二话不说拉开自己的车门，调出行车记录仪。就算车子熄火了，他的记录仪也会自动记录十分钟，于是清楚地拍摄到了骑摩托的人。

那人戴了头盔，看不清面目，但他貌似真是故意的。因为冲撞完毕，到了远处，他还回了下头。

我让陈云开把画面投射到手机上，放大，接着认出那恶毒的眼神。

眼神很熟悉，我在脑海里搜索了许久才对上号——江忘的叔叔。

那个嚷着自己是因为医疗事故而痛失爱子的男人。那个骂江忘人情淡漠，要他对此事全权负责的亲戚。

"可是，他应该找江忘……"陈云开不解。

我看他一眼，他闭了下嘴，一转话锋："我不是诅咒他。我的意思是，冤有头，债有主，怎么找到你头上了。"

我回忆了一下，大概是因为在医院时，江忘对我表现出了超乎寻常的关心吧。那夜的医院走廊，他摸着我的头问，怎么不睡觉。我曾和他那位叔叔对过眼神，当时那人的眼神就恶毒，我才会有印象。

比起伤害当事人，让对方也尝尝失去挚爱的滋味，似乎更让他解气。

陈云开说，既然认出来了，必须报警，却被我阻止。我不想把事情闹大，让江忘产生心理负担——他一直觉得自己像个不祥之物，若他知道了这件事，恐怕更愧疚。

陈云开不解，语气严厉："这次是骑车撞人，下次可能就是持刀。林月亮，圣母光环你就这么想要吗？"

可不管他说什么，反正我就是不配合报警。

陈云开拿我没办法，气冲冲地走了。

我知道，这件事，我处理得不妥，但，就让我自私一次吧。我没什么能为江忘做的了。他想要的结果，我可能一生都给不了，至少别再给他增加心理负担。

那一周，陈云开完全不联系我。

原本他三不五时会打个电话刷存在感，这次应该被气炸了，完全不理我。

为了哄他，我开始主动给他发消息，问他在干吗，问他要不要一起吃饭啊……我知道他都看见了，但他就是不回复。

忽然我想起什么，打开某社交客户端，随后给他发：你在医院吗？

他不回复。

到了下午，我又问："你下班回家了吗？"

他依旧不回复。晚上，我问："你是不是在家乐福买东西呢？"

终于，这家伙的好奇心被我勾起，总算回复了四个字：你在哪里。

他以为我看见他了，估计现在正左顾右盼。我回：我可遇不上你，那会花光我所有运气。

不出所料，一个电话打了过来："你发什么神经？"他尽量保持撑我的人设，但喉间隐藏的喜悦已经被我听出一二。

"这不一直用×音关注你吗。"我添油加醋地说，"上面有个功能，能够看好友距离自己多少米，所以我能大概猜到你的行动轨迹。"

陈云开吸口气又呼出来，我听见了，知道这是他消气的前兆，赶忙说："明天来接我下班吧，塘主，万一路上又遇见摩托车，好怕怕。"

察觉到我的示弱，他顿了许久，终于松口："看心情。"他啪地挂了电话。

听着生硬的嘟嘟声，我的气不顺了。

不是……请你有点追人的样子好吗！

翌日。

大清早，我就接到陈云开的电话，说他在楼下。

我蒙了，他反过来质问我："不是你要我当护花使者？"

我清醒了些："对，但我记得，我说的是下班……"

他的逻辑更清晰："你给歹徒打了电话，通知他只在你下班的时候才行动？"

撑我永远是他的本能，哪怕情话也不会好好讲。如果换作江忘，他一定会说："你消失在我视线的每一秒，我都不放心。"

想到这儿，我竟有种对不起陈云开的感觉，立刻松口说我马上下来。连带上了车后，我的嘴巴都跟抹了蜜似的，直夸他今天怎么这么帅。

"过去不帅吗？"他找碴。

我终于也露出本性，皮笑肉不笑："夸你是因为我人假，不是因为你真厉害。"

他也笑，假的程度和我相差无几："给你台阶下是因为我人好，不是因为你的套路有多高明。"

这下，我是真的笑了："噗，我们在干吗？一唱一和的，《天仙配》啊。"

说完，我突然发现不对劲，立刻没声了，陈云开连沉默都配合。

车子驶上大路，在路口掉头的时候，车流已经很拥挤，不断有轿车插过来。我羡慕地看着已经掉头的车，发现一辆白色奥迪。那是我很熟悉的颜色和车型，突然我心里一咯噔。

等瞥见车牌号，我才发现不熟悉，不是江忘的车，但我的视线还是下意识地在跟随。

一刹那，我心底五味杂陈。

我很清楚和江忘之间的不可能，但我真的不知道，什么时候才能做到对他的一切无动于衷。

"我可能要失业了。"

车厢内，我试图转移注意力，苦兮兮地对陈云开说。

他抽空看了我一眼："这么突然？"

我点点头："我的老板卷进一宗桃色绯闻，导致我现在一看见他就有暴揍他的冲动。为避免我激情杀人，我估计会忍不住辞职。"

陈云开皱眉，表情怪怪的："现在的员工还要管老板的情史？"

不是我要管，而是杜青山太像当年的江忘——他对自己做的事情有一点点悔意，但悔意不多。他甚至还觉得穆恩小题大做，明明她答应了不随便提分手，却还是违背了。

哼，我是爱钱，可渣男给的臭钱，我不稀罕。

陈云开："主要是给得也不多……"

"你真的好歹毒。"

"没关系。"他无所谓地撇了下嘴，"反正你的终极目标也是考编，距离报名也就几个月了，你正好抽出时间准备。"

"我以为'没关系'三个字后面接的是——我养你。"

他疑惑："Excuse me？"

他不仅践踏了我的尊严，还用的英文，我忍不了。

"你真的喜欢我吗？"我舔了舔干得几乎破皮的唇，怒道，"为什么你老是跟个逆子一样，你就不能让我开心一下吗？！"

陈云开沉默了一会儿："那，我养你？"

"谢谢，我拒绝！"

"真的？"

"等我考完试，你再问一遍。"

万一我没考上，这辈子最大的"出息"可能也就是找个冤大头嫁了。

医院，食堂。

穆恩正埋头吃鸡腿。

附院食堂的鸡腿一向出名，连医院外的饭馆偶尔都会来打包外卖。

突然，她眼底又出现了一只鸡腿。她抬头，见江忘在对面落座。

"江医生。"她不好意思地吐了骨头，擦擦嘴，尽量让自己看上去是个白衣天使，"恭喜啊，升主任了。"

江忘勉强笑了下："谢谢。"说完他又道，"你随意，能吃能喝，挺好。"

这样一来，他至少知道，那个和穆恩相似的女孩，在伤心难过时也没有亏待自己的身体。

心里的伤痛能在时间的治疗下好转，身体弄垮可不行。

穆恩像能一眼看穿他的想法，眼皮无端地耷拉下来，说："这种看似顽强的模样不过是给外人看的，毕竟感情不是人生的一切。我们还有家人、同事、朋友等等，所以不能倒下，但心里的神庙已经倒了。"

江忘噎了下。

"完全没可能了吗？"半晌，他疑似放低尊严，问，"在你心里，有没有什么可以弥补的方法？"

"死缠烂打或许有用。但，"女孩想了想，"即便被生拉硬拽回到对方身边，我总会不经意想起那一幕的。想起他分给别人的那些情绪和在看不见的地方流露过的温柔……想到这些，我会疯的。他受得了一时，怎么可能受得了一世。"

世间之所以有错过的剧本，为的就是提醒看客们学会珍惜。

好可惜，她和林月亮都拿了错过的剧本。殊不知，她们只想做看客。

江忘不再说话了，默默咀嚼饭菜，神思飘远。

陈云开接了我一段时间，没遇见异样，猜想江忘的叔叔只想吓唬我，给我个教训，他也就没再坚持报警。

本以为这件事情就此翻篇,谁知没多久,附院和长盛药业一起爆出丑闻,直指传染病之所以难控制,是因为背后有巨大利益输送链。

丑闻来自一个人气很高的贴吧,帖子被吧主加精了,一时间舆论甚嚣尘上。

那时我还没正式提出辞职,自然知道内情。丑闻一出,杜青山和附院院长就被省卫生厅官员约谈。

他一走,我就打开网站看了一整天的帖,整理出事情的来龙去脉。

一开始,爆料人发了长盛制药整年的盈利数据,半年高达十五亿元。从增幅看,这家刚到川城一年多的公司,营收和净利润都实现了很大的增长。在帖子的最后,博主留下意味深长的一句:想要一直挣,病得一直有。

虽然没明着说长盛和附院,可网友们心知肚明。

这不,连带着是江忘牵头的事也"拔出萝卜带出泥"。

当然,长盛与附院的合作并没有任何违规的地方,操控疫情的说法更是子虚乌有。只是对方好像还请了网络水军,这一煽风点火,激起了民愤。

杜青山等人被约谈后,被证实没什么大问题,放了回来,还做了各种公关。

可江忘没那么幸运。

他不过是一个普通医生,靠自己的能力走到如今,背后没有资本撑腰,平常又不爱社交,如今被推到风口浪尖,风雨飘摇。

好在常放和他一直有往来,眼看好友受欺负,无法坐视不理,于是找了网警朋友查到爆料人的IP,誓要揪出幕后黑手,还他清白。

听说找爆料人的时候,常放和江忘是一起去的。

常放原以为会有一场硬仗要打，谁知道江忘一见那人，不仅没揍，还给了对方一张银行卡。

不用说，我都猜到了那人是谁，应该就是被栽赃出了医疗事故连夜搬家的儿科医生。

甫一碰头，江忘有些吃惊，问他为什么。

儿科医生没有丝毫悔改之意："我知道这件事做得偏激了。本来一开始我也没想报复，可一看，你过得太好了……你懂吗，江忘？"

匹夫无罪，怀璧其罪。

儿科医生："听说你刚实习那阵，也有个医生因为你葬送了前程。为什么你老是能不经意就影响到别人的人生，还能一路风光、加薪升职？"

提到从前，江忘无话了。

不知道他是想起了当年那个持刀行凶的医生，还是想起了不顾一切挡在他面前的人。

最后，江忘起身，将银行卡留在茶几上，转身走人。

儿科医生拿着卡追上他，表示拒绝接收："做错就是做错，但我不打算改正。因为只有这样，我才能心理平衡。这钱，我不要。"

江忘静静地打量这个努力维护尊严连脖子都憋红的人，再看了看他不算好的居住环境，淡声道："这不是封口费，而是老早就想给你的补偿。你当时走得太快，音信全无，我没有渠道找到你。现在，不管你要做什么，怎么样才会高兴，我都不会阻拦，也不会通过任何法律途径找你的麻烦。欠你的，我该还。"

儿科医生这才一愣，好半晌不知道要说什么。

我能知道这些，是因为常放以为我和江忘还有联系，特意给我打了通电话，让我找个机会安慰他。

是时，我正在过马路，陷入思考的我没注意路况，差点被一辆无牌摩托车撞到。

幸亏我走神的那两秒，脚步停滞了，否则会被撞飞好几米。如今只是摔倒，腿部大面积擦伤。

常放听见不对劲，通知了江忘。既然避无可避，我干脆去了离我最近的附院。

本来这件事我不想告诉陈云开，就怕被骂，谁知道他当天值班，我一到门口，就和他面对面碰见。

看我一瘸一拐，他瞳孔收缩。

"塘主，你走得太快了。"我试图和面无表情的陈云开说话。

他不搭理我，径直将我抱去急诊，像扔包袱一样将我扔到急诊室的床上。

两个科室离得近，值班医生和陈云开似乎挺熟，打趣地问我是谁："家属？"他也没接话，气氛莫名尴尬。

不多久，江忘也来了，穿的便服，明显是常放临时通知他的。

看到陈云开，他跨得很大的步子无端变小，最后停在急诊室门口。

"江医生？"值班医生是个新人，他很惊讶地看看江忘，再看看我，"什么……情况？"

"和治疗无关的情况。"陈云开终于开了尊口，气场还是能冻住人。

江忘与我隔空对视了几秒，我冲他笑："一点擦伤，小问题，常放太大惊小怪了。"

他字斟句酌了一会儿才不痛不痒地说了句："忍着点，消毒很疼，但，会过去的。"

会过去的。

莫名地，我仿佛知道他说的不只是我身体上的伤。

"你跟我来一下。"陈云开站不住了，走到门外的时候，顺带叫了江忘。

要不是医生将我摁住，我估计也一蹦一蹦地跟出去了，因为我不知道陈云开会和江忘说什么。

生气的时候，连江忘都会说话伤人，更何况这位养尊处优的小少爷。

"好了，就这样吧！"我心急如焚地地催促医生，只盼快点结束包扎，好出去探个究竟。

等我终于瘸着腿走出急诊大楼，陈云开和江忘的谈话似乎已经到了尾声。

他俩站在医院最大的那棵梧桐树下，都是要离开的姿势。江忘动身时先发现我，远远地朝我看过来。

其实距离挺远的，远到我根本看不清他的表情，只见他身形一顿，仿佛将我的心也撞碎一块儿。我有种很强烈的预感——这场谈话过后，我和江忘真的走到头了。

可我不怪陈云开。我的确一早就在预设这天迟早会来。

江忘与陈云开同时走近，江忘略显疏离地嘱咐了我一些医学常识，怎么养伤不留疤之类的。说到一半，他打住，看了眼陈云开后，自嘲地说："我好像有点多此一举了。"

我说："你放心吧，我没事。"

他点点头，打算告别，但依旧看得出还藏着话。

这次我诡异地主动，问他："你还有什么要说的吗？"

他回避我的眼睛，一会儿看马路，一会儿看树干，好半天才问："等你伤好了,挑个时间,我们去文殊寺看紫薇花吧?"

邀约来得突然,我愣了下。陈云开默不作声地离开,将空间留给我俩。

江忘这才正视我,眼神里含着期待和让我不忍拒绝的乞求。

"我要搬家了。"他突然加一句。

我的心跳不由自主地快了几拍,但我还是不想承认自己因为他的话紧张了。

"现在的环境不好吗?"我傻兮兮地问。

他摇头,很直接地回答:"只有这样……你才能好起来。"语气温柔得不像样。

既然纠缠是无用的,那么总得有人抽离,才能实现我"短痛"的愿望。

不知是不是站久了的缘故,我感觉腿上的伤口又开始隐隐作痛,下意识地弯腰抚了抚纱布。江忘注意到我的动作,愧疚霎时布满了整张脸。

我自小就见不得他这副模样,当即什么都"好、好、好""是、是、是"。

"下周末吧!"我尽量让语气听起来开心且无异,"下周末我应该能蹦能跳了。你把时间空出来,我们去文殊寺。"

文殊寺是川城顶有名的寺庙。

并非是因为在这里许的愿望能实现,而是因为院里有几十株人工养护的紫薇树,能反季节开放,即便是深冬。

当冬日的白遇上专属于春日的娇艳,别有一番景象。许多外地游客慕名而来,就为了看看冬日盛开的紫薇。

听说还有文人墨客给文殊寺的紫薇赋予了别样的意义：当文殊钟鸣、紫薇花开，那个不可能的人，也终于回来。

因为紫薇虽然有越冬的能耐，但它是不可能在寒冬绽放的。

时值初冬，我回到川城又快一年。

我和江忘漫步在人声鼎沸的庙街，闻着旺盛的香火味，感慨："上一次来文殊寺好像还是高中毕业时。你、我、禾鸢、陈云开，我们来这里许愿，希望未来一片平坦。现在想来，二三十岁的人生哪有平坦可言？"

"是你们高中毕业时。"许久，他吐出一句话。

身边的男人真是很懂得如何激怒我呢。

"OK，知道你是天才，早早就进了科研流动站。"然后，我想起什么，继续说，"我还是觉得挺可惜。你就该跟着常婉的外公搞研究，说不定能大展身手，还不需要处理那么多复杂的人际关系。"

江忘没搭话，不知是听进去了还是没有。

犹记得那日，天气阴冷。进庙的时候来了一阵风，吹得我忍不住抱肩哆嗦。

江忘的反应比我的感官还快。几乎是我抱肩的第一秒，他就迅速捧起了我的双手呵气，不断揉搓。

"这样好一点吗？"他紧张兮兮地问。

他的举动反常，我意识到什么，问："陈云开告诉你什么了？"

"该知道的，都知道了。"

"什么是你该知道的？"我不死心地试探着。

江忘很聪明，能不能敷衍我，只看他愿不愿意。

"你确定要把这一天的时间浪费在审问上吗？"不出所料，他弯了弯嘴角，蛊惑我说。

我作罢。因为他很擅长逃避。在一起的时候、冷战的时候，他也常常顾左右而言他。他虽然不会轻易朝你发火，却常常让你恨不得他发一顿脾气来让你觉得痛快。

"你看，紫薇花。"下一秒，他抬手指向侧方不远处。

高阶青梯之上，一眼望去，皆是顽强盛开的花朵。花色有粉的，又有紫的，总之，一簇紧挨一簇地挤破了头，让世人看到。

又一阵疾风来，第一簇越过屋檐的花朵摇摇晃晃被吹散，跟那些不愿被吹散却不得不各安天涯的记忆似的。

"何堪回首。"他突然有感而发。

第十一章
何堪回首

让你难过了那么久。
最后一件难过的事，让我来做吧。

我和江忘在寺庙里吃了一顿斋饭。

菜很素，只有莲白、豆腐汤等等。我吃得味如嚼蜡，江忘一向喜欢端着，我说："你别装。"

他才搁下筷子道："呃……是没什么味道。"

但他的心里很平静。

这种斋饭，淡到连盐似乎都没放，却能让你感受到一股怪异的宁静。怪不得许多修道之人不食荤腥，那样才能六根清净。

红尘的俗物，终究扰人修行。

出了斋堂，我看见一则招聘启事，上边写着招收寺庙弟子，还有待遇及各类福利。

见我看得认真，江忘下意识叮嘱我："别瞎想。"

我一下就笑了："放心吧，就算考不上编制，我也不会出家，毕竟还要出嫁呢！"

我本来只想玩下谐音梗，开开玩笑，脱口而出后觉得不妥。果然江忘头一低，再没有多余的表达。

沉默地走到禅室附近，听见古筝的声音，我主动说请他进去喝茶。

周末，人多，禅室里的位子几乎坐满了。我和江忘被挤在角落，蜷着腿，他明显不舒服。我咬咬牙，买了屏风后边的VIP座。

我俩分躺在两张摇椅上，听着外间高山流水，闻着室内迷人的檀香，昏昏睡去。

再睁眼，我发现身上有一件长外套，是江忘的，他人却不见了。我半坐起来，正准备去找，他抱着一个烤炉和一张烧烤网走了进来，上面放着年糕、橘子、板栗、土豆等食物。

我饶有兴趣地放了两个小圆土豆上去，拨弄着，将炭撩起火星。

没一会儿，土豆皮被烤得焦香，我用手往鼻子扇味道，感觉整个胃都被治愈了。

江忘静静地看我鼓捣，时不时搭把手，中途我们也有搭话，但都是些无关紧要的话题。

吃饱喝足，我又睡了一觉，醒来已是傍晚。

这回，江忘好像也睡了。我翻身发出动静时，他的脑袋正好朝着我的方向，并缓缓睁开了有些迷蒙的眼。与我视线对上，他下意识地笑，竟轻轻哼了几句歌。

《爱的主打歌》，萧亚轩演唱的，我小时候可喜欢了。

后来，我和江忘恋爱，在公寓同居，第一天晚上，轮到我睡不着。翌日也是我先醒，他也是这副迷迷糊糊的模样。当时我笑，忍不住轻轻在他耳边唱，也是这一句——

"每一天，睁开眼看你和阳光都在，那就是我要的未来。"

一下子，铺天盖地的回忆汹涌袭来。我心脏紧缩，感觉快要窒息。

江忘应当是睡得迷糊了，以为这还是从前。看我慌乱地偏头逃避他的视线，他才缓缓坐起，装作什么都没发生似的问："要走了吗？"

我囫囵地点点头，一把抓了他的外套递过去。他长手捞过，手指无意间碰到我的手指，心脏频频传来过电的感觉。

那是算不上新奇的一天。

去的地方不够浓墨重彩；吃的东西不算美味佳肴。

如果真要说点特别的，除了赞美盛放的紫薇花，我已然想不到其他。

"吃火锅吗？"江忘问起晚饭的安排。

其实我根本不饿。但我也预感到，这是我们最后一次同行，于是我表现得很积极，还指挥他去哪一家火锅店，说那里方便停车，等位时间短,重点是味道好。

　　火锅店距有名的酒吧一条街很近,只要天色一暗,这里热闹非凡。

　　出了火锅店,我想不到好的去处了,问江忘要不要去感受下灯红酒绿,正好我没去过。他在初冬的风里,将我滑到肩头的毛衣拉回原位。

　　"不了。"他说,"你早点回家休息。"

　　我错愕。这不在我的预判范围内。我以为他会将二十四小时拆分用掉,珍惜和我在一起的每分每秒。

　　一时间,我还觉得尴尬,为那点自以为是。但我嘴上还是保持了倔强,不肯让他看出丝毫的失落。

　　"也好。"我笑了笑,讲。

　　可我能装出一时的平和,却骗不了真实的心,它在不断质问:为什么?

　　以至于回程的路上我俩又开始诡异的沉默。

　　我第一次觉得川城的路竟然这样短。不过二三十分钟,小区便近在眼前。到了地下停车场,我的失落已经涨满了胸腔。

　　待车停稳,江忘还是没什么话要对我讲的样子。

　　我已经尴尬得脸上有了红晕,迅速推门下车。

　　他好像感受到了我无名的愤怒,突然伸手将我抓住,牢牢地摁回副驾驶座。

　　"摩托车的事,我已经给当事人打了招呼。派出所那边,你明天最好去备个案。不用考虑我,我和他们没什么情分,你知道。"他讲。

　　我不耐烦地抬了下眼皮,没点头,也没搭腔——谁要听这些。

　　"没了吧?"好半晌,他还摁着我的手,我面无表情地追问,"没事的话,我走了。"

江忘侧眸盯着我,喉头一动:"不是不想和你待在一起。"他这才解释,"是怕你的腿还疼。"

顿时我的闷气全消,迟钝地转头,迎上他不知何时深情起来的眼神。

"而且,一到深夜,人的心理防线比较脆弱。我怕到时候,我就狠不下心,放不了手了。"

我彻底僵住——江忘的手终于松开,我却像被一根无形的绳索束缚。

"你走吧。"

江忘硬了点语气,双手紧紧地掌着方向盘,注视前方。

这声逐客令无论放在任何时候听,我都会生气。被我从小宠到大的小孩,居然让我离开。

但我现在没有愤怒,只有悲哀。

门早在先前就被推开,以至于我想缓缓都不行。我的右脚迈出车门,然后是左脚,然后轮到我关车门。

一切都像极了电影里的慢镜头。

完全站起来的时候,我感受到一束视线重新打在了我的背上,如芒刺万根。

"你能将眼睛闭上吗?"我背对着那人问,声音轻得要死,"你看着我话的,我……我走不掉。"

霎时,背后传来一声笑音,发自胸腔,没有嘲笑的成分,就是单纯开心,还有些许欣慰。

"有你这句话就足够了。"江忘的语气慎之又慎,说,"让你难过了那么久。最后一件难过的事,让我来做吧。"

最终我还是没能挪动脚,先离开的人是江忘。

有的话多说无益。他直接推门下车，上锁，头也不回地进入小区单元楼。我能知道他的所有行为，是因为中途我忍不住转了头。

我看见那个高高瘦瘦的影子走得从容，暗自猜测若是走近了他，会不会看见他发着抖。因为当时的我就很没出息地抖着身体……或许是我清楚，他这次不是回家，而是走出我的生命。

果然，江忘说得对，何堪回首。

后来我很少见到江忘。

他说到做到，以最快的速度搬离了我家所在的小区，甚至连招呼都没打。曾经我希望他做到的决绝，如今他终于做到了，而我竟是这般难以习惯。

陈云开开始频繁地出现在我家楼下停车场，接送我上下班。我调侃他不仅继承了鱼塘，连停车场都继承了。他会故意和我斗嘴，嘻嘻哈哈地陪我打发时间，但对他和江忘在医院的那次谈话绝口不提。

有天闲来没事，我点开江忘的微信头像，愣了很久才点进背景页面，却发现自己再也看不到他的朋友圈。

大脑构造使然，男人狠起来的时候，始终比女人更绝。

我终于忍不住问陈云开，究竟告诉了江忘哪些事情，才让他一夜之间想通了，将过去撇得干干净净，至少表面看起来是这样。

陈云开想了想，模棱两可地说："还不就是那几件事。你因为他去了非洲，也因为他出的车祸，还有——"

他顿了下，最终决定坦荡："我在追你。"

本来我应该"打破砂锅——问到底"的，他一句"我在追你"让我彻底蒙了。

"呃。"我眨眨眼,"倒不用这么坦白……"

陈云开没接这茬,质问我:"不然你以为我会说什么?"

我清清嗓子,戏精上身地开始表演:"我以为你会说——江忘,我和林月亮已经这样那样了,你放手吧。"

陈云开白眼都要翻烂了:"这么说吧,"他开始措辞,"我不喜欢做舔狗。我对你的喜欢,顶多也只能支撑我为你做三件傻事。第一件,我为你辞职,从北京回了川城。第二件,捧花告白。第三件,暂时没想出来。如果你需要我去找江忘说,我和林月亮已经这样那样了,我可以成全你。"

"呸。"

我用一声唾弃阻止,仿造他的句式:"这么说吧。我偶尔会犯傻,但大多时候还是猴精猴精的。如果你真的还愿意为我做一件傻事,为什么我不留着叫你把别墅过户给我呢?"

"别墅过户需要先领证的。"陈云开顺势接了一句。

接完,他很快反应过来,猛地将车停在马路边,摁亮双闪灯:"你……答应了?"

"啊?"我装傻。

他抄着手,严肃地看着我,压根不像告白的,倒像是来逼婚的。

不过,陈云开有压人的气场。在他的审视下,我这才吞吞吐吐地说,人总要往前走的,谁想要孤独终老的结局啊。而且,我不走,我怕江忘也不走。他已经勇敢一次了,这次换我来,做分开的推手。

"小小利用一下你,不介意吧?"我试探性地问陈云开。

青年垂眸思考,没说可以,也没说不行,片刻后道:"慢慢来吧。"他说,"我也爱过人,知道放弃不是件容易的事情,我愿意等。"

刹那间,一丝感动滑过心间。

感动的时间还没来得及拉长,让我糟心的事情先出现了——杜青山居然让我帮忙,把穆恩追回来。

他觉得,我是女孩子,某些方面和穆恩相似,我应该知道怎么才能哄到点子上。他能这么讲,说明他已经在穆恩那里吃了很多次闭门羹。

"你是以老板的身份命令我,还是以普通朋友的身份求我?"自从有了辞职打算后,我胆子也大了,居然这样对他讲话。

杜青山应该知道我在为穆恩打抱不平,没和我多计较,只说随我怎么理解都行。

"这样啊,"我假装思考,"如果你以老板的身份命令,我选择不听话。如果你以朋友身份咨询,那我建议,你放弃吧。"

杜青山眼一眯,打算用气势镇住我,可我根本不吃他那套。

"真的。"我诚心诚意地劝告他,"世上很少有送鲜花、礼物、金钱办不到的事情,偏偏针对穆恩这个人和你做的这件事,就是个例外。如果你不信,可以继续撞南墙。"

杜青山不言语了。

趁他走神的空当,我用手机打了一封简单粗暴的辞职信,发到了他的邮箱。

"很感谢你在我困难的时候给了我这份工作,但我应该也是你因为有利可图才选择的棋子。如今我和江忘彻底散了,公司也立稳了脚跟,我们不再需要对方了。老板,再见。"

扔完狠话,我感觉自己像棵身姿挺拔的小白杨,连头发都飘扬了起来。

世上唯有人心不可买,他必须知道。

辞职以后，我被王丽娟嫌弃得不行。前阵子我还告诉她有加薪的机会，她不明白，我干得好好的，抽哪门子风。

我和她说不明白，又懒得在家里听她念叨，于是每天都出门游荡。

那阵子，闻多也从医院辞职了。因为闻小年龄越来越大，他作为唯一的家长，必须考虑到很现实的问题——怎么为这个弟弟添砖加瓦。

于是，我们两个无业游民常常约见面，有时混在咖啡厅，有时去网吧开黑，还有的时候去找陈云开蹭饭。

忽然有一日，他将我拉到数码器材城逛了大半天，紧接着给我买了杯奶茶，诱惑我说："你想不想创业？"

我愣了下，问："你一杯奶茶就想骗我投资？"

何况，我存的钱可能还没他多……

闻多拍了下我的脑袋，让我正常一点："我认真的。"他说，"常婉都能吃自媒体这碗饭，你难道比她差？"

我一口奶茶进嘴，差点被呛到。

"你是懂激将法的。"我说。

闻多得逞，开始给我详细描述他的计划，三言两语总结，就是他打算做一个基础医学科普视频号。几乎没什么金钱投资，除了人力这块，需要策划选题，写脚本。他一番思量，发现只有我有这方面的才华。

"更何况，这还是个一箭双雕的好事，不仅帮你找到一个可能有发展潜力的副业，还能同时帮你复习，为考编做准备。"

听起来真的很不错。看我心动，闻多用奶茶和我干了一杯："晚上回去我就先把号注册了，咱们说干就干。"

我俩散着步往回走，随便聊了聊，他突然问："江忘好像也打算辞职，你知道吗？"

有一段时间没听见这个名字,我心里咯噔了一下:"这么突然?"

"前阵子我和他约饭,他说有这方面的打算。"

"医院不挽留?"

"表面功夫肯定会做,但力度肯定不大。上次造谣他和长盛合作的事情对他影响还是蛮大的。只怪他没有通过法律途径来自证清白,大家以为他默认了。虽然上头没有拿他开刀,但他主动提出要走,说白了也算是解决一个隐患。"

成年人的世界只有永远的利益,不稀奇。但这件事发生在江忘身上,我忍不住唏嘘。

看我没话,闻多冲我挤眉弄眼:"怎么了,心疼了?嘻,既然放不下,就在一起嘛。"

我懒得和一个连恋爱经验都没有的人解释,默默喝完了剩下的半杯奶茶。

"他有没有告诉你,离职后他打算做什么?"我问。

闻多:"他有车有房,还有存款,贷款也早就一次性还清了,比我们强太多。以后的日子就算每个月只拿几千元工资,也很舒适。况且,他好像要回实验室,跟着常放的外公继续做医学研究。研究站,啧,工资和福利怕是会更高。"

"这不叫辞职,叫转岗。"

我无语,恨不得一杯子扣在他的脸上,害得我还为江忘将来的着落而担忧。

闻多:"用词需要这么严谨吗?"

"当然!"

对我和江忘这种关系来说,任何一点草动,都可能刮起飓风。

"也好，医院本来就是非之地，不适合他。我早说过了，他还是适合做研究，将来造福万民。"我慢慢平静了心绪。

闻多点点头："要不怎么说他聪明呢。"

"嗯？"我突然反应过来什么，死死地盯着闻多，"以你的脑子，应该想不出一箭双雕的好办法。说，公众号的事情是不是江忘提议的？也是他撺掇你来找我的吧！"

闻多傻笑："了解他的，还得是你。"

"了解你的，也是我。"

小区门口到了。

我扔掉奶茶杯，冲闻多道别，陈云开的名字在手机屏幕上闪了起来——约我吃晚饭。

我说我和闻多刚溜达完，吃了一堆小吃，现在肚子还撑。

他还没回话，陈阿姨一把将手机抢过去，兴致高昂地叫我："儿媳妇，今天你叔叔过生日，你必须来！"

陈叔叔过生日，按理说我爸妈应该也在场，但没有一个人通知我。

酒店包厢，我推门而入，看见我爸乐呵呵地在和陈叔叔讨论什么。

我妈被陈阿姨拉着，俩人似乎在刷淘宝。

陈云开刚好从包厢的洗手间出来："来了？"

他招呼一声，将我自然地牵了进去。

仅仅是和他牵手这件事，我花了一个月时间才习惯。但是长辈都在的场合，我依然有些抬不起头来。

见状，陈阿姨的脸都笑开了花，一直撞我妈的肩膀，说："好般配。"

作为我和陈云开的"粉头"，她激动没什么，关键是我爸也跟着激动,连拍两下大腿,叹道:"不容易啊。"

听他话里的意思,不像在感慨我和陈云开情路坎坷,倒像是单纯地觉得——终于甩掉了我。

一坐下,我就责怪我妈,为什么没通知我吃饭的事。她理直气壮地说:"你和云开谈恋爱也没通知我们。"

好一家子面和心不和,我竟无言以对。

正值冬至,川城流行喝羊汤。我却没什么胃口,掰着小点心玩耍。陈云开一直盯着羊汤,文火慢炖之下,汤的香气四溢。算着时间,他揭开锅,给我盛了一碗,推到面前。

"吃不下就喝碗汤吧。"他讲。

我说我不喜欢,他直接将汤勺塞进我手心,说羊汤有助于冬日保暖,一副不容拒绝的口吻。

女孩子太喜欢这种霸道的温柔,我也不例外,当即乖乖地小口喝起汤来。

陈阿姨趁机说,她之所以一直嗑我和陈云开,不是因为小时候定下的娃娃亲,而是她把我们从小看到大,觉得我俩都是野马,并且只有彼此才能拴住对方:"江忘是挺好的,但那孩子心思重,和月亮不合适。"

突然一桌子的人都沉默了。

陈阿姨连忙自打嘴巴:"瞧我,陈谷子烂芝麻的事还提什么。来,月亮。"她起身走到我身边,企图将手上戴了很多年的玉镯子取下来,送我。

我觉得发展得太快,正不知如何是好,陈云开先发话了。

"您老人家少看点偶像剧,别瞎学桥段。镯子这玩意要讲尺寸的。"

陈阿姨定睛,看了看我那比她细了小半圈的手腕,垂死挣扎——

"好吧,"她张开手臂抱住我的肩头,冲我挤眉弄眼,"那阿姨好好给你准备三金,绝对够分量。"

杜婷:"知道你的个性,清楚你是财迷,还一点也不嫌弃。这种婆婆,国家到底管不管分配啊?"她嫉妒式发言。

我被哄得晕头转向,她又说:"本来我还期待你和江忘上演世纪大复合。现在你和陈云开在一起了,我心里有种说不出来的滋味。"

不只是她,闻多也有这种感觉。

大概在他们眼里,我和江忘拿的就是那种从校园到婚纱的剧本。突然换男主了,他们不习惯,难免唏嘘。

好在那段时间我比较忙,一心琢磨着怎么把视频号运营起来,没空想太多。谁知临近年关的一个深夜,杜青山给我打来电话。

我没有删通讯录的习惯,看见来电显示,考虑了一会儿才接,尽量保持平和的语气:"怎么了,前老板?"

"出来聊聊。"他言简意赅。

随后,他应该想起来我的反骨有一百斤,跟着补上一句:"就当朋友告别,我要回北京了。"

酒吧街的夜五彩斑斓。

上次我和江忘路过,错过了进去逛的机会,没想到这个小遗憾居然是被杜青山弥补的。

他挑了家看起来上档次、人不多的音乐吧,让侍者给我调了杯鸡尾酒。

酒的颜色很好看,淡淡的薄荷绿。我啜饮一口,在冰和薄荷的刺激下,脑子一个激灵。

"我说什么来着?穆恩还是不肯和你重归于好吧。"我知道他想聊什么，主动开启话题。

他狐疑地皱眉："她告诉你的？"

"没有。"我说，但语气很笃定，"女孩最了解女孩。而且，如果她答应了，你怎么会离开川城呢？"

他不说话了。

有歌手上台，唱了一首挺伤感的情歌，杜青山陡然发起了呆。

穆恩的决绝明显让他有些束手无策，看着可怜。

"其实有件事我一直挺好奇。"我趁机问他，"当初你为什么不告诉常婉，你有女朋友？"

男人欲盖弥彰："她没有向我表白，也没问过我的感情状况，我突然主动说，是不是太奇怪了？"

我将吸管扔回玻璃杯，觉得挺没意思的："你要是这样说，那我是真没话可聊了。"

"OK。"见我不好忽悠，他才大方承认，"我可能……有那么几个瞬间，是对她产生过好感吧。"

不知为何，明明面前坐的是杜青山，但听他承认对常婉的好感，我的心却一痛，连眼眶也跟着紧缩。

好一会儿。

"常婉长得是挺招人稀罕的。不过，杜总你什么样的美人没见过，应该不至于动摇你来川城的初心啊。"

他想了想："有的事说不清楚。可能——我们初次见面，她给我留下的印象太深？明明萍水相逢，她却为我挡扁担。"

我笑了："穆恩也可以的。"我说，"别说挡扁担，就算是挡子弹，关键时刻，她也不会犹豫，只是你忘了。"

我一针见血，杜青山无话可说。

"不过这就是人类的劣根性，"我莞尔，吸了大半口鸡尾酒，脑子更加清醒，"不开玩笑，你真的只是犯了一个全天下男女都可能犯的错误。遗憾的是，你爱的女孩，她终生想要寻找的，是那个例外。她曾经以为你是例外，你用事实证明了你不是。所以她不想再留下来，就这么简单。"

"但我真的和常婉没有任何逾矩的行为。"

听完我的分析，杜青山应该觉得在理，这才肯发自内心地交流："变心是本能，如何选择才重要，不是吗？我从来没想过要和穆恩分开。我可以上断头台，但我觉得罪不至此。"

"一个人痛苦的程度，不由施暴的人说了算，而是由被害人说了算。"

"那如果认罪呢？"杜青山的反应很快，"认识问题，直面问题，从轻处罚的可能性有多大？"

我想了想，不敢贸然回答了，因为江忘做的所有补救都不在点子上。他很晚才意识到自己的问题究竟出在哪里，而我在这个过程中或许有过期待，但如今都等没了。

有的事情，发生的时机很重要。

杜青山看我没再一锤定音，希望之火重新燃起："最后一次。"

他拿起手机，气势虚弱地安慰着自己。

我看他解锁屏幕，盯着看了十几秒，又抬起头看我的眼色。我做了个请的姿势，他受到鼓舞，拨出那个始终在"1"号位的电话号码。

电话响了一会儿，没人接，杜青山挂了，重新拨打。接连几个都是如此，他被手机的热度烫得没了耐心，干脆开扩音。正当他再次准备挂断,那头终于传来接通的电流音。

"你好。"

声音一出,杜青山愣了,我也愣了。

我眼睁睁地看着对面人的眉毛揪成一团,眸底有火蓄势待发。

"江忘?"杜青山直接叫出他的姓名。

江忘必定看过来电显示,知道是杜青山,但还是接了。他不仅接了,还似真似假地回了一句:"穆恩在洗澡,你等会儿再打吧。"

噗。

我一口鸡尾酒直接喷到了桌面上,不气反笑,但又怕那头听见我的声音,赶紧捂了嘴巴。

杜青山的理智快要没了,但他不希望产生什么误会,于是耐着最后一点性子"打破砂锅——问到底":"普通朋友应该不能随便接人家的电话吧?"

江忘很上道,知道他在试探,沉默了片刻才道:"是男朋友可以另当别论吧?"然后,他还戳心窝子地加一句,"毕竟我和她都没有贴防偷窥膜的习惯。"

太狠了。原来他这么会埋汰人,以前真是对我手下留情了。

我脑子里天马行空地想着与面前场景毫不相干的事情,面上的表情应该变化也不大。我努力扮演着一个局外人的角色。因为,这不就是我要的结果吗?我向前走,他也向前走……

虽然他的目的地让我挺吃惊的,但,他和穆恩都是单身男女,没有哪条法律规定他们不能互相喜欢。

可杜青山的心理素质没我好。他啪地摔了手机,屏幕当场碎掉,吓了旁边的酒保一大跳。

"你别激动,万一穆恩是故意的呢?"

我太难了,自己心里的城池也正塌着呢,还要帮杜青山修复玻璃心。

我听见自己努力用平静的声音说:"也许是……穆恩想了又想,依旧没办法原谅你。正好她和江忘在一起值班,于是跑来求救,希望江忘把电话接了,造成他俩在一起的假象,这样你才会死心。"

杜青山的眼又微眯了下,随后上半身靠近了些,像看不清楚此刻的我似的。

"你没事吧?"他抚我的额头,"这样的戏码,你也能编出来,不写小说可惜了。"

"看不起谁呢,我以前写过小说!"

"因为剧情太烂,所以没有成名?"

"……把这段安慰掐了吧,重播。"

那夜,我和杜青山不欢而散,因为我俩都无法说服对方。

他嚷嚷着要去找江忘算账,我当然要拦着了。且不说他和穆恩已经分手,他没立场。就算有立场,他做的那些事又好到哪里去?只许州官放火,不许百姓点灯。

"我不许!"

我拽着杜青山的胳膊,像个醉了酒的风尘女子般不依不饶。

杜青山奈何不了我,只得作罢,说:"随便吧,爱不爱的,确实是他们的自由。我只是想要一个真相,这样才能放过自己。"

"你对自己可真宽容……"

不过,虽然嘴上说不介意江忘和穆恩究竟怎么发展,但我的学习状态却不太对劲,连我爸心那么大的人都看出来了。

我借口说快过年了,想吃想喝想玩,心有点飞。

我爸对此深信不疑,因为他早上逛菜市的时候碰见了禾鸢的妈妈,说她精神状态看起来不错。两人交谈了会儿,她妈妈说禾鸢今年要回川城过年。

"你们一群孩子挺久没聚了,心思飞走也正常。"

禾鸢回川城过年这件事,我也是昨晚才知道的,她决定得很突然。

听说是拍新剧的地方下鹅毛大雪,影响了交通,导致拍摄进度必须搁置,干脆整个剧组放假三天。虽然不是除夕夜,但好歹可以聚聚,于是我提前将大家拉了一个群。

禾鸢飞机降落那日,我本来叫陈云开单独去接她,她倒坦然:"别啊,那样显得我多没肚量?林月亮,你越来越'绿茶'了。"

她把好心当作驴肝肺,我还挺开心的,至少证明她打心眼里接受了我和陈云开的关系。

"江忘怎么没在群里?"车里,她一边薅头发,一边问。

我支支吾吾地说,我没有他的联系方式了。

自从我发现自己看不见他的朋友圈,紧跟着又得知他和穆恩在发展后,我狠心删掉了那个以为会在我好友列表里躺一辈子的人。

"我不是吃醋啊!"我赶紧发声,"为了互相不打扰,最好都消失一段时间。"

陈云开还算理解,没因为这件事发难,禾鸢看热闹不嫌事大,撇撇嘴说:"此地无银三百两。"

"你才是'绿茶'吧,妄想挑拨我和你前男友的关系!"我吼。

禾鸢:"这话听着怎么这么奇怪,好像他还属于我似的。"说完,她毫不避讳地冲驾驶座上的人挤眉弄眼,"和她谈恋爱的体验感怎么样?"

陈云开努努嘴，思考片刻，给出了很中肯的回答："喜忧参半。搞笑女能让你觉得生活很有趣。但她除了搞笑，一无是处。"

禾鸢哈哈大笑："烦死了，你还是能取悦我。"

说完她想起什么，摸出手机鼓捣，没一会儿，群里多了江忘。她亲自艾特他，通知他聚会的时间、地点，并刻意提醒：允许带家属。

发完消息，她抬头认真解释："这应该是我最后一次回川城，所以管不了那么多了，大家都聚聚吧。"

我从后视镜打量女孩的霞姿月韵，褪去青涩以后，她额头更加饱满，鼻梁高高的，嘴唇微翘。她为了在娱乐圈显得有特色，还故意在鼻梁上点了一颗褐色的美人痣。

那么美的一张嘴，忽然漫不经心地说出了一场盛大的离别，我有些蒙。

禾鸢尽量笑得云淡风轻："没办法，工作太忙，几年也回不了一次家。我实在放心不下我妈，干脆用这部剧的预付，咬牙在北京买了房，打算过完年把我爸妈都接过去。以后川城就不算家了……北京才是。"

一时间，车厢里再没什么话。

家里几乎没有禾鸢的东西，她为了方便，住的酒店。到了地方，我耍赖，说今晚要跟她挤一张床。她知道我有话讲，帮我支开陈云开。

一个没有月亮只有雾气的夜晚，落地窗都结霜了，看不清外面的景致。她干脆把窗帘拉上，开了所有的氛围灯，从箱子里翻出一瓶看起来就很贵的红酒，好像知道我俩终归会有一次彻夜长谈。

我向她道歉，说我因为心虚，所以一直不敢主动和她联系。

她还挺吃惊："我以为你是因为准备考试，也很忙，才不给我发消息。"

"不是，"我老老实实地说，"你说得对，我总觉得，陈云开还是你的，他就是我从你手里抢走的。可能我这思想根深蒂固了，我心里有沟壑，所以我们发展得挺缓慢的。"

禾鸢转了几下红酒杯："怎么感觉我被骂了呢？"她一双杏眼微眯，"要是我不愿意，哪个男人能逃出我的手心？"

"你真的不怪我抢走了他？"我认认真真地问。

"小时候，我是后来者，还抢走了他。你怪过我吗？"

"怪过。"我很干脆。

禾鸢只差将红酒往我脸上泼了。

趁她还没泼，我赶忙捂住脸，很迅速地附上一句："后来长大我就释怀了！因为我发现，我阻止不了一个人爱另一个人，就像我阻止不了自己当时那么爱江忘，哪怕他伤害我。爱情的最高表现形式，应该就是对自己无能为力。"

禾鸢莞尔："爱情的真谛都让你说了，我说什么？嗯……"

她长吟一声："我比你更早明白这个道理。大学时期，在北京的时候，陈云开就为了给你送银行卡特意飞回川城。他怕你不接受，还假装施舍，编各种理由。我看过他无能为力的样子，所以在我面前游刃有余的他，我清楚，那不是爱情。只是——"

禾鸢深吸口气，冲我举杯："我没想到你真能硬下心肠和江忘了断。原本我支持陈云开回川城，是想让他撞南墙的！我想让他看看，就算近水楼台，他也得不到月。到时候他跟丧家犬一样回到北京，我就趁机收留，攻身攻心，谁知道他成功了！"

"你说的是实话，这我信……"

我们都习惯低看别人，更习惯高看自己。

第十二章
十八岁的子弹

我爱她,很爱她。
可相比起来,她的幸福更重要。

禾鸢将聚餐的地点定在一家开放式空间的烤肉馆,用帐篷搭出来的营地风。我们人多,占了最大的那间帐篷。

杜婷也带了男朋友,还是那位敏感、疑心病重的医生。之前我以为他俩很快就会拜拜,没想到已经到谈婚论嫁的地步。

杜婷一张小嘴在我耳边叽叽喳喳的,全方位地嫌弃男朋友:"嫌弃,又确实分不开,老天爷真是又菜又爱玩。"最后她总结道。

我说,自打我和陈云开在一起后,对任何事情,我都见怪不怪了。

杜婷说:"你这没啥,你俩小时候就有苗头,你还做过他的皇后,你忘了?我吧,自从江忘和穆恩在一起后,才开始对任何事都见怪不怪。"

"嗯……"为了表现释怀,我并不回避这个话题。

"还好吧。"我说,"当时我回国就听他说,有个女孩子很像我,性格挺不错,害怕黑,连名字都有关联。老天不会无缘无故安排一个人出现在你的生活中的,一切都是最好的安排。"

杜婷翻白眼:"幸亏你最终没去写小说,太俗了,还'最好的安排'呢。"

说着说着,有人掀开帐篷的帘子走进来。我正对门帘,抬头就对上江忘和穆恩。穆恩跟在江忘身后,两人弯腰而入。

闻多:"怎么来得这么晚啊?"

江忘歉意地笑笑:"一个新医研品进入最后的测试阶段,快要投入生产,对数据的精确度要求比较高,实验室忙。"

禾鸢立马站起来,从容大方地给了江忘一个拥抱。

"借点仙气,疾病远离。"

江忘回她一个拥抱,夸她越来越漂亮。

禾鸢不满:"这样说显得我们很不熟,我以前就是家属院最靓的姑娘。"说完,她主动冲穆恩示好,"别见怪,我们习惯闹来闹去的。"

穆恩摇摇头,也笑:"那我们应该能相处愉快。"

江忘与穆恩就近坐在门帘的方向,与我面对面。落座时,江忘没回避正对面的我,冲我弯了下眼角和嘴角,算是打招呼。

我咬着烤饼,不知该回以什么表情。

幸亏他笑完就低头去帮穆恩拆碗筷包装了。

算起来,我们也有好几个月没见了。江忘穿着毛衣和淡蓝色牛仔裤,头发打理得清爽,不像在医院时,装束很成熟,外套和呢子大衣是常服。但我知道,现在才是他应有的样子,身上还隐约残留少年气。

我正打量,帘子被服务员掀开,几个人抱着菜盘和酒箱走了进来。

坐我旁边的陈云开招呼抱酒箱的服务员,让他将酒箱放在自己的脚边。我说:"你看起来想要干翻全世界。"

他说:"去掉'看起来'。"然后他看向江忘,问,"对吧?"

他和江忘之间,如同我与禾鸢。我跟禾鸢之间免不了一次彻夜长谈,他和江忘之间也得用男人的方式,将过往一笔勾销。

于是,菜还没上,陈云开先拿酒。开啤酒瓶时,他太用力,一不小心撬飞了瓶盖,瓶盖砰的一声弹到我的脑袋上。

我"啊"的一声捂住头,陈云开抓住我的手要查看伤口,我矫情地不让。

他很紧张,用了点力掰我的手指,说:"乖,让我看看,万一还没看到,伤就好了怎么办?"

我瞬间被气笑了,下猛力捶打他的肩头:"怎么,腻了?到手了就不珍惜了是不是?!"

陈云开笑着躲避,趁机抓了我的手握在桌下,但还是被禾鸢看见了。

东道主做了个恶心呕吐的动作,举杯大声说:"要早知道你俩在一起的画风是这样,我就是炸飞机、拦高铁,也不会放陈云开回来。"

"还有大巴呢。"我继续对她犯贱。

闻多看不下去了:"不许对金主无理!"

对,忘了提。我和闻多一起搞的视频号有点起色了,现在面临着如何获得资金和更高流量的问题。禾鸢以前就想吃互联网的饭,一听说这事,赶忙预定了我们"金主妈妈"的位置。现在,她算是我和闻多的投资人了。

闻多牵头,带着我敬她酒,我赶忙乖乖地喊:"给老板请安,老板万福金安。"

禾鸢不知道穆恩的具体来历,突然提了一嘴:"原来做你老板这么爽。怪不得你那位前老板,叫什么来着,张青山?杜青山?之前还不希望你辞职。"

话落,我下意识地看了下穆恩的脸色。

她正好低头饮茶。

观察间,陈云开悄无声息将烤好的第一片五花肉地夹到了我碗里。我本来没注意,杜婷先声夺人:"喂,塘主,你这么体贴,你看我还有机会吗?"

"有啊。"我开开心心地吃着烤肉,抢先回答,"我们领证之前,大家机会平等。"

陈云开这货就是我的克星,他立刻道:"听你这意思,仿佛在逼婚。"说完,他还转过头,认认真真地审视我。

我被他那种认真里还带点深情的眼神迷惑了,心一下提到嗓子眼,结结巴巴:"你、你不会……"

天哪,电视里都这样演不是吗。一群好久不见的朋友聚会,其实是为了帮男主求婚。不一会儿,鲜花和戒指就会从朋友的手中出现,双方的家长也会掀开门帘,笑吟吟地走进来。接着陈云开单膝跪地,问我……

"不会。"

陈云开连犹豫都没有,直接撕了我内心刚写的剧本:"就算要求婚,是在一个人面前丢脸,还是在一群人面前丢脸,这道题,我还是会做的。毕竟,我理科好。"说完,他还欠揍地冲我笑笑。

穆恩的笑点也跟我一样,很奇怪,就这么几句,她直接乐得开怀:"你俩真有趣。"她娇笑着讲,"明明全程都在斗嘴,却怪异地让人觉得很甜蜜。"

这时,一直没出声的江忘终于也上场了。他歪头看着穆恩,半真半假的语气:"对不起,我平常对你太有礼貌了。"

江忘竟然也有会开玩笑的一面,举座哗然,唯有我不惊讶。因为我已经见多了他不会在外人面前展示的一面,譬如,讲冷笑话;譬如,撑我;譬如,因为吃醋暗戳戳地不盖被子,学我的招数喊:"你信不信我把自己冻感冒?"

……

我不能再想,暗自掐一把手心,继续埋头吃菜。

吃到中途,菜盘子乱七八糟地堆着,桌面上摆满酒瓶。杜婷的男朋友和陈云开抱怨医院的种种,言语之间也已经大了舌头,闻多也因为开心好不到哪里去,缠着禾鸢不撒手。

我看得眼花缭乱,起身去洗手间,顺便透气。

洗手间在烤肉店的主厅,要穿过整座院子。深冬,寒风刺骨,我下意识地裹紧衣裳。

回来的时候,我竟在偏院发现了江忘的身影。

他的指间有显眼的亮点,一看夹的就是烟,并且脚下已经有了几个烟蒂,与他展示给外人的形象大相径庭。虽然我早知他有了抽烟的习惯,但我还是不希望他对烟太过上瘾,于是下意识地抬脚朝他走去。

我刚走两步,远远出现穆恩的影子。我心一慌,快速退回了主厅,躲在正门后边。

穆恩果然是去寻江忘的。他俩说了什么,我听不清,只好趁他们不注意,从另一侧的通道离开。

"你这烟抽得也太凶了。"

穆恩顺手夺掉青年手中剩下的半截烟,踩熄在脚底。

江忘居高临下地看着穆恩。这个高度,他莫名熟悉,能清楚地看见女孩柔软、黝黑的头顶。

"不抽烟还能怎么样,发疯吗?"

他笑着问,却让明知是逢场作戏的女孩心颤。

"应该在他们牵手的时候直接掀桌……还是在她调侃说到手就不珍惜的时候……认错?这样看起来,还是折腾身体比较简单。"

他又摸出烟盒,顺手点燃一根,这次穆恩没再阻拦。

他抬头看夜空,眼中却寂静无波,突然问了一个看似无关紧要的问题:"我是不是从没有对你说过,为什么隔了那么久才去北京?"

"你是说,去北京找月亮?"

他点点头,自嘲地笑了声:"全世界都以为,我是因为放不下才追过去的,那是一方面。另一方面,是为了我自己。"

穆恩迷茫地看着他。

江忘微微皱了下眉,可能回忆起什么不好的东西:"我妈走后,我根本睡不着觉,吃再多褪黑素也不管用,每天活在懊悔当中。医生说,这是抑郁症中期的表现。中期?我不认同,那初期呢?我没有任何感受。医生问了我的成长经历,判断说童年时期的颠沛流离和周遭的流言蜚语,早在我心里埋了种子,但我一直没意识到。后来我一直想,不停地想,为什么没意识到?回溯孩童时代,在遇见月亮之前,我虽然聪明,但确实沉默寡言,基本不和外界交流。月亮第一次见我,用石头骗我,我知道,但我连话都懒得和她讲。要不是她死乞白赖地黏着我,让我做什么骑士,一直用明朗的样子入侵我的生活,也许我真的有可能心理变态。"

江忘停顿一下,看穆恩逐渐明了的神色:"没错,我去追她,是因为我知道自己不能再这样下去。曾经帮我挡住黑暗、努力发光,不让我凝视深渊的人……只有她才可能阻止我继续坠落。求生的本能,才让我最终下定决心去了北京。很早以前陈阿姨就说,不管我表现得多么温和,其实骨子里极其冷漠、自私。那时候我不承认,直到坐上飞机的那一刻,我不得不承认自己的卑劣。从头到尾,我都只考虑自己的尊严和心情。心情好,我对月亮一让再让,无论怎么样都行;心情烦躁,不论是非对错,我只考虑自己爽不爽。"

"你不要妄自菲薄,江忘。我看过你怎么对待病人和家属,也见过你怎么对月亮,你没有自己想得那么糟。"

"我就是那么糟!"他有点失控了,"接近我的人都会厄运缠身。我爸如此,我妈如此,月亮也是。如果不是我,她不会去非洲,也不会……"他说不下去了，烟燃到指尖，烫了手也不曾发觉。

"我根本不是什么值得仰望的人！"他几乎哽咽，"学医以后，我更清楚，人类的情感会随细胞瞬息万变。我见过上一秒如胶似漆，下一秒刀剑相向的情侣，我根本不信永恒这种东西。而且我对月亮的喜欢，从最初的热烈到被生活摩擦，我以为已经消失大半。我用忍耐来证明，确实已经消失大半……我甚至硬下心肠，主动和她诀别。谁知道，光是看见她被陈云开逗笑，我就心急如焚。那她呢……亲眼看见常婉亲我，那时默认常婉接近的那个我……真的该死吧。"

穆恩动容，鼻子也跟着发酸："再强求一次呢……"她不忍见天才泯于众，"再试试，说不定还有转机。"

听到这话，江忘缓缓地静了。

许久，他在月色下很慎重地摇摇头，抬头迷茫地看着天上那一轮皎洁——

"我真的很喜欢这弯月亮。我曾自私地希望，她留在我身旁，只为我一个人照亮。可如今，理解了她的阴晴圆缺后，我更希望，她能随着潮汐自由地升降。我的意思是……"

他转头看穆恩，仿佛在借着眼前的人对另一个人陈情——

"我爱她，很爱她。可相比起来，她的幸福更重要。"

等我回到帐篷，一桌子的人早已七倒八歪，陈云开在收拾残局。

他经过禾鸢身边时，女孩准确地拉住他的手腕。

陈云开低头，她迷蒙的眼瞬间睁开，还是停了好几秒，才猛地扎进他的怀中。

陈云开防备地阻拦着，被禾鸢吼了一声："最后一次！"她声音里隐含了一丝哽咽,"从此真的是天南地北了。"

我知道,陈云开也是个心软的人。他推拒的力度不再大,任禾鸢抱着他嘤嘤哭泣。

这……

外面有江忘和穆恩,帐篷里有禾鸢和陈云开,要不我地遁吧,各位。

禾鸢确实酒精上头,哭了一会儿就没力气了。趁她胳膊松懈之际,陈云开小心翼翼地让她趴在餐桌上。他往前走了几步,抓住偷窥的我,我俩大眼瞪小眼。

我震惊,他心慌。

"不是……"

我大度地摆摆手:"是也无所谓。哪怕你现在告诉我,你于心有愧,想吃回头草,我也能理解。"

谁知道陈云开的眉头皱得更厉害:"为什么能理解?我无法理解。"

"说绕口令呢?"我笑了笑,推他一把。

他不为所动,严肃地望着我:"自己的男朋友和别的女人抱在一起,你说可以理解,很难不让我有别的想法。是因为……不在乎吗?"

我知道他想歪了,快速解释:"这事要是搁在十七八岁时发生,我肯定闹翻天。可是年纪大了,看得多了,自己也亲身经历了,所以包容心比较强。就像几个月前,你在停车场对我说,你爱过人,知道放弃多么难,所以愿意被我小小地利用,也愿意等……那代表你不在乎我吗?那代表你尊重我。我和你是同一种心态。

"所以,陈云开,我会尽我所能地给你最大的尊重,就像你对我一样。我这个人,长相平常,赚钱能力一般,优点也不多。我能为你做的,就是不恶意揣测、不小题大做。不管将来我和你是什么关系,夫妻、恋人、朋友……至少，不能让你想起这段经历时，是觉得后悔和疲惫的。"

结果是，我把这个从小到大喜欢撑我、调戏我的大魔头感动了。

他快速眨了几下眼，生怕被我发现端倪，闷闷地吐出一句："好家伙，这婚不求也不行了——长相如此平凡却又十分通情达理的姑娘，如果被抢走，别人不会还的。"

我笑了笑，作罢，根本没将陈云开的话当真。

我俩虽然认识二十几年，可交往才几个月。况且，他成天将"鱼塘易主啊"，"别墅过户啊"这些饼挂在嘴边，就是不让我咬，信他才是我脑子有问题。

那个新年，我们家和陈家名正言顺地在一起过的。

陈阿姨给我封了个很大的红包，说是开门红，年后的考试一定能顺利通过。我将这笔钱压在枕头下，企图靠玄学成功上岸。

不知道是不是真的应了那句，风水轮流转。

前五年我过得一塌糊涂，还在生死边缘走了一遭。新年伊始，我和闻多的视频号越来越有起色，粉丝眼见着增多。而我也顺利考到卫生局的编制，开始吃国家饭。

收到录用通知的隔日，陈云开为了帮我庆祝，在川城顶出名的酒店摆了一桌。

我时刻准备着相机，想要记录究竟多么高档，为此还特意开了直播。

镜头刚打开，桌子便开始动了。陈阿姨看好戏似的，时不时出现在我的镜头里朝大家挥手。

"家人们，这酒店上菜挺有仪式感！有它贵的道理。"我一边看，一边解说。

随即，我看那圆形桌台下降，变出一个空心圆。

不一会儿，空心圆缓缓上升。

"大招来了，大招来了！"

我兴奋不已，等着各式各样的山珍海味闪亮登场。谁知道，升上来的桌台上，跪着陈云开……

当发现我的镜头对着他，他明显心态炸了，差点跪不稳。

可最终，他还是坚守阵地。因为他手里还捧着个小盒子，盒子里放着一枚闪亮的钻戒，看起来价值不菲。

他要是身子一歪，恐怕戒指就掉了。

"你……"我转开镜头，吃惊地朝他看过去。

陈云开整个人都麻了，但还是硬着头皮，臭着脸说："应该很明显吧……求婚。"

那么问题来了，我这镜头到底关还是不关……意外让直播间人气大涨，我的个人小号粉丝迅速达到上千。

我倒不是不愿意关，而是我都傻了，讷讷地问他："你不是说不想公开丢脸吗……"

陈云开的脸色更臭了："谁能想到你这么疯癫，吃个饭还搞直播。"

下一个问题。

"会不会太快了？"我都不知该答应还是拒绝。

陈云开："合久必分。再说，你多大年纪了？"

敢情我还该感谢他收了我这个剩女呗。

"而且，"陈云开跪累了，换了只腿跪着说，"结婚要靠冲动。这一刻我有冲动，说不定下一刻冲动就没了。你赶紧的，把手伸出来，磨磨叽叽的。"

"我！"我看了眼一直看好戏的长辈们，包括我妈，"你在我妈面前说你对我的冲动只有一刻，侮辱谁呢！"

陈阿姨："就是，侮辱谁呢！我和她可是折翼的天使。"

王丽娟："没关系，我生她也靠的是冲动。二十七年来无数次想将她'回炉重造'。如果以后你俩发生矛盾，知会一声，随时接受返厂。"

还有什么理由呢……说钻戒不够大也不合适。因为它真的挺大的，一看就是陈阿姨的大手笔……

"那戴吧。"

我没了理由，双眼一闭，束手就擒。

那天，托了网络的福，我上了热搜，导致认识我的好友们都在朋友圈疯转我订婚的消息。那是我第一次知道自己居然这么有人气。

理所当然，该知道的人，也都知道了。

当晚，忙得脚不沾地、万年不发朋友圈的禾鸢，在深夜分享了一本书——翻开其中某页，上面被画出一句：每个人心中都有自己的早晨。时候到了的人，会自己醒来。

她知道，她醒来的时候到了。

我看着那条朋友圈，完全没有胜利者的喜悦，反而下意识地抚摸手指上新增的圆环，突然想起多年前，有人也为我准备了这样的小东西。他说，定制的，刚好能遮住我手指上的伤疤。现在，这道疤痕依然在，陈云开送的戒指没能遮住。可它已经不需要任何的遮盖，我已然能坦荡地面对。

只能说，人的一生有太多难料和无法顺心意的事。我能做的，只有珍惜现有的一切。

陈云开自然是我现阶段最好的礼物，所以从那天起，我开始摆正自己的位置，努力主动与他互动。

然后我惊奇地发现，原来试着去爱另一个人，没有想象中困难。

或许也是因为上天垂怜，这个人，毕竟我也曾把他放在心尖上过。

我开始没羞没臊地主动给他分享生活日常。在社交软件看见什么有趣的情侣视频，我也会下意识地第一时间分享给他。我还将通讯录里他的名字改为了"冤大头"。因为我说过，我的终极梦想就是找个冤大头嫁了。

有天我手机找不着了，让陈云开给我打电话，才发现在车座下。他伸长手帮忙捡起来，看见来电显示，当时那个欲笑还强忍的小傲娇表情，我永远忘不了。

开年后，我的运势明显上升，和闻多一起经营的视频号开始有广告商找上门，每个月有了盈利。

盈利不多，好几个月凑了小一万。

我看着闻多的转账信息，大脑飞速运转，想拿这笔钱，趁五一的时候出门转转，并且邀请了陈云开，甚至放下豪言："我埋单！"

他起初没应声，看不出是高兴还是其他情绪，最终挠了挠鼻头，问："五一期间的机票，你看过吗？"

他一问，我才拿出手机浏览，发现机票贵得离谱。不管去哪个景区，往返一趟，我俩的机票费用就得花掉一半。

"假期机票贵，住宿也便宜不了，只能在吃上面节约了……"

陈云开看着我，笑了笑："你是出去旅游的，还是出去遭罪的？"

"那怎么办！"我"放弃治疗"，比谁的声音大，"我最讨厌提出问题又不解决问题的人了！"

反正一没辙我就耍赖，身边熟悉的人都知道。

"要不节后去吧。"他提出可行性方案,"凑那个热闹干什么。忍一忍,节后去,节假日你就待在单位加班,拿三倍工资,又可以小赚一笔。然后,你请个年假,我也请个年假,这样订机票、住酒店和逛景点的钱都可以节省大半。"

"你没去做生意真是屈才了。"

总之,我俩一致决定,五一节后出行,于是我提前订了五月十号的票。

我们选城市的方向很随意,但我一直很向往——云南。

听说彩云之南能治愈人心,我倒要看看,是不是真有那么灵。

云南方向,地势原因,空中气流很强。我们乘坐的是小型飞机,颠簸感比中大型飞机更明显。

我也算是走南闯北去过一些城市,不怕气流,偏偏这次的感觉比以往任何一次都惊险。

首先是时不时来一阵的气流,飞机顿时忽上忽下。最激烈的一次,机身估计坠了好几十米,这是前所未有的。接着是消失的空乘人员,包括鸦雀无声的广播。

一般来说,遭遇强气流的第一时间,都会有空乘人员进行播报,提醒乘客们遇见强气流,要绑好安全带等等。但是,即便乘客们乱作一团,行李箱纷纷往外掉,广播依旧毫无动静。

当我意识到这点,飞机再度下降了十几米。我被失重感和恐惧感弄得心慌意乱,忍不住求救似的看向身旁的陈云开。

他秒懂,没再借机吐槽我胆子小,而是毫不犹豫地抓住我的手。

"放松。"他绷着声音说,"这可能是你人生中唯一一次价值五百万元的机会。就算飞机坠毁,你还有几百万元的航意险赔偿款留给你爸妈，也算是成全了孝心，来这一趟不后悔。"

这安慰，怎么说——在生死攸关面前显得苍白，可苍白中又夹着一丝力度。

当即，我确实没那么怕了，却开始思考有可能出现的死法。

我说："希望飞机不要坠进海里。虽然我喜欢大海，但我有深海恐惧症。太幽暗的地方会让我双腿发软，而且我不会游泳，太窒息。我不想长眠在自己害怕的地方。"

陈云开："应该不会。这边没海。"

"哦，那种深山老林、杳无人烟的地方也不行。尸体很可能被蛇虫鼠蚁、飞禽猛兽啃掉，太惨。"

"如果飞机在高空爆炸解体，人的身体会瞬间汽化，不用担心被啃掉。"

我正要说什么，邻座的一个女孩白着脸对我说："两位，行行好，能别说话了吗……"

她戴了顶鸭舌帽，帽檐压得有些低，却压不住倾城之色。她明明装扮十分随性，身材与脸部的线条却能一眼让人觉得出众。可此时这位美少女的双腿正控制不住地发着抖。

因为遇到气流，飞机在半空多盘旋了半小时才降落。眼见着陆地，整个机舱的人都如释重负，飞快地收拾着行李。

其实我的腿也在抖，只是被陈云开分散注意力，克制了些。

下了飞机，我直接瘫软在拿行李的地方，丢人极了。

与我一起丢人的还有美少女。她说她的家乡是水江市，之前去了国外念书，到川城之前，已经游历大半的祖国大好河山。

行李传送带旁，我俩直接坐在推拉杆上，整理心绪，抬头时，对望一眼，莫名就笑了。

我们的目的地相同，干脆一起拼车。我说她心大，就不怕我是坏人吗。她说坏人没那么话痨。

"况且，"她想起什么，笑了下说，"我是坏人最怕见的人之一。"

"你是警察？"

她摇摇头："律师。"

一下子，我对她的喜欢之情多了些。

之前说过，从小到大，我的梦想有三个，一个是成为偶像，一个是成为作家，还有一个则是成为律师。

那阵子，《律政俏佳人》里面的飒姐们可迷死我了。

"你也是我不敢贫嘴的人。"我说，"因为我贫不过。"

美少女笑："那你是没见过……总之，有那么一个。"她的神情和言语都避讳，傻子都知道隐瞒的是什么。

是了，每个人的心中，都有那么一个当别人问一个什么，你却无法宣之于口的人。

美少女原本计划住在丽江古城。听说我和陈云开住在古城外，当即把原来的民宿退了，说要和我们做个伴，自己一个人逛也有些无聊。

民宿是三层楼的，带花园。我和陈云开在三楼，视野好。她临时入住，只能住到二楼。

晚餐我们结伴，吃了当地的腊排骨和菌子火锅。

云南盛产各式各样的菌，火锅店的服务员严格打表，必须得火锅汤料沸腾二十五分钟后才能把筷子伸进锅中。

美少女一直用手机拍照，发给自己的朋友和各种社交平台。我也是个先拍为敬的主，明显能看出，陈云开对此很头疼。

美少女注意到他的表情，忍不住笑了下，说他不耐烦的样子很像她的一个故人。可她生来反骨，小时候还做过不良少女，经常捉弄对方，所以这个故人总是对她无可奈何。

这样比起来，我的童年还算中规中矩，一时不仅有些羡慕她的肆意。

我们刚抵达，没什么行程，到了民宿已是黄昏，吃了晚饭各自选择回房休息。进了屋，我和陈云开尴尬起来。

这种无形的尴尬从办理入住时就开始了。

原因是，我头脑一热邀他出行，根本没考虑到时是要开一间房，还是开两间房。我和他的进展挺慢，有点柏拉图的意思。他估计不想勉强，我当然也不是主动的性格。

订一间房，我怕他多想，订两间，也怕他多想。

最后我折中，订了一间……双床房。开门进房的时候，我特意揣摩了下陈云开的表情，变化不大。但我心虚吧，总觉得他比来的路上少言寡语。

翌日清晨，我逛了下古城，七八点的光景，还没热闹起来。

卖小商品的店铺零零散散地开了一些，我拉着陈云开进了一家过桥米线店，光配料就有十多种，味道鲜美得让人食欲大开。但陈云开还是吃得沉默。

吃饱喝足，路上有了游人，大多是情侣。相比起来，我和陈云开显得有些格格不入，因为我俩前后走着，相隔有一米的距离。我的手心像是有东西在挠，一直从手心挠到心尖。

试探了再试探，我还是没能主动牵他的手。

一如十八岁高中毕业那年，在家属院的路灯光下，我鼓起勇气，还是没能说出那句告白。如果我说了,现在又将是何种光景?

砰。神游的我撞到了电线杆。

"你在想什么?"陈云开皱眉。

我没觉得有什么,脱口而出:"想你十八岁的时候到底在看什么?"

"嗯?"他没反应过来。

我捂着额头,帮他回忆:"当时你让我站到你身边,看月亮,说它和我一样胖。我总觉得,你当时看的不是月亮。"

男子的唇顿时抿成一条线。

良久。

"我看的东西没在天上。"他假装时过境迁,无所谓地说,"在地上。"

月光投下来,我站在他身旁,影子成双。

"……你还挺浪漫。"我收到疑似迟来的告白,努了努嘴道。

"那你不生气了吧?"看他终于和我多说了几句话,我趁机求原谅。

没想到他实实在在地蒙了一瞬:"我生什么气?"

这下轮到我吞吞吐吐:"那个……房间啊。"

绕了好半天,陈云开才听明白,我指的是两张床那件事。然后他笑了,突然冲我招招手。

我不疑有他地靠过去。谁知他胳膊一捞,结结实实将我揽进怀,然后一个略显霸道的吻落在我唇上,我下意识地双手抵着他的胸膛也推不开。

幸亏这个时间点的游客还不多。

幸亏小道上只有鸟语花香。

幸亏他只吻了几秒就放开了我,而后略显得意地说:"如果我真想做什么,你以为睡两张床就能让你逃过一劫吗?我只是不屑。就像现在,你这小身板,这点力气,根本不足为惧。"

"不生气就不生气,没必要用实际行动……"

"你少想东想西。"陈云开戳我的脑袋,"就算你开大床房,我也会守规矩。因为你说会尊重我,那我会更尊重你。"

"新出的绕口令?"我试图理解,"意思是,你本来挺尊重我的,没想到我也很尊重你,于是你想更尊重我。总而言之,就是我现在越来越珍贵的意思?"

"不只是现在。"

他说得太快,还带着股别扭劲,我差点没听见。

这一刻,看着面前渊重自持的人,我突然很想做点什么。于是我在原地踮脚,主动印了一个吻在他脸上。

是时,炽热的阳光洒了下来,给陈云开镀上金身,将古城阡陌照得亮堂。

种种阴霾,云开雾散。

之后几天,基本上是我、陈云开,还有美少女三人行。

我们从丽江租车去了大理,打卡有名的生态骑行栈道和双廊古镇。栈道分为两段,所在的方向不同,还好美少女做了攻略,不像我和陈云开,习惯随遇而安。

美少女说:"不是一家人,不进一家门。"

尽管我和陈云开没什么亲密举动,但她就是觉得,我俩是一个世界的人。

我打趣说:"你看错了,我们是包办婚姻。我和他还在娘肚子里就被订婚。只怪我们都太孝顺,才听了父母之命。"

陈云开不认同:"你不是因为孝顺,你是看上了我们家的鱼塘和别墅。"

美少女:"但你知道她财迷,还愿意和她在一起,至少说明你是真心爱她,而且比她爱你多一点。唉,好深情一男的。"

我捧腹大笑,怎么说的来着?不要和律师斗嘴。

可是天下无不散的筵席。

游览过大理后,我和陈云开的年假快结束,只得打算回程的事情,美少女还要去西双版纳。

我说羡慕她,她说羡慕我。我俩相视一笑,都没说羡慕什么,却好像都明白了。

世事如门前扫雪,各有各的隐晦和皎洁。

第十三章
偏你来时不逢春

所以,他是她一生最爱是真的,
但他回头太晚,也是真的。

回川城的时候,陈云开自作主张,将机票退了,买了高铁票。

我没问为什么,避免自己看起来像个傻子。没想到还有其他傻子,闻多问:"为什么?"

"你猜猜看,是因为遭遇了那次气流后,我害怕坐飞机吗?"我说。

他才恍然大悟,说看不出来,他还是个恋爱脑。因为退机票要扣一半的手续费。我越听越觉得有哪里不对,反应过来,拍桌而起:"对啊,机票是我买的,扣的是我的钱!"

怪不得他退得这么干脆,哼。

闻多安慰我:"没关系,反正以后陈家的家产你也有一份,分什么你我。"

我还是不开心:"离婚才有一半吧?还没结就盼着离,似乎不太厚道……"

闻多估计在心里骂了我一千遍,随后才注意到我光秃秃的手指。

"你的戒指呢?"他随口一问。

我下意识地抬手看了眼:"戴着不方便,把它放家里了。"

"看样子,你这婚事也不保险。"他意有所指。

我明白他的意思。

热恋中的女孩收到男朋友的求婚大钻戒,是绝不会放在家里让它吃灰的,只会怕全世界不知道她的幸福。

闻多的话让我反省了下。

他是男的,会这样想,证明陈云开应该也默默介意过,虽然从不说。

当晚,我回去就把戒指翻了出来,戴在左手中指上。

结果不只闻多注意到这个细节,连我妈也一直在心里犯嘀咕。晚上吃饭时,看我的手上多了戒指,她边夹菜,边道:"这还有点样子既然答应了人家，就别吃着碗里的看着锅里的。你和江忘……"

她顿了下，转开眼睛，没再深入："你把狗还给他吧。"

涨停板正在我脚边啃骨头，听不懂人话的它还在撒欢。我们没有养狗的经验，不知道要经常给它清洁口腔，导致它不过六岁就掉了一颗牙，可它还是乐此不疲地啃骨头。

或许让它跟着我，确实不如跟着江忘这个医生好。

但我已经和江忘没联系了。况且现在的情况，我俩私下联系的话，无论对陈云开，还是对穆恩来讲，都太不公平。于是我给穆恩发了微信，简单说了下情况。她说她做不了主，得问江忘。

下午，我收到她的回复，说江忘拒绝了。这倒在我的意料之外。

穆恩给我打的电话："他常常待在实验室，很忙，昼夜连轴转是经常的事，涨停板恐怕会被饿死。"

比起掉牙齿，当然狗命更重要。就这样，我和江忘还是没能借着交接涨停板见上一面。

听说失了缘分的两个人，即使生活在同一座城市，也遇不到。

初见这句话时，我还嘲笑了。这要是双方都生活在北上广，见不到不是很正常……现在我笑不出来了。

原来缘分耗尽的两个人，即使你有正当的相见理由，甚至提前规划、预约，也见不到。

"你还觉得挺可惜？"陈云开偶尔会流露出小家子气。

我说不是，而是单纯是感慨。韶华易逝，年少之物终不可得。

他瞥我一眼，我迅速反应过来，谄媚地抱住他的胳膊："也不是所有的都不可得，我就得了个塘主！"

本来陈云开没那么容易消气。可我抱他胳膊的时候，他无意间看见了我手上的钻戒，当即又变回了那个包容大度、风度翩翩的男人。

没多久，我爸过生日，我们家和陈家一起聚餐。陈阿姨主动提起婚期，问我和陈云开是怎么想的。

我不意外。按流程，订婚后就是结婚，我一直在心里预想这天的到来。

我说我都行，反正编制也考上了，没有其他需要忙活的事情了。陈云开回答的意思和我差不太多，却比我高明太多。

"叔叔阿姨做主吧。"他直接把决定权交给了我爸妈。

谁都渴望被尊重，我爸妈显然有些被取悦，提了几个节日。最后还是陈阿姨拍板："中秋吧！"

她兴高采烈地合掌："中秋的月亮最圆，也适合团圆。再加上他俩的名字，中秋不就是守得云开见月明？不要太有意义了！"

距中秋还有三个月的时间。

印喜帖、订酒店、挑婚纱、找司仪……算算，时间似乎差不多，大家一拍即合。

没想到，最终我将嫁给这个说要为我学武，我却说他是二百五的少年。

闲着没事的时候，我问陈云开有没有后悔，如果当年早一点对我告白，说不定现在我俩的孩子都能打《王者荣耀》了。

他说不后悔，也不介意我和江忘的那段恋爱。

因为，如果没有那段经历，我不会明白尊重、宽容、理解的重要性。那我和他的结局，应该和我跟江忘的差不了多少。前人栽树，后人乘凉。比起努力，他还是喜欢做那个乘凉的人。

他的高谈阔论让我的心狠狠一震。

原来，曾经我奉若生命的情感，在别人眼里看来不过是一段修行。

而终将有一日,时间也会教我完全的淡然,变得和别人一样,只把曾经当作一场修行,并庆幸自己有过这段修行。

江忘呢?

等有一天,他遇见了深爱的人……等他再次不顾一切地爱上一个人时,估计也会这样。

又或许,这个人就是穆恩。

"穆恩……"写完给她的请帖,我为难了——到底要不要给江忘。

你看,说什么分手后还是大哥和小弟,却连是否邀请对方参加婚礼都得犹豫。有的谎哪怕是骗自己,也骗不过去。

"请吧。"陈云开帮我做决定,"让穆恩转交请帖就行。我们把礼数做到位,至于他来不来,随他心情。"

我点点头,挑了个周日去医院,穆恩和杜婷都正好值班,省得我再跑一趟。

在此之前,我还要决定伴娘的人选。为了满足陈阿姨操办婚事的愿望,酒店和司仪等事宜都由她敲定,一套流程下来,特别烦琐,最少需要两个伴娘搭手。原本我的伴娘第一人选是禾鸢,但她正好中秋要参加一个卫视的晚会,来不了,于是我定了杜婷。另一个伴娘,我想来想去,只得拜托穆恩来当。

周末,陈云开没值班,把车给我开。进了附院地面停车场,我刚锁完车,突然有人摁喇叭。我循声望去,与挡风玻璃后面的杜青山四目相对。

"你不是回北京了?"我拉开副驾驶座旁边的门坐上去,很是惊奇。

算起来,他走了快大半年,我还以为这辈子不会和他再见。

杜青山没回答,一脸的郁郁寡欢。我戳他的痛处:"哦,知道了,旧情难忘，所以你回来看看？"

他笑了下，带着点想弄死我的意思，然后像是要扳回一局，掷地有声地说："我要结婚了，来告个别。"

"你为什么抢我的台词！我才是要结婚了！"

"我又没抢你老公，你激动什么。"

"男人果然不靠谱！"我竟有些打抱不平，"半年前你还为了穆恩要死要活，现在却要结婚了。说吧，哪个女人让你这么上头，能代替你和穆恩五六年的感情。"说完，我还警惕地看了他一眼，"你要是敢说常婉，我绝对扒了你的皮。"

"你真是个……傻子。"

幸亏他说不是，真聪明。

"那你身边还有谁？"

"相亲认识的。"

"认识几个月就结婚，你们之间有什么感情基础？"

杜青山觉得好笑："我们这样的人结婚需要什么感情基础？商业联姻不是例外，我和穆恩才是例外。"

一时我竟反驳不了。

杜青山放松肩膀，往座椅后背靠："我和穆恩谈恋爱这么多年不结婚是因为不想吗？是结不了。我们在不同的阶层，我下不去，她上不来。否则她当初也不会累到逃回川城。只是我总想再试试，再等等。但我忽略了等的过程中可能出现的变数。"

"所以你把这一切归结于变数，而不是自己的选择吗？"

"选择？我的选择没有变过。"

"难道你对常婉的欣赏里，没有一丝一毫的私心？"我最讨厌做错事的人辩驳，忍不住讲出真相，"你觉得常婉的家境和你匹配，你们在一起家里不会阻碍，你对她也阴差阳错之下有点好感。你潜意识里想发展，是因为和她在一起，会没有现实压力。所以，不是变数，而是你的选择，杜青山。是你选择尝试将感情转移给别人，只是你还没成功，穆恩就发现了。所以，从表面看，穆恩抛弃了你。实际上，在你尝试的那一刻，就放弃了她。"

然后我看见他刚放松的又肩膀僵硬了，车厢内一阵长久的沉默。

"所以我不敢进去。"我都想下车了，他才出声，"我怕她祝我幸福，而这份幸福和她无关。同时我又很清楚，是我放弃了与她相关的所有。"

离开川城前的这次谈话，他还是不够真诚，以至于我根本没绞尽脑汁地帮他求得穆恩的原谅，因为不值得。

现在，晚了。

"我一个局外人，和你关系算不上很亲近，其实没资格说这些。但我还是建议，你远远地看她一眼就行，别打扰她好不容易平静下来的心。希望即将开始新生活的你仁慈些，让她喘口气。"

说完我终于推门下去，离开诡异的令人窒息之地。

见到穆恩后，我自作主张地没告诉她这些。作为有着相同境遇的当事人，我确定她需要什么。

"伴娘要准备什么？"女孩的眼睛亮亮的，让人忘记了当日在酒店她是如何哭得梨花带雨的，"我没经验，怕一紧张，忘了流程。"她忐忑不已。

我说没事，到时候会先进行彩排，繁杂的部分，我会交给杜婷，她那个人就爱显摆。穆恩这才答应。

接下来的两个月,我真是数着日子过。我每天都试图早睡,但没有一次成功,睡前脑子里充满很多想法,第二天到单位时还睡眼惺忪。我问陈云开有没有类似的感觉,他说有。

"偶尔觉得不可思议,怎么会和自己嫌弃的人结婚,但还有点开心。偶尔怕这种开心持续的时间不长。你呢?"他问。

擅长打直球的我当时却沉默了。

我也觉得不可思议,担心有兰因却得絮果。但我还想过,若一生和陈云开荣辱与共,会不会后悔。

因为婚姻生活和谈恋爱不一样。

谈恋爱需要足够的荷尔蒙,而婚姻,对彼此的喜欢总要淡些才好。淡了,争吵才会减少,两人的感情才不会被平淡的时光磨灭掉。然而,明显的是,在我和陈云开这段关系里,他更喜欢我,尽管他不承认。

我很怕,不够喜欢的我,将来会阴差阳错地将他伤到。

"杞人忧天。"闻多说,"照你的逻辑,如果你够喜欢,但是争吵增多,最后互相伤害,那不是一样的下场?我愿意将这些统称为婚前恐惧症。"

当一个人的生活变成两个人的,担心这担心那,正常。

闻多稍稍安慰了我,于是我继续掰着手指数日子。

一般,婚礼前应该领结婚证。可为了取一个"守得云开见月明"的团圆之意,陈阿姨设定了别出心裁的环节:让我和陈云开穿着婚纱和礼服,提早一小时出发,路过民政局的时候去大厅把证领了,说不定还能因此火一把。

一听"火一把",那还得了,我小半生都在为之奋斗,当即有点心动。

陈云开的拒绝都到嘴边了,看我眼睛眨得频繁,顿时把话憋了回去。

"反正在线求婚的显眼包也做过了,我不在乎再做一回。"他露出壮士断腕般的表情说。

我妈越看陈云开这个准女婿越喜欢,直接用一套房子做陪嫁,豪气得让我快哭了——因为那套房,是我的……

家属院拆迁的时候,作为成年人的我也享受到了国家福利,单独分到一套房。用我的房,把我嫁出去,这笔账我妈算得明明白白。还是我爸靠谱,偷偷把藏了多年的私房钱给了我,让我不要委屈自己。

"我能存下私房钱,还不是你妈睁只眼闭只眼,你别怪她说话做事不留情面,她还是很爱你的。要不然,之前不会东找一个理由、西找一个理由,给江忘添麻烦。还不是看你意难平,想要给你俩制造机会……"

是时,我一只手拿着银行卡,另一只手抱着涨停板,打断他:"欸,别说了。连涨停板都知道,开心的办法只有——汪汪汪!"

忘忘忘。

只有努力忘记才会开心。

林吉利同志长叹一口气:"对,忘。那也可能是江忘的忘啊。"

他扔下炸弹一般的一句话就出去了,炸得我在原地怀疑人生。

"不是……您到底想不想让我嫁出去!"我冲着已经关上的门板吼。

这二老反反复复的态度绝了,一会儿喜欢江忘,一会儿觉得陈云开适合做丈夫……跟墙头草一样。

杜婷说,正是因为他们对我的事上心,才会和我一样纠结:"因为我爸妈也这样。"

她爸妈觉得她那个医生男朋友性格不怎么好,有点敏感,怕将来她吃闷亏、受委屈。同时呢,他们又喜欢人家医生的职业,说一辈子都不会失业,因为永远有人生病。

果然,天下父母,大多一样。

终于,煎熬地挺过一个月,我和陈云开的婚纱照出炉。

我们拍的搞怪风。我拿箭,他摆出中招的姿势,还有我抓着一绺头发放在鼻翼下方,他也在同一个地方贴上胡子的照片……

看着婚纱照,我的心定了些,因为想起他默不作声妥协的一些细节。

譬如,自降维度,配合我这个搞笑女做一切我喜欢的事情。

譬如有一天,他开车来接我。当时下着雨,我们小区的停车场因施工入口临时封了半日,他只能将车停在小区门口。可他知道我不喜欢带伞,怕我淋雨,于是撑伞步行到我家楼下接我。

还有些细枝末节。

可让我越来越坚定的就是这些不值一提的微末。它们像是暗夜路上的一盏又一盏微弱烛火,引导曾经迷失的我找到回家的路。

至于江忘,婚礼前半个月,我们碰见过一次。

我从单位下班,他在隔壁专利局大楼办完事,也刚好出来。

意外遇见,我们的第一反应都是礼貌地颔首,像偶然重逢却不太亲近的校友。很难有人会猜到,我们之间曾有过爱恨情愁。

"你有事?"我假装平静地寒暄。

他点头,微微笑,还是一贯的云淡风轻:"注册一个药物专利。"

"哦……"

我不知道说什么了。

沉默间,我注意到他的黑眼圈严重,好心提醒:"工作不是全部,睡眠很重要。"

他愣了下,继而莞尔:"已经忙完了。接下来……"他无端一顿,垂头看了下地，才抬头说，"会休息好一阵的，放心吧。"

"嗯。"

这下换我点点头，彻底没话了。

好半晌。

"送你回去吧？"他主动开口，"下班高峰期，地铁怪挤的，车也不好打。"

我还没回答，内心尴尬起来："我、那个……陈云开这两天轮休，把他的车给我开了。"

所以，我们的方向一致，都是停车场。

聪明如江忘，大概也没料到走向是这样。

他不断挠眉心，尴尬之情溢于言表。

最后，我和江忘在地面停车场找到各自的车，挥手道别。

这一次，我还是有心让他先走。看他的汽车尾灯逐渐远去，我眼睛一热，无端有泪流了下来。

我知道，我又伤害他了，尽管无心。

所以我们不能见面，怎么见面啊？少说一句是尴尬，多说一句是难过。

"为什么已经分开的两个人还是能互相伤害？"我道，百年难遇地找闻多喝酒。

他说："大概，其实……是因为对方在自己心里还是很重要吧。"

那晚，我难得一醉，最后是被陈云开架回去的。不用说，他也知道我的难过是因为谁，但他没向我表现出任何不满。因此，我更愧疚了，下定决心这是最后一次为那个人神伤。从此，我会两耳不闻窗外事，一心只做待嫁人。

婚礼前一周。

各大商场将中秋的节日氛围营造得很足,大街上卖月饼的小摊贩也多了起来,商业街还专门办了一场月饼展销会。我对糕点这类食物感兴趣,和我妈一起采购完婚礼要用的糖果后,我们特意去展销会转了转,没想到会遇见常婉。

她后边跟着视频账号的运营团队,有拿拍摄器材的,有给她补妆的,她这期要拍的视频主题好像是试吃月饼。我俩对上眼的时候,她正好拍摄完毕,非厚着脸皮邀请我去旁边的咖啡店坐坐。

我向她扬了扬手中的购物袋,意思是不方便,我妈自以为识趣地接过袋子说:"你去,成家以后和朋友聚会的机会可能不多了。"

怪我,没将常婉的照片印成海报满街贴上,以至于我妈虽然知道有这么一号人物存在,却未见其貌。

常婉甜甜地笑了下,说"谢谢阿姨",接着和我很熟似的一把将我拉走。

咖啡店。

我要了杯摩卡,她要的无糖美式。点完单,她趁机吐槽我一番,说我就要举办婚礼了,还不努力减减肥。我虽然没有她骨感,但至少身材匀称,属于如果认真打扮,穿衣也好看的类型。

"在骨感和匀称之间,我选择快乐。"我说,然后示威似的喝了一大口奶油。

常婉哼笑一声,开始有一搭没一搭地和我聊天。她问我和杜青山还有没有联系。

然后我活学活用了陈云开教的话术——不想回答就反问:"你呢?"

她说没有，两个人都很有默契，虽然保留着对方的联系方式，但再也没聊过天。她停止了分享，他也就跟活死人一般。

"好在聊的时间不久，我不怎么难过。"常婉口吻庆幸，接着感慨自己情路坎坷。

"不然太不公平了。"我脱口而出，"犯错的人当然要受惩罚了。"

她没想到我还耿耿于怀，呛了口咖啡，美式的苦涩倒灌回鼻腔，她难受到怀疑人生。

我开开心心地喝口奶油，得意地说："你看，渡劫完毕的人才会苦尽甘来。"

说到这儿，提到江忘是必然的。她不服输，咬牙切齿地攻击我："就因为你太较真了，和江忘才会错过。有的事，睁只眼闭只眼也就过去了。"

我皮笑肉不笑地说："你喜欢自欺欺人，但我不行。"

常婉磨了几下牙，拿我没办法，想起什么，道："江忘接下来有什么打算？"

这下我真的笑了："这话你是不是问错人了？"

她努嘴："猜到你可能不清楚，但我还是想问问。因为他在川城没家人，能够推心置腹的朋友也没几个。他离开了附院和流动站，想去哪里，估计能告诉的人只有你，还有我哥。不过，这次我哥也挺蒙的。"

我抓到重点，放下咖啡杯："他彻底辞职了？"

常婉："你不知道？"旋即她神色戏谑，"看来你真的爱上别人了，完全对前任漠不关心啊。"

我说了，为了不辜负陈云开，决定两耳不闻窗外事。做决定那天，我明里暗里通知了所有旧友，让他们再也别提江忘的事。之后，哪怕闲话连篇的闻多，也有刻意闭嘴。

半晌——

"我真的怕你了。"我竟对常婉示起弱来,"为什么你总喜欢出现在我每次觉得要幸福的时刻?难道上辈子我抢了你老公?"

常婉噎了下,终于露出一点愧疚之色:"年轻时不懂事,礼义廉耻没放在心上,什么都想抢。现在也不是故意来硌硬你,只是有些担心江忘。他是我真心喜欢过的人。就算没了当初的感觉,我还是不希望他落得凄凉的下场。原本他待在我外公眼皮子底下,就算不联系,也知道他在干吗。现在他辞职了,对我哥说了一些看破红尘的话……反正,听了让人不舒服。"

常婉说了很多,我默默听着,没有任何反应。

她"千金病"犯了,一脸不高兴,推推我:"喂,你倒是回答两句。"

我一动不动,表情越来越痛苦。这定不了时、定不了点发病的病毒后遗症,立刻让常婉紧张起来。

"你别碰瓷啊!"她略微激动,差点要拨打120。

好在我还能出声,让她别紧张,我只是有点肌肉抽搐的毛病。

"肌肉抽搐?"常婉重复了下,不太相信。但我很快恢复正常,她才没再坚持送医,重新回到刚刚的话题,"反正我告诉你了,江忘现在有点反常,你爱管不管。"

说完,团队的人给她打电话,她略微有些赌气地离开。

从咖啡店出来,常婉的话在我脑子里回响。我想了一圈江忘能联系的人,发现在这世上,他已经没谁能倚靠。我有些理解常婉的心——对于真正爱过的人,不管结局如何,你还是没法坐视不理。

我只能找穆恩去探探口风,于是借着聊婚礼彩排的契机,我给她打了通电话。

她当天正好轮休，能与我多说些。我绕了个弯，说在展销会碰见朋友，她说江忘辞职了："挺突然的，他接下来有什么新打算？继续做医生，还是——"

听着电流声，我静等回复，心跳不自觉地加快。

穆恩思考了片刻，才下定决心似的回复。

"我也不清楚。"她讲。

穆恩："其实，我和江医生没有正儿八经地在一起，不过是抱团取暖。我利用他推开杜青山，他利用我，让你往前看。月亮，我知道你很聪明，可能早就将这剧情猜了个七七八八，你也想推自己一把。所以，现在，我要问的是，你想清楚了吗？我可以告诉你我知道的一切，但是，你想知道全部吗？这可能会影响你和陈云开的关系，也无所谓吗？等你想清楚，再来找我，我一定知无不言。"

她果然和我有些相像。

把姓名蒙上，上面那段话完全像是我能说出来的。文字很简单，可是怪让人震撼，心底浪涛不断。

因为让人震撼的从来不是言语，而是言语背后的真相。

我没准备好，于是我挂了电话，晚上去陈家吃饭的时候却掩饰不住地不在状态。

饭后陈云开送我回家，我趁机说遇见了常婉："江忘辞职了，这段时间都不见人，也没联系常放。我问了穆恩，她说和江忘只是假情侣，只想让我没有负担地和你在一起而已。嗯——"

我斟酌措辞："之所以告诉你这些，主要有两点意思，一是，穆恩的话没有动摇我的决定。二是，我不想瞒你，我确实担心江忘，但无关男女之情。他在这世上没有亲人了，现在他又一副想要与世隔绝的样子，我担心他的心理状态。因为他之前时不时对我说，觉得日复一日的生活、没有目标的奋斗……很没意思。"

我和陈云开有过约法三章，就是任何事都不能隐瞒对方。我尽力在做，他显然感受到了我的诚意，双手紧紧地捏着方向盘，竭力在消化我话里的信息。

"医院那边我也问问，打听下情况。"好一会儿，他说，"江忘也是我的朋友。"

我如释重负地点点头，准备下车，忽然被人从后面拉住胳膊。

陈云开敛着眉，面上有不安、犹豫等好几种情绪。

我问他怎么了，他反问我："你不是想知道……年前，你擦伤那次，我具体和他聊过什么吗？"

"你说过了，就那么几件事。我相信你。"

陈云开一声不吭地捏紧我的胳膊："事情翻来覆去的确就那么几件，可说话的方式……"他看着我的眼睛，观察着我的表情，最终还是鼓起勇气讲，"我或许用了一点自己都不愿意承认的心机。"

他语出惊人。

"你受伤，我太生气了。"陈云开说，"所以我把你为他做的那些事情统统复述了一遍。"

譬如小时候，江忘把自己关起来做实验，我为了帮他驱蝉，爬上家属院的树，结果摔了下来。

他砸了陈云开，我却撒谎替他隐瞒，哪怕陈云开气得暴跳如雷。

2002年的那场大雪，我老早就发现了秋千上的江忘。但那时我俩处于冷战，所以我故意往返秋千处好几次，捏伞柄的手冻得发僵，只是想引起他的注意。

我会生出考医学院的心思，真的就是因为江忘身体太弱，我怕他命不长，才想成为一名医生，尽管这个梦最终还是破灭了。

年前，深秋，医院。

在掉光了叶子的树下，陈云开看着对面的江忘，自嘲道："你们总以为，我是因为没有勇气，才迟迟不敢对那傻子告白。只有我知道，不是的。是我看到了太多她为你做的，她那么怕疼的人，一打架就往我背后缩的人，为了你，她无数次冲锋陷阵。小时候傻也就罢了，"他笑了下，"长大了，她还敢挡刀了，为了你，她一根手指的神经差点断掉。你和常婉纠缠不清，你和她分手，本该老死不相往来，她却本性难改。你差点出医疗事故，患者家属要上卫生局投诉你，为了不让你的职业生涯受到影响，为了平息对方的愤怒，她被连扇十几个耳光。你却以为是常婉公开维护了你、私下解决了这件事。出于感动，你不再否认你俩的绯闻。后来，你和常婉公开出双入对，她表面装大方，实际伤心欲绝，这才逃到非洲，却阴差阳错地感染病毒。她以为自己要死了，怕你内疚，最后一通电话打给了你，想要放点狠话……可能老天也看她太傻了，不想收，才让她从鬼门关捡回一条命，但她也因为纤维肌痛后遗症从此无法做护士。我以为，总该结束了吧，直到今天，历史重演。"

陈云开正色，面对儿时的伙伴也毫不留情、字字诛心，不仅将我因为儿科医生事件遭到报复的事情和盘托出，还把我拒绝报警的原因也说了出来。

"大学，你俩在一起，有一年，我们去城郊放烟花。你诚恳地向我请求，让我不要做任何影响她的事、说任何影响她的话，因为你比我更需要她，我答应了。不是因为你，而是那一秒，我看见她回头，眼里只有你，冲你笑得明媚、肆意。其实世上能圆满的感情，没有任何一段是让出来的，而是双向奔赴。你没意识到，除了你需要她，当时的她，也需要你。我知道自己早已错过了时机，只能退让。现在，江忘——"

陈云开紧了紧拳头，努力拔高气焰："该你退让了。"

他对上那双正在被风暴侵染的眼："我相信你还是需要月亮，但是她不再需要你了。你们之间的关系不平衡了，因为只有你在索取。你从她身上索取生活的能量，而你带给她的，除了周而复始的伤害、不理解，其他所剩无几。"

你带给她的，除了伤害，其他所剩无几。

……

停车场。

我默默听完陈云开最完整的复盘，很难描述自己此刻的心境。

好半晌："原来我为江忘做了这么多啊。"

昏暗的车厢里，我半真半假地冲陈云开笑："有的事，久到连我都忘记了，你比我记得还清楚。"

这足以说明，我的选择没错吧？爱一个人太辛苦，被爱或许更轻松。

我现在知道江忘干脆放手的原因了，也就是陈云开所谓的心机——他利用我受的那些伤害，攻击江忘的命门，逼其不得不放手。

如果他爱我，怎么舍得我难受。

不得不说，这是一招走得很好的棋。

可一想到这个人，是为了给我幸福，宁愿不那么磊落，我就很难生气。

"你不怪我吗？"看我笑，陈云开还是没立刻松下那口气，小心试探。

"怪你什么？怪你太喜欢我，还是怪你说出了实情？如果这些事情，我从别的渠道听说，很可能我会发难，但原来，你比江忘还聪明。"

枉江忘智商超群，好像什么事都难不倒他。可他唯一没做到的是，与我坦诚相待。

如果当年，他愿意像陈云开这样，什么都与我分享，什么都直来直往，我和他不会走到这一步的。

杜青山有一个观点是对的——变心是本能，但如何选择才最重要。

我介意的从来不是他的心开了一次小差，而是他明明开了小差，却以为可以隐瞒。如果在我们争吵最厉害、他觉得最累的时候，他肯坦白地对我说一句："月亮，怎么办？我居然在常婉身上体会到了轻松。我也不想，但我找不到出口。"

他只要问我一句，怎么办，我就会明白，他在求救。

我一定会想尽办法改变我们的状态，我一定会救他的，像从前的每一次、无数次。可是他没有。因为他没有，所以我理所当然地怀疑了一切，包括我自己——我开始怀疑自己已经没了让他快乐的能力。

因为他不再需要我，所以我走。

我离开，之后花了几年的时间，去逼迫自己也不再需要他。

"看，紫薇雪！"

那日，在文殊寺，来过一阵猛烈的风，打得孱弱的花朵纷纷扬扬，飘起粉紫色的"雪"，游人们纷纷拿出手机拍下盛景。

我叫了江忘一声，他却正好接了个工作电话，无法分心。

等挂掉电话，他才问："你说什么？"

我莫名有点失落，但还是说："紫薇花飘雪，太好看了。"

他回头，往紫薇花的方向望去，但风已平，意已止。

江忘抬头四顾："哪里？"

我的喉头哽了好一会儿，道："你回头太晚了。"

他好像听懂了我的言外之意，藏在呢子外套下的身体明显一僵。

人道洛阳花似锦，偏我来时不逢春。

所以，他是她一生最爱是真的，但他回头太晚，也是真的。

离开了江忘，从此我的心里或许会有个缺口，但月本身就有阴晴圆缺。

我的月光，终将洒在那个陪我阴、盼我晴、共我圆、怜我缺的人身上。

☾
○
♂

大结局

不管落魄还是风光，
自始至终，他都为我守望。

"江忘，你在哪里，听见留言，给我回信。"

在陈云开的授意下，我俩一起去了江忘的新居。说它是新居，其实空置了好几年。小区环境不错，便民设施齐全，当初他买下来的原因，似乎是想用来给江萍养老。

我俩寻过去，门口的保安做登记，听说来找江忘，多嘴了一句："江医生不住这里了吧？大概半个多月前，他来我们这里登记了卖房信息。"我和陈云开对视一眼，心照不宣地打道回府。

"看来他是打算离开川城。"陈云开说。

"可是他能去哪里呢？"我看见后视镜里的自己蹙起眉头，"一把年纪了，真不省心。"

俨然一副妈妈的口吻。

我习惯了。

小时候我就以保护他为己任，长大了依然身先士卒。因为见过他破碎的样子，知道他最不擅长的，就是处理自己的脆弱，一旦遇见棘手、无法解决的问题，他就藏起来，逃避，但往往很有效。

不是江萍找他，就是我找他，要不我就发动全世界一起找他。

这次也不例外。

分明是我主动删除了他的微信，却又觍着脸发送了好友申请，但一直没得到回应。陈云开见了，很会趁火打劫地要求："以后我俩吵架，你一气之下删了我，不管谁的错，你都必须主动加我一次。"

"万一是你删的我呢？"我不服，"凭什么你觉得我没有气人的本事！"

"你有气人的本事，但我没你那么幼稚。删人这种事，我从不会做。"

"好家伙，婚还没结，态度就变了，要是不想结，请直说。"

"这是我要说的。"正好红灯,陈云开停车,胳膊架在中控台上,严肃认真地看着我,"我能接受婚礼前一晚新娘跑掉,不能接受新娘在婚礼上跑掉。毕竟我俩没大仇,用不着让我'社死'。所以,林月亮,你想清楚了吗?"

你想清楚了吗?

婚礼时间越近,这句话在我耳边响起的次数越多,仿佛全世界都以为,我会为了江忘逃婚,只有禾鸢理解我。

"你是心软,但你从不优柔寡断,你很清楚自己要什么。"她说,"只要你做了决定。"

其实,我也发现自己有这个优点:从不优柔寡断。

是什么时候发现的呢?

应该是十八岁那年,我决定给属于陈云开的青春画句号,就真的画了。

二十岁,我决定和江忘谈恋爱,就真的全身心投入地谈了。

后来,我发现江忘和常婉之间的蛛丝马迹,宁愿嘴硬地说从没爱过他,也要头发甩甩,大步离开。

从非洲死里逃生,去了北京,与江忘重逢,知道无法再回到过去,我就毅然拒绝他想要重修旧好的吻……

……

所以,如今,婚姻这种一等一的大事,我断然不会在没考虑清楚的情况下,贸然交出自己的一生。

看到我的坚定,陈云开的疑虑才消了大半,放心地让我继续寻找江忘的踪迹。

可惜直到婚礼前夕,他都跟人间蒸发了一般。无论我申请多少次加好友，留多少条语音信息，都如同石沉大海。

穆恩明显和江忘有联系。可能是她得到了江忘的授意，开口安慰我别着急，说他没出什么事情。只是我婚礼在即，他想逃避，这也是人之常情，我这才放宽了心。

谁知婚礼前夜，在酒店彩排的时候，一个不速之客驾到，引起我心底的悸动。

当晚，司仪正排练到叫人热泪盈眶的场面。场景要求我挽着林吉利同志的胳膊，让他把我交到陈云开的手中，然后陈云开会说一长串叫人潸然泪下的台词。结果我爸刚把我的手往外送，突然多出一只秀气的胳膊，将我的手截住。

转头，我看见我一生的克星——小常同学。

她莫名其妙地怒着张脸，眼角眉梢都是火："这婚你不能结！"

万万没想到，我和陈云开结婚，她也要来抢婚。

我心里一咯噔，条件反射地转头看了眼陈云开。他迅速给了我一个置身事外的表情：我和她可没故事。

我稍微放了心，略有些不耐烦地问常婉："你发什么疯？"

常婉拽着我的手，根本没有要放的意思，甚至将我的胳膊高高扬起来，似乎想证实什么。

"你的手有问题，对吧？"她的表情极其严肃，很着急的口吻，"林月亮，你的手是不是出了问题？！"

我爸在场，我妈也在不远处，二老根本不知晓我在非洲时具体遭遇了什么，也不清楚什么后遗症。我怕他们担心，一下慌了，猛地甩手，挣开常婉。她失去平衡，险些摔下台，还好穆恩眼明手快地扶了她一把。

"我不知道你在说什么。"我拎着厚重的裙摆，说着比裙摆更重的话,"如果你来祝福,我欢迎。如果你来捣乱,不要怪我叫保安。"

常婉还要冲上来,被穆恩摁住:"常小姐,这里不是适合说话的场合。"

为了帮我,她极力耐住性子。

常婉转头,看见穆恩,一时语塞。

她当然认识对方,一来她们曾经在医院共事,二来,她阴差阳错之下破坏了人家的感情。

想到这儿,常婉的气焰终于低了些,谁知陈云开比我还要不留情面——他早就让我爸去叫来了保安。

常婉的话没说完,便被保安粗暴地请出去,她跳着脚冲我喊:"我承认自己没做过什么好事。但这次你要是不听我的,你会后悔的,林月亮!"

她的声音越来越远,却仍在空旷的大厅里回响,让我很不舒服,甚至有些畏惧。我不自觉地愣在原地,回味她话里的意思。

穆恩悄无声息地打量我一眼,跟了出去。

花园。

"可以了。"穆恩远远地招呼保安。

保安们回头,看她穿着伴娘服,想来是娘家人,半信半疑地将常婉放开。常婉整理了下快要垂地的单肩包,很不服气的样子。

"你也知道情况吧?"常婉千金小姐的架子不改,也不管跟人家熟不熟,质问张口就来。

"什么?"穆恩走近,嘴却没松。

常婉言简意赅:"装什么傻?江忘的事情。"

穆恩语气平静,典型的以柔克刚:"情况就是月亮找到了新的幸福,江医生也祝福,并希望不要节外生枝。"

听完,常婉不屑一顾,仰天笑了下:"到底是新的幸福还是新的坑,得她自己来判断?"

"我就可以帮她回答。"关键时刻,穆恩支棱起来,眼睛定定地看着她,"就算你告诉她真相,她依然会结这个婚。因为她一旦选择谁,就会从一而终,除非对方先放手。感情的事本来就是你辜负我,我辜负他……既然没有两全法,她一定会选择没有伤害过自己的人。至于,她和江忘为什么会走到这一步,你比谁都清楚,你现在想做好人是不是晚了些?"

常婉的胸口震了下。

半晌,她不好意思地眨几下眼,别开脸,不自在道:"我知道你们都讨厌我,我也不是想做好人,我只是不想江忘自暴自弃。他消失了,你知道吗?这婚一结,他就彻底没指望了,谁知道他下半生会过成什么鬼样子。很多人问我,如果重来一次,我还会不会撞南墙,我总嘴硬地说会。其实,不会。"

常婉平日十分具有杀伤力的眉眼,此刻莫名寂然。

"我见过他撑得很辛苦的样子。"她说,"林月亮去非洲后,他知道他们彻底分了,连续一个月待在诊室没有回家,因为那个家里到处都是她的影子。他说,总是想起她最后一次轻轻关门走的样子,他受不了。然后他开始吃药,治抑郁的,医生说轻度转中度,需要加大剂量。他之所以短时间内又贷款买新房,也是这个原因。有次我看不下去,主动想和那丫头联系,被他阻止了,就因为她那句——从小到大,我喜欢的人只有陈云开。拜托,这一听就是假的啊……"

"当局者迷。"穆恩接了话,"明知是假的,却连一点违心的谎话都不能接受,这是因为很爱很爱。就像月亮明知是你主动,却连他的一点动摇都不能原谅,也是因为很爱很爱。相爱,的确难得,但在意的东西太多的话,太容易弄丢对方。如果你是因为江忘消失而感到担心,我可以告诉你,他没事。常小姐,人各有命。不要干涉别人的命运,你已经错过一次了。"

终于,常婉无话可说。

她们的谈话结束,我从暗处走出去,与常婉的视线对个正着。看着我毫不惊讶的表情,已经不知该怎么做的她磨了磨牙,撂下狠话:"随便你们,老娘不玩了!"她转身消失在夜幕里。

江忘在吃抗抑郁的药,这我是知道的,但知道得不久,也就是去年的事情吧。

我外公去世,因为害怕,我在他家借宿,发现了他床头柜上的药瓶。后来私底下,穆恩也向我提过。为此,我留了心眼,怕他真有什么病不告诉大家,于是特意拍了照片去网上查。

但这件事,我没告诉江忘,也没和别人提起。因为在我心里,无论是阳光的他,还是忧郁的他,都永远是能激起我保护欲的小孩。况且,这不是什么缺陷,我不想让他有心理负担。所以有段时间,我老是和他插科打诨,因为想让他变得快乐一点。那天在儿科医生家楼下,他说,我是他坠落时见过的最美的风景。我几乎动摇,想要阻止他的坠落……

我试过的,只是我发现,我那双曾经结实有力的翅膀,早被他折断一只,如今已承载不了他的重量了。

这也是他一消失,我就表现得紧张的缘故,因为我知道他得了抑郁症这个事情。

世上没有那么多难言之隐和误会,更多的是知道,却装不知道。

我救不了他，装不知道便是最好的礼貌。

常婉一走，穆恩转身与我相对，下意识地捏了捏裙边，问："我说得对吧？"

"什么？"

"你的选择。"

她试探地看着我，直到我低头，莞尔。

相顾无言了一会儿，我还是忍不住问："那常婉问我的胳膊，是怎么回事？"

穆恩微微张嘴，闭上，经过一番深思熟虑后，才决定豁出去般说："反正你迟早也会知道。"她坦白讲，"江医生之所以转去流动站，是因为得知你患有肌肉痉挛后遗症。他不眠不休，研制出了一种专门治疗病毒性痉挛的药物，就是想治好你。"

怪不得，常婉应该是想到了我在咖啡馆全身僵硬的异样，从而将他们家正在量产的新药将我联系起来，这才得知江忘的所作所为原来都是为了我，她才反应如此强烈。

"哦……"这我确实没想到。

原以为不会再起波澜的心，突然又开始翻江倒海。我开始察觉呼吸有些困难，那讨人厌的麻木感又要袭来。

"月亮，你没事吧？"穆恩担忧地凑过来。

我说没事，静静地任脚趾的麻意逐渐蔓延到指尖，而后退去，惯常地"死"一回。

穆恩扶着我，我借力虚靠在她身上。

片刻之后——

"我能和他说说话吗？"我听见自己微弱的请求声音。

穆恩的肩膀僵了半秒，问我："你确定吗？"她说，"江医生的状况没有你想象中的那么糟。他会消失，也是因为有自救的意识。他不想面对你的婚礼，不想亲眼看着你嫁给别人。"

"就当我自私吧。"我说，"今晚闹这一出，我总觉得，不听见他的声音，我不安心。"

穆恩了然，再没犹豫地拨通他的电话。

我瞥了眼拨号盘，不出所料，他果然换号了。

"江忘。"一接通，我开门见山叫他。

听见我的声音，那边静了好一会儿，然后我才听见他刻意如释重负的声音。

"新婚快乐。"他说。

我喉头哽了下，一时不知道回什么，听见那头疑似有寺庙的钟声。

"你在哪里？"明知他不会回答，我还是没话找话。

他果然转移话题，问怎么有空打电话，婚礼彩排应该很忙才对。

我老老实实地说常婉来闹场，江忘沉默，估计又开始责怪自己，我赶紧也转了话题——

"我的红包呢？"

他咽了下口水，说准备了，到时候我会收到的。

我调侃："够大吗？"

他很认真地计算了一下价值，说应该是我喜欢的数字。

"本来是当作聘礼的。"他鬼使神差地加一句。

我愣住，他笑场，笑得很夸张的样子。

"满足了。"他哈哈笑着说，"总算看见你不经逗的样子。一直以来，都是你在逗我。用石头假装巧克力，骗我吃进去。让我当小白鼠，吃没熟的红薯。哄我说从小到大只爱过一个人……"

"这句没哄你"……我差点脱口而出。

多亏婚纱的内衬有些扎人，才让我没完全忘记自己现在的身份。

穆恩说得没错，爱很难得，相爱更难得。但越相爱的人，越容易走散，因为相处起来，难上加难。

"月亮？"

见我久久没回去，陈云开也跟了出来。我远远回应了一声，说马上，再拿起电话，已经提示电话挂断了。我将手机还给穆恩，眼眶莫名有些湿意，但还是充满感激地冲她道谢。

她说小意思，我说不是因为借手机，而是谢谢她的陪伴，让江忘在这种时候有个倾诉的对象，不至于孤单一个人。我甚至希望，有朝一日，这么像我的她，如果真的能和江忘有故事，未尝不是好事。

他在我身上栽的跟斗，没能给我的完美，若能全部给这个女孩，我应当是发自内心欢喜的。

因为我没资格了，在决定放弃那一刻。

因为常婉的打岔，排练弄到快十一点才结束。

穆恩打车回家的路上，收到江忘的信息，说是寄了快递给她，就放在快递柜，让她别忘记拿。原本她已经累得一动不想动，可拆开快递袋，看见那厚厚一沓资料的时候，还是忍不住伤感起来。

她想了想，艰难地挪动身子，摸过手机，拨出最近联系人的电话。

铃声响了很久，久到穆恩都隔空感受到了对方的迟疑。音乐响到末尾，那头才试探地"喂"了一声。

穆恩叹气："我已经回家了，不是她。"

"哦。"他说这句时没带情绪。

穆恩翻看着怀里的资料,标题都很大、很明显。有房产证,还有过户声明书,还有专利证书等。

上面统统写着同一个名字。

所以,去云南的飞机上,有句话,陈云开说错了。他说,那是我一生当中唯一一次值五百万元的时刻。

看不起谁呢。

房子,不谈了,有升值有贬值。可这份专利证书,上面的药物正是治疗我痉挛的新药,产生的后续价值足够我躺着吃一辈子。原来,这就是他要送我的新婚贺礼。可惜的是,这些事,我可能一辈子也不会知道。

因为——

"不知道的还以为你交代后事呢。"

客厅里,穆恩随口开了句玩笑,说完发现不妥,转而问:"那明天婚礼结束,我就把这些给她吗?"

那头的人深思熟虑许久,才回:"不了。"他说,"以她的心性,现在收了估计有压力。等哪一天,她走投无路了,再给吧。当初他们家出事,需要大笔钱,我没有,害她东奔西跑……我没什么能为她做的,至少做一次她的后路。"

穆恩不是当事人,却莫名有些绷不住了。

"江医生……"她喃喃。

江忘:"不过,话说回来,陈云开应该不会让她没有退路。当初如此,以后更是……"

他不再往下讲,只自嘲地低笑一声,穆恩的心更酸了。

"谁知道呢？万一将来他们发现彼此不合适，争吵离婚。利益当前，说不定撕破脸。到时你就——反正，人生那么长，际遇难料，还有机会的。"穆恩非常苍白地安慰着。

江忘领情，但他很清醒。

"偏我来时……不逢春。"他忽然念出这么一句。

穆恩不明所以，他还是自顾自地说着："紫薇花雪果然很美，但一个人看总是差点意思，当时她也是这样想的吧，但我回头晚了。"

这回，穆恩也听见了疑似寺庙里的钟声。

"你在哪里？"她有些不放心地追问。

江忘没什么好隐瞒，说自己在文殊寺附近。处理好了手中的一切，本来他今晚就想出城。临走前，他想去看看江萍，墓地就在文殊寺附近。

穆恩："医生开的药，你有按时吃吗？之前那种你吃得太猛，产生了耐药性，这新药得按剂量服用，不能再乱来。"

不知江忘听进去了，还是没有，没怎么回应，只听得电话那头蝉声和禅声四起。

"江医生，等婚礼结束你就回来吧……"穆恩展现了面对杜青山才有过的耐心，"逃避是很好，可在外面漂泊久了，没有归属感。你也是做医生的，该知道这样不利于你的病。你在川城至少有朋友，随时可以叫出来谈谈心。"

"有吗？"他满腔怀疑。

他怎么觉得，在哪里都是异乡了。回川城，他找谁？

找她，不行，找陈云开，更不行，他自己无法面对。

闻多，不适合谈心。杜婷之流，若不是因为那个女孩，说不定十几年过去了，他连对方的名字都可能记不住。

还有谁？

他想来想去，只有常放算一个。

"聊胜于无！"穆恩趁机说。

江忘感受到穆恩的善意，努力打起精神。

"放心，我会考虑的。"他说。

毕竟没有人真的喜欢流浪，只是因为再也回不去谁的身旁。

砰。

出酒店的时候，我心神不宁，撞到玻璃门上，一声巨响，额头顿时红了一大块。

向来手脚麻利的王丽娟同志很是看不过眼，说我一个快要成家的人了，还毛毛躁躁的，将来有了孩子还得了。

陈阿姨护着我，帮我回撑："嫁人又怎么样？谁还不是个孩子了！"说完，她冲我"慈母笑"，我实在很难拒绝这样一个妈。

陈云开也很难拒绝，眉心微蹙："一想到家里又要多个'巨婴'，我突然有点害怕。"

吃他的，喝他的，睡他的……

我的年少之言，一语成谶，他害怕是正常的。

"今晚的月亮好圆啊。"去停车场的路上，我忽然抬头，感慨了一句。

一家子的人抬头，只见月光皎洁，照得远处没路灯的地方也隐约可见。

"明晚更亮。"陈阿姨眨眨眼说。

然后我又开启了什么话题，全是些没营养的，仿佛想用热闹淹没某种忐忑不安的心情。

回程的路上,陈云开神神秘秘地说要带我去一个地方。

看我俩的感情培养得越来越顺利,陈阿姨乐见其成,赶忙拉走了我爸妈。我扣好安全带,问他去哪里,他很土气地说"等到了你就知道"。

"川城还有我觉得稀奇的地方?我不信。"深夜寂静的街道,我和他有一句没一句地聊着天。

霓虹越来越远,车子拐进一条我熟悉的路。以往这里还是平坦的,拆迁后,这条路也没能幸免,变得崎岖不平,但车子还能开。

车停稳,我推门下去,看着漆黑一片的破败大楼,不解:"你带我来这里干吗?"

陈云开用下巴示意,让我往前走。我循着路进了铁门,发现家属楼大部分还完整,除了有几幢的楼顶被挖机破坏了。不同的是,家家户户已经没了灯,全是黑漆漆的窗口,有些瘆人。

我骂陈云开恶趣味,知道我害怕这种氛围,故意整我。

他恼羞成怒,骂我不解风情,说一想到明天我即将嫁为人妇,带我来怀念儿时,我还不知好歹。

可是,为什么要晚上来啊!

此时我的内心是崩溃的,仿佛所有与浪漫有关的桥段都对我过敏,总要弄出啼笑皆非的效果才作数。

忽地,我的手被轻轻牵起:"这样就不怕了。"

少年早已完成变声,浑厚的嗓音像加了十几万的音响特效似的,在空旷的楼群中回荡。

好在,我确实不怕了。

陈云开牵着我往最熟悉的那幢走去,其间路过那棵几乎有三层楼高的大树——它还没被砍掉,但周围堆满了落叶,明显已经许久无人管理和打扫。盛夏深夜的风也是黏腻的,并不凉爽,但力度尚存,将落叶卷起来飘了飘,仿佛是在为它将来的结局唱哀歌。

生锈的秋千架,我伸手晃了晃,发出吱吱呀呀的声音。我看了看衔接处,一眼判断出它已经不能承载太多重量,顶多可以坐上个十岁出头的小孩,再戏耍一番,譬如,当年那个小孩。

抱歉,我还是会想起他。

如果所有的事都能黑白分明,都能用应该和不应该来作为行为准则,那么"遗憾"和"负罪感"这两个词,会永远从字典里消失吧。

我掌着秋千陷入回忆的沼泽,陈云开没注意。他一直在离我不远的地方,来来回回调试,寻找着合适的角度,不知想做什么。没一会儿,他似乎找到了,很兴奋地冲我招手,这会儿有点年少血气的样子了。

"你往前走。"我靠近了,他又莫名其妙地招呼我。

我被他抓着胳膊往前推了一点,其间不停地回头,想看看他到底想干吗。

陈云开扭转我的身体,逼我看前方,让我走。

我走了几步:"然后呢?"

"再走。"

"然后?"

"看着地上走。"

我不明所以,低头,发现地上有两个影子。之前我的注意力都在前面,现在轮廓清晰的两个影子跃入眼帘,一个是我的,另一个是陈云开的。

他让我看着影子慢慢地走,我提步,而后发现后面的影子也跟上了。后面属于他的影子,几次抬起了手,做出想要牵我手的姿势,但最终落下,与当年我对他做的事情一模一样。

往事重现,我猛地反应过来什么,回身怔怔地看着他。

陈云开知道我反应过来了,站在离我几步远的地方,开心地笑起来。我这才发现,原来他有一个很浅的酒窝,必须笑得很开心才能看出来。

"没错,我早知道了。"他说。

我十八岁那年的少女心事,我反反复复地犹豫,我的所有行为,被当时的影子出卖,都落进了他的眼睛。后来他借着月亮与我靠近,也是因为要陪禾鸢去北京,不敢回应我的心意,只好变相地与我亲近,算是回答。

他以为,我会等,等禾鸢拥有美好的人生,等他赎罪完成,谁知道我差点与别人定了终身。

"月亮,我真的很后悔。"忽而,男子面上的笑意收敛,"如果当时考虑得少一些,勇敢一点,在你想要牵我的时候回头说——你想牵就牵啊。我们就不用浪费这么多年,你也不会遭受那么多苦难。"

比起求婚、送戒指,今时今日的这番告白,居然更动人,实在太有损我"小财迷"的称号了。

我努力控制自己不丢脸地流下眼泪。

"苦难是一种修行。"我逞强道。

"修行什么。"他很认真地嗤笑,"我只想你健康、顺遂,永远快乐得像个傻子。"

嗯……我的眼泪都要流出来了,但等等:"你说什么?"

毫无疑问,浪漫杀手就是我和陈云开。我俩同心协力,让这样一场精心策划的回忆杀,差点成了真的杀人现场。那晚,我追着陈云开一连在家属院跑了两圈,后来实在体力不支,才一屁股坐在乒乓球台上。

球台上日积月累落了很多灰，我素来不在意小节，但做医生的多多少少都有洁癖。陈云开特意去车上取来纸巾，垫在我屁股下方。他做这些事的时候极其自然，一点也没有要作秀的成分。他甚至没说一句话，我就这么静静地打量。

好半晌——

"好的，你成功了，我真的想哭了。"我说。

我坐着，陈云开站着，他黝黑的眸子看下来。我直视过去，眼泪汪汪。

很难说清，究竟我想哭的点在哪里，只知道那一刻，我突然意识到面前这个人太好了。而且我还有种强烈的预感——已经错过了江忘，若是再错过陈云开，这辈子我真的无法再遇见想要共度余生的人了。

所以我想哭，觉得自己的遭遇让人难过，但同时又觉得是那么幸运。

因为他，我相信了上天好轮回，不管恶报，还是好报。

"谢谢你，陈云开。"我动情地说，"其实，不是我选择了你，而是你选择了我。"

不管落魄还是风光，自始至终，他都为我守望。

夜越来越深，我俩明天还得早起。我主动说回家休息。陈云开思来想去，说反正回去也睡不着，把该办的都办了吧。

我假装警惕地揪住衣襟，他完全不配合，反而一脸严肃。

"你知道江忘在哪里对不对？"他突然来了这么一句。

我心里一咯噔。他偏头注视我，语气温和了些："在酒店的时候，我听见你问杜婷，江萍的墓地是不是在寺庙附近。你不会没来由地那么问。"

我答应过他，不欺瞒，只好犹豫地点点头。

没错，在与江忘的最后一通电话里，我听见了钟声，忽然联想到江妈妈的墓地。刚回川城的时候，我和江忘随便聊天，提起他买的墓地，好像就在文殊寺附近。我说有时间去祭奠，他模棱两可地答应了，但一直没成行。

"我只是确定一下他的行踪，不然会心神不宁。他……算了。"

心理生病这件事，江忘不想说，我也不想为了替自己开脱而大肆宣扬。

"你不用解释。"陈云开正视前方，维持温和，"从你答应求婚那天起，之后出的岔子也不少，但你的态度一直很坚定。我不怕你现在不能完全将那个人从心中驱赶，但只要你有驱赶的态度，其他的就只是时间问题。治愈的第一步，就是面对……"

话说到这儿，陈云开顿了顿，终于艰难地说出那句："去找他吧。"

古色古香的文殊寺，在夜晚尤其庄严。

但我没进去，只是路过，窥见了它的一点外貌和争相挤破头要爬出墙的紫薇花。

陵园在寺庙附近，陈云开将车停在入口。可我在副驾驶座上坐了半天，就是没勇气抬腿下车。

陈云开为了活跃气氛，调侃："不会吧，这也要我陪？"

我很快回应："是的，我害怕。"

但我清楚，此时此刻，我怕的不是陵园，而是怕独自见到江忘，很多被刻意压抑的情绪会涌上来。

"要不别去了？"我艰涩地发音，"好几个小时过去，说不定他已经走了，白跑一趟不说，还得被吓唬。"

"行吧。"陈云开回应完就要启动车。

"欸，等等。"我又着急地阻止。

我要干什么，我想怎么样，来之前，我明明想得很好，可事到临头，脑子里一团糨糊。

在旁边人越来越具有压迫性的目光下，我才硬着头皮下车。

按照杜婷的消息指引，陈云开陪我步行到半山腰，慢慢寻找。陵园没有想象中可怕，因为修建得很有规模，远看像一处大型景观，每走几十步都有路灯。

我的视力向来出众，尤其在夜晚。眼睛有些散光的陈云开还在搜寻江忘的身影，我已经在山巅锁定了一个墨点。没来由地，仅仅是那么远的一眼，我就感觉呼吸暂停了一瞬。

"那儿。"我准确地指过去。

陈云开顺着往上看，也看见了。他微微叹口气，点头道："你上去吧，我就在这儿。"

一个月不见，加上药物的副作用吧，江忘瘦了很多，眼窝深陷。他的下巴快磨成了刀锋，头发也长了，虽然没到盖住眼睛的程度，但能从中感觉出他不想打理的疲倦。

我能这么仔细打量，是因为我上去的时候，他靠着江阿姨的墓碑睡着了。

夏日蚊虫多。我蹲下身去，拂掉好几只试图往他身上爬的蚂蚁。有几只飞蛾循着光飞来，想在他的肩头停留，也被我赶走了。我无厘头地做着这些没意义的事情，丝毫没有想叫醒他的意思。

来之前，我也想过，这将是一场很有仪式感的别离，我可能会哭得肝肠寸断。可一见到江忘，我什么狠话也不想说，任何的祝福也不想要，我只想要他此时此刻能睡个好觉。

但天不遂人愿。

一只蚊子不识好歹地停在他眉间,我伸手想去抓,蚊子仿佛预感到什么,自己先逃跑。我的指尖正好悬停在青年的额头上方。有那么一瞬,我几乎想要抚上去,亲近他,展开他的愁眉。

霎时,江忘不安地动了动,有点要苏醒的迹象。他动了一下蜷缩的腿,吓得我也如梦初醒,慌乱地逃跑。等一口气逃到陈云开身边,我才大口呼吸,仿佛做了什么惊天动地的事情。

"谈完了?"陈云开问。

我没回答,心一狠,拽着他离开陵园。

因为我怕,再待下去,我会逃不掉。

有的人是经不起再见的,起码短时间内,我没能强大如斯。

在我匆忙逃离的时候,错过了墓碑上某个重要的信息。

我不知道这个信息会不会影响命运,但结果是,我错过了。

就像江忘原该放下骄傲,在我去非洲的前一晚将我留下来,但他选择了自尊,错过了我。

而在我逃离以后,他悠悠苏醒,缓了一会儿才站起身,没能窥见一抹匆忙逃离的身影。

他拍拍身上的灰尘,忽然笑了,和江萍说话:"妈,我做了个离奇的梦。"他说,"我竟然梦到月亮来见我了,就在这里。她还跟小时候一样,动如脱兔。我做实验,她就帮忙洗衣服。我闭关,她就去赶蝉。我工作,她就做饭……她好像一直以我为中心在生活,但从前,"有人的声音,笑而哽咽,"从前,这些平凡却珍贵的细节,我竟然都没珍惜过。"

青年伸手抚上墓碑,从母亲的名字,缓缓移到最下面的落款,两行字——

一行写着，儿：江忘。

另一行写着，媳：林月亮。

这就是他迟迟不愿意带我到墓地来的缘故。因他存了私心，怕我觉得有违礼制，不高兴。

江萍出意外被送往医院，遗言是希望他放下骄傲，遵从内心，将那个能照亮他这片夜空的月亮找回来，这样她才安心。

江忘听了话，去了北京，想努力把那个住在心里的人也放到家里。

可这世上，多的是连天才都办不到的事情。

他能钻研出治疗痉挛的药，却研制不出后悔药。

是他亲手摘下了月亮，却又嫌她冷清，转而触摸了星星的微弱之光，是他的错。

"所以，月亮不会来见我了。"

哪怕此时此刻，他哽咽的声音彻底破碎了。

哪怕将来这人间会亏盈、会枯荣，会宿水餐风，会万紫千红……这些统统都与他没关系了。

他的余生，唯剩一片永远潮湿的夜空。

后记

我会永远记得,
在这长达十年的时光里,人来人往,
你们曾驻足,为我鼓过掌。

关于这本书，想抒情的一切，已经在杂志专栏和微博上提过许多次，老生常谈，大可不必。

说起来应该感激，那么多人在翘首以待，陪我一起撰写他们的命运。但落下最后一个字时，我还是不免唏嘘。

那段时间我刚好得到一个消息。理智上，认为意料之内。情感上，却意外。总之，它直接影响了我执笔时的心情，甚至让我开始思考，将来还会不会和你们在纸上晤面。

于是，我很快和皇后商定，将关于相思的故事尽快写出，算是给自己和大家的青春一个交代。

《月亮来见我2》，不是我的最后一本书。

但《相思》以后，若再见面，或许真的不知何年。

再见到，是否还是当年的模样，也尚未可知。

只能说，在有限的时间与机会里，我会尽可能地呈现快乐、感动，给你们。这样，将来若有人问起，你们最爱的书本或者角色是谁，我和"他们"有幸能被念叨一两句，已算是缘分。

抱歉，伤感了。没关系，开心与伤感常常并存。起码，你们终于要看见相思小公主啦。老规矩，抢先观看片段会放在微博或者抖音。

那个叫改改的少女，在平行时空里终于幸福了。

希望身处世界不同角落的你们，也能如她一样，乐观顽强地生活，直到幸福。

不管将来，我还能不能在纸上对你们说："下次见。"

我会永远记得，在这长达十年的时光里，人来人往，你们曾驻足，为我鼓过掌。

一瞬，抵一生。